クリスティー文庫
43

カリブ海の秘密

アガサ・クリスティー

永井　淳訳

早川書房

5301

A CARIBBEAN MYSTERY

by

Agatha Christie

Translated by
Jun Nagai
Published 2021 in Japan by
HAYAKAWA PUBLISHING, INC.
This book is published in Japan by
arrangement with
AGATHA CHRISTIE LIMITED
through TIMO ASSOCIATES, INC.

西インド諸島訪問の
楽しき思い出とともに
旧友ジョン・クルックシャンク・ローズに本書を捧げる

目次

カリブ海の秘密

登場人物

ジェーン・マープル……………………探偵好きな独身の老婦人

パルグレイヴ少佐
ラフィール
エスター・ウォルターズ
アーサー・ジャクスン
ジェレミー・プレスコット
ジョーン・プレスコット
グレゴリー・ダイスン
ラッキー・ダイスン
エドワード・ヒリンドン
イーヴリン・ヒリンドン
グレアム
…………ゴールデン・パーム・ホテルの滞在客

ティム・ケンドル……………………同ホテルの経営者
モリー・ケンドル……………………ティムの妻
ヴィクトリア・ジョンスン…………ティムの使用人
ジム・エリス…………………………ヴィクトリアの情夫
ウェストン……………………………サン・トレノ警察犯罪捜査課警部

1　パルグレイヴ少佐、懐古談を語る

「これらケニアに関するもろもろの談義をとりあげてみたまえ」とパルグレイヴ少佐はいった。「いろんなやつらがケニアのなんたるかも知らずに、得意げにまくしたてておる！　ところでこのわしは生涯の十四年間をあの土地ですごした。あれはわしの生涯で最良の年月でもあった——」

ミス・マープルは心もち身を乗りだした。

それは礼儀正しい思いやりのゼスチャーであった。パルグレイヴ少佐があまりおもしろくもない懐古談にふけっているあいだに、ミス・マープルはのんびりと自分の考えを追っていた。それは彼女にとって慣れ親しんだお定まりの手順だった。場所はそのときどきで変わった。これまでの例ではおもにインドが舞台だった。少佐たち、大佐たち、中将たち――そして耳なれた言葉の行列、シムラ（インド北部の避暑地）、かごかき《ベアラーズ》、虎、チョタ・ハーズリ（早朝の軽食）、ティフィン（昼食）、キトマトガル（インドの英国人家庭の食堂給仕）等々。パルグレイヴ少佐の場合は、つぎつぎに口をついて出る言葉がいささか趣を異にしていた。サファリ、キクユー語、象、スワヒリ語……。しかし話のパターンは本質的にみな同じだった。思い出の中で、幸せだった過ぎし日々をふたたび生きるために、聞き手を必要とする老人。背筋はしゃんとし、視力もたしかで、耳も鋭かった遠い昔。こうした語り手たちのある者はハンサムな軍人らしい老人たちだったが、中には気の毒なほどの醜《ぶ》男たちもいた。そして赤黒い顔、義眼、全体としてはひきがえるの剝製といった感じのパルグレイヴ少佐は、明らかに後者の部類に属していた。

　ミス・マープルはどの老人にもわけへだてなく優しい思いやりをかけてきた。相手の話にじっと耳を傾け、ときおり静かにうなずいて相槌《あいづち》を打ちながら、そのじつ自分の考えにふけり、なんらかの楽しみの対象を見出すのだった。この場合は紺碧のカリブ海が彼女の目を楽しませていた。

　レイモンドの親切な心づかい――彼女は感謝の気持ちをこめて考えていた、ほんとに優しいレイモンド……なぜ年とったおばのわたしにこうまで気をつかってくれるのか、わたしにはとんとわからない。良心の声がそうさせたのかもしれない、それとも身内の感情かしら？　もしかしたら彼はほんとにわたしが好きなのかもしれない……

結局全体として見れば、レイモンドはわたしに好意を持っているのだ——昔からずっとそうだった、と彼女は思った。もっともいささか癪《しゃく》にさわる、人を小ばかにしたようなところもなくはないけど！　彼はいつも彼女を新しい風潮に引きこもうとするのだった。彼女に読ませたい本を送りつけてよこす。現代小説というやつだ。どれも難解である——どうにも虫の好かない人間たちが、いかにも妙ちきりんなことばかりするような本、しかも明らかにご本人たちが自分の行為を楽しんでいるようすはない。〝セックス〟などという言葉は、ミス・マープルの若いころは人の口の端《は》にのぼらなかったものだ。しかしセックスそのものはふんだんにあったし——ただいまほど話題にならなかっただけだ——当節よりもはるかに享楽されていた。あるいは少なくともミス・マープルにはそう思えた。ふつうセックスの享楽には罪悪のレッテルが貼られるが、それでも現代の様相——セックスが一種の義務になりはてている様相に比べれば、そのほうがずっとましだという感は否めなかった。

彼女の視線は、一瞬二十三ページまで読み進んだ（それ以上は読む気がしなかった！）本からはなれて宙にさまよった。

「それじゃきみはセックスの経験が全然ないというの？」と、若い男は信じられない面持ちで訊《たず》ねた。「十九歳にもなって？　とにかく経験すべきだよ。それは絶対に必要なことなんだから」

娘は悲しそうにうなだれ、光沢のあるまっすぐな髪が顔の上にこぼれ落ちた。

「わかってるわ」と彼女は呟いた。「わかってるわ」

青年は彼女を眺めた。しみだらけの古ぼけたジャージー、はだしの足、汚れた足の爪、腐ったような脂肪の匂い……いったいなぜこの娘は狂おしいまでに魅力的なのだろうと、彼は不思議に思った。

不思議といえばミス・マープルにとっても同じだった。いったいなんてことだろう！　セックスの体験が含鉄強壮剤なみに推奨されるとは！　かわいそうな若者たち……

「ねえ、ジェーンおばさん、いったいどうして幸福な駝鳥みたいに、砂の中に頭を埋めていなくちゃならないんです？　この牧歌的な田園生活の中にすっかり埋没してしまっている。現実の生活――大切なのはそれですよ」

レイモンドにそんなふうにいわれると、彼のジェーンおばさんはいとも恥ずかしそうな顔をして、「そうね」と相槌を打つのだった。彼女は自分がいささか時代に遅れているのではないかと恐れていた。

しかし田園生活が牧歌的だと考えるのは見当違いもはなはだしかった。レイモンドのような人々はその点についてたいそう無知だった。教区におけるお勤めのあいだに、ミス・マープルはいわゆる田園生活なるものの現実を知りつくしていた。それについて書くことはいわずもがな、人前で話したいとも思わなかった。——が、とにかくそれらを知ってはいた。自然なもの不自然なものとりまぜて、いたるところにあるセックス。婦女暴行、近親相姦、あらゆる種類の性的倒錯（その中には、これまでに何冊も本を書いているオクスフォード出の聡明な青年たちでさえ、話に聞いたこともないと思われるような倒錯まである）。

ミス・マープルは物思いからさめてカリブ海の舞台に戻り、パルグレイヴ少佐の話の筋道をたどった……

「とても珍しい経験ですこと」と、彼女はおだてるようにいった。「たいそう興味深いお話ですわ」

「まだまだいくらでもありますよ。むろん中には、ご婦人の前では話せないようなこともあるが……」

長年の修練につちかわれたきわめて自然な態度で、ミス・マープルがすばやく目を伏せると、パルグレイヴ少佐は、婦人の前でさしさわりのあるところを適当に削って、ケニアの部族の習慣を語りつづけた。その間ミス・マープルは、ふたたび愛する甥についての考えを追いはじめた。

レイモンド・ウェストは売れっ子の小説家で、莫大な収入もあり、年をとったおばに余生を楽しませるために、心からの思いやりのこもった努力をしていた。前の冬、彼女はひどい肺炎を患い、医者に南への転地療養をすすめられていた。レイモンドは断固として西インド諸島行きを主張した。ミス・マープルは、費用のこと、遠すぎること、旅の途中のさまざまな困難、セント・メアリ・ミードの家を留守にしなければならないことなどを理由に、行き渋った。レイモンドがいっさいの問題を解決してしまった。本を執筆中の彼の友人が、田舎の静かな家を一軒借りたがっていた。「家のほうはその男がちゃんと面倒を見てくれますよ。彼は家事に関してたいそう几帳面な男なんです。じつは、クイーアでしてね。つまりその――」

彼はいささか当惑していいよどんだ――だがいくらジェーンおばさんでも、同性愛《クイーア》のことくらい聞いているに違いない。

ついで彼はほかの問題の解決に移った。「当節の旅行ときたら楽なもんです。飛行機で行くことにしてください――これもぼくの友人のダイアナ・ホロックスがトリニダードへ行くことになっているので、そこまではおばさんの面倒を見てくれるし、サン・トノレへ着いたら、サンダースン夫妻の経営するゴールデン・パーム・ホテルに滞在してもらいます。サンダースン夫妻というのはとてもいい人たちですよ。おばさんにはきっとよくしてくれるでしょう。ぼくからもさっそく手紙を書いておきます」

サンダースン夫妻はイギリスへ帰ってしまったことがあとでわかった。しかしホテルの経営を引き継いだケンドル夫妻というのがたいそう親切な人たちで、おばさんのことはご懸念には及びませんとレイモンドに書いてよこした。万一の場合島には腕のよい医者もいるし、及ばずながらわたしたちもおばさんの健康に気を配って、なに不自由ないようにしてさしあげるつもりですという返事だった。

事実ケンドル夫妻はいい人たちだった。モリー・ケンドルは二十歳《はたち》すぎの飾り気のないブロンドで、いつも生気溌剌としていた。ミス・マープルの到着を温かく迎え、彼女を楽しませようとしてあれこれと心を砕いていた。夫のティム・ケンドルは痩せて浅黒い三十代の男で、これまた親切そのものだった。

イギリスの苛酷な気候をあとにして、わたしはついにここまでやってきた、とミス・マープルは感慨にふけった。専用のすてきなバンガローに住み、親しみのこもった微笑を浮かべる西インド諸島の娘たちに身のまわりの世話をしてもらい、ティム・ケンドルは食堂で顔を合わせると、気の利いた冗談をとばしながらその日のメニューの中からおいしい料理をすすめてくれるし、バンガローから海岸まではほんのひとあしで、海水浴場の座り心地のよい籐椅子に腰かけて海で泳ぐ人たちを眺めることもできる。そのうえ話し相手になる年配の滞在客にもこと欠かなかった。ミスター・ラフィール、グレアム博士、プレスコット聖堂《キャノン》参事会員とその妹、それに目下のミス・マープルのお相手パルグレイヴ少佐などだった。

ミス・マープルのような老婦人にとって、それ以上なにが必要だというのか？

それはとても残念なことであり、事実ミス・マープルもそれに気がついていささかうしろめたい思いがしないではなかったが、彼女は当然満足すべきここの生活に充分満足していなかった。

快適で暖かい――リウマチにはもってこいの気候である。それに景色も美しい――もっとも、少しばかり単調とはいえないだろうか？　しゅろの樹ばかりがやたらに目につく。毎日が判で捺《お》したように変わりばえせず、事件らしきものはけっしておこらない。いつもなにかしら事件がおこっているセント・メアリ・ミードとは違う。いつか彼女の甥はセント・メアリ・ミードの生活を、池の浮かすにたとえたことがあり、彼女はいささかおかんむりで、顕微鏡の下のスライドにだって多くの生き物が認められることを指摘したものだった。事実セント・メアリ・ミードではつねになにかがおこっていた。さまざまな事件がミス・マープルの心に浮かんでは消えた。年老いたミセス・リネットの咳止め薬の調合間ちがい、若いポール・ゲイトの奇嬌《ききょう》な振る舞い、ジョージー・ウッドの母親が彼に会いにきたときのこと（あれははたして彼の母親だったのだろうか？）、ジョー・アーデンと奥さんのけんかの真の原因。興味深い人間的な問題の数々――それらが絶え間なしに楽しい人間観察の機会を提供する。せめてここにも、彼女が――なんというか――真剣に取り組めるような事件があるといいのだが。

ふと、パルグレイヴ少佐がケニアから英領インド北西辺境州に話題を変えて、少尉時代の体験談を述べつつあることに気がついた。運悪く彼はいとも熱心な口調で、「あなたはそうは思いませんかな？」と、彼女に訊ねているところだった。

長年の修練のたまもので、ミス・マープルはこうした質問の扱いに熟練していた。

「さあ、なにしろわたしは経験にとぼしいものですから、どちらとも判断しかねますわ。どちらかといえば隠居に近いような生活を送ってきたものですから」

「いやおおいに結構、それこそ望ましい生活というものですな」パルグレイヴ少佐は寛大に調子を合わせた。

「それにひきかえあなたはたいそう多彩な生活を送ってこられたようですね」ミス・マ

ープルはさきほどの快い無関心の埋め合わせをするつもりで言葉をつづけた。

「まあまあですな」パルグレイヴ少佐は満足げにいった。「悪くない生活でしたよ」彼は品定めするように周囲を眺めまわした。「ここもなかなかすばらしい土地だ」

「ええ、まったく」と相槌を打ったミス・マープルは、もうつぎの言葉を抑えることができなかった。「こんな土地でもなにかしら事件はおこるのかしら？」

パルグレイヴ少佐はぽかんとした表情を浮かべた。

「むろんおこりますとも。スキャンダルはしょっちゅうです、たとえば――」

しかしミス・マープルの望んでいたのはスキャンダルではなかった。当節のスキャンダルには、本気で取り組むようなものはなにもない。男と女が相手のとりかえっこをし、しかも行儀よくそれを世間から隠してひとりひそかに自分を恥じるどころか、ことさらそのことに世間の注目をひきつけようとするご時世である。

「二年ほど前には殺人事件さえおこりましたよ。ハリー・ウェスタンという男です。新聞にでかでかと出たからたぶんおぼえておられるだろうが」

ミス・マープルは気のないようすでうなずいた。それは彼女好みの殺人事件ではなかったからだ。新聞が大々的に書きたてたおもな理由は、事件の関係者がみな金持ちだということだった。たしかハリー・ウェスタンという男が妻の愛人のデ・フェルラーリ伯爵を射殺し、しかも彼の周到なアリバイがじつは金で買われたものだった、といったような事件だった。事件当時みんなが酒に酔っていて、おまけに麻薬中毒患者がたくさんからんでいたようだった。あまり興味ある人たちじゃない、とミス・マープルは思った——もっとも、たいそう派手で、見世物としてはなかなか魅力のある人たちだった。しかしどう考えても彼女の好みには合わなかった。

「しかもですな、それがあのころおきた唯一の殺人事件ではなかったのです」少佐はうなずいてウインクした。「ほかにもいくつか疑わしいことがあった——おっと！——」

ミス・マープルが毛糸の玉を落としたので、少佐は前かがみになってそれを拾ってやった。

「殺人といえば」と、彼はつづけた。「一度ひじょうに興味深いケースにぶつかったことがある——といってもわしが直接関係したわけではないのだが」

ミス・マープルは微笑を浮かべてさきをうながした。

「ある日例によってクラブに集まった連中が四方山《よもやま》話に興じているとき、中の一人がある話をはじめた。その男は医者で、話というのは彼の患者に関するものだった。一人の若い男が真夜中にやってきて彼を叩きおこした。妻が首を吊ったのだという。その家には電話がなかったので、男はとりあえず紐を切って奥さんをおろし、応急手当をしたあとで、車を引きだして医者を捜しに出てきたというわけです。奥さんは死んでいなかったがかなりの重態だった。とにかく、あやういところで一命をとりとめたのです。若い男は彼女を深く愛しているように見えた。まるで子供のように泣いたそうです。じつはしばらく前から、ときおり妙に沈みこんだりして、妻のようすがおかしいことに気がついていたらしい。とにかく、それで事件はひとまず落着して、万事丸くおさまったかに見えた。ところが実際は、それから約一ヵ月後に、奥さんが睡眠薬の飲みすぎで死んでしまったのです。悲しむべき事件でした」

パルグレイヴ少佐は言葉を休めて数回うなずいた。明らかにそれでぜんぶだとは思えなかったので、ミス・マープルは続きを待った。

「話はこれでおしまいだと思うでしょう。事実神経衰弱の女が睡眠薬の量を誤っただけのありふれた事件だった。ところがおよそ一年後に、その医者が同業の友人と話をしているとき、相手が、身投げをはかって夫に助けあげられ、医者の手当てで命をとりとめた婦人の話を持ちだしたのです——しかも彼女は数週間後にガス自殺をしたというのです。どうです、偶然とはいえよく似た話だと思いませんかな？　わしの友人の医者はこういったそうです——『わたしもそれによく似た事件を知っている。ジョーンズという名前（あるいは別の名前だったかもしれんが）だったが——きみのほうの夫の名前は？』『さあ、よくおぼえてないね。たしかロビンスンだったと思うが、とにかくジョーンズではなかったよ』

とにかく二人の医者は顔を見合わせて、妙な話があればあるものだと語り合ったそうです。それからわしの友人がスナップ写真を一枚とりだした。彼はその写真を相手に見せていったのです。『ほら、この男だよ――わたしは事故の翌日、細かいことを調べるためにその家へでかけていったんだが、玄関のすぐわきにこの土地ではお目にかかったことのない種類のすばらしいハイビスカスが咲いていた。ちょうど車の中にカメラがあったんで、一枚撮っておいたんだ。ちょうどシャッターを切った瞬間に夫が玄関から出てきたので、花と一緒に彼も写ったというわけさ。ご本人はそれに気がつかなかったらしいがね。さっそくなんという名前のハイビスカスか訊いてみたが、彼は答えられなかったよ』もう一人の医者がその写真を眺めてこういったのです。『少しピントがぼけているが、誓ってほぼ間違いないと断言できる――これはわたしの話の男と同、一、人、物、だ、よ、！』

二人の医者がそれからさきを調べたかどうかは知りません。しかし、もし調べたとしても、結局なにもつかめなかったんですな。そのジョーンズだかロビンスンだかいう男は、よっぽど巧みに足跡をくらましてしまったらしい。それにしても妙な話だとは思いませんか？　そんなことがはたしておこりうるものだろうか？」

「ええ、ええ、おこりえますとも」ミス・マープルは落ち着きはらって答えた。「ほとんど毎日のようにおこってますよ」

「まさか。そんなばかげた話があるもんですか」

「一定の方式がうまくいきだすと——人間はもう止まりません。いつまでもそれをつづけるようになってしまうものです」

「浴槽の花嫁——ああいったたぐいですかな？」

「ええ、あれもひとつの例ですわ」

「医者は珍しいものだからといってその写真をわしにくれた——」

パルグレイヴ少佐は中身のぎっしり詰まった紙入れを手探りしながらぶつぶついいはじめた。「ごたごたいろんなものが入っておる——わしは、なぜこんなものを大事にとっておくのかな……」

ミス・マープルにはその答えがわかるような気がした。それは少佐の商売道具の一部なのだ。それらは彼のレパートリーにある物語を説明する、いわば挿絵《さしえ》のようなものだった。たったいま彼が語った話にしても、もともとそういう形式だったのではなく、何度もくりかえし語っているうちにしだいに発展して現在の形をとったものだった。

少佐はなおも独り言をいいながら紙入れをかきまわしていた。「あの件をすっかり忘れていたな。それにしてもあれはいい女だった――ところでこれはどこだったかな？――ああ、それで思いだした――あれは実際すばらしい牙だった！　ぜひともあなたにお見せしなくちゃ――」

彼は急に独り言をやめて、小さな写真を一枚選びだし、それをしげしげとみつめた。

「殺人犯のスナップ写真をごらんになりますかな？」

彼女にその写真を渡そうとした少佐の手が、急に動きを止めた。ますます剝製のひきがえるに似て見えるパルグレイヴ少佐は、彼女の右肩ごしにじっとうしろをみつめている気配だった――そこから数人の足音と話し声が近づいてきた。

「やれやれ、困ったぞ――そのう――」彼は紙入れから出したものをぜんぶ元に戻してポケットに押しこんだ。

少佐の顔がいちだんと濃い赤紫色に変わった。彼はわざとらしい大きな声で叫んだ。

「さっきの話の続きだが――その象の牙をあなたにお見せしたいもんですな――そいつはわしがしとめた中ではいちばん大きな象で――やあやあ、こんにちは！」彼の声は作りものの親しげな調子を帯びた。

「これはこれは！　お歴々四人お揃いで――動植物の観察ですか――今日はどんな収穫

がありましたかな？」

近づいてきた足音の主は、ミス・マープルもすでに顔見知りの四人のホテル滞在客だった。一行は二組の夫婦者で、ミス・マープルもまだ彼らの姓までは知らなかったが、白い蓬髪を逆立てた大男は〝グレッグ〟と呼ばれ、その妻の金髪女がラッキーという名前だということは知っていた――そしてもう一組の夫婦のほう、浅黒い痩せた男と、美人だが日に焼けた顔の女が、エドワードとイーヴリンという名前だということも。彼らは植物学者で、鳥類にも興味を持っているという話だった。

「収穫はゼロですよ」と、グレッグが答えた――「少なくともわれわれが捜しているものについてはね」

「ミス・マープルをごぞんじでしたかな？　ヒリンドン大佐とその夫人、それにグレッグとラッキーのダイスン夫妻です」

四人はミス・マープルに愛想よくあいさつし、ラッキーがいますぐなにか飲まないと死んでしまうと声高にいった。

グレッグは少しはなれた場所に座っているティム・ケンドルに声をかけた。ケンドル夫人がかたわらで帳簿とにらめっこをしていた。

「ティム。みんなになにか飲み物を頼むよ」それからテーブルの人々に訊いた。「プランターズ・パンチでいいかね？」

彼らはうなずいた。

「ミス・マープルも？」

ミス・マープルはそれで結構ですと答えたが、ほんとはライム・ジュースが欲しかった。

「ミス・マープルはライム・ジュースですよ」と、ティム・ケンドルがいった。「それにプランターズ・パンチを五つですね？」

「きみも一緒にやるかい、ティム？」

「そうしたいんですが、この計算を片づけてしまわないといけないんです。なにもかもモリーに押しつけるわけにもいきませんのでね。ところで今夜はスチール・バンド（カリブ海地方特有のドラム缶をいろんな高さに切った楽器を演奏するバンド）が入りますよ」

「それは楽しみだわ」と、ラッキーが叫んだ。「まったくいやになっちゃう」と顔をしかめた。「全身傷だらけよ。痛い！　エドワードったらわざとわたしをイバラの茂みに押しこむんですもの！」

「きれいなピンク色の花だったじゃないか」と、エドワードがいった。

「それからりっぱな長いとげもあったわ。あなたって意地の悪いサディストね、エドワード」

「ぼくとはちがって」と、グレッグが笑いながらいった。「やさしい人間感情にあふれているよ」

イーヴリン・ヒリンドンはミス・マープルの隣りに座って、うちとけた口調で彼女に話しかけた。

ミス・マープルは編み物を膝の上においた。首筋のリウマチのせいでゆっくりと、少し辛そうに、顔を右肩にまわしてうしろを見た。少しはなれた場所に金持ちのラフィール氏の住む大きなバンガローがあった。しかしいまは人のいる気配がなかった。

彼女はイーヴリンに適当に調子を合わせていたが（ほんとにみなさん親切な方ばかりですこと！）、目は慎重に二人の男の表情を追っていった。

エドワード・ヒリンドンは感じのよい人間だった。物静かだがたいそう魅力的だった……そしてグレッグのほうは――大男で、騒々しく、なんの気苦労もなさそうだ。彼とラッキーはカナダ人かアメリカ人だろう、とミス・マープルは見当をつけた。

彼女は依然としていささかオーバーな愛想のよさを見せつづけているパルグレイヴ少佐を見やった。

なにかわけがありそうだわ……

2　ミス・マープル、品定めをする

I

その夜のゴールデン・パーム・ホテルはたいそうにぎやかだった。

隅の小さなテーブルに座ったミス・マープルは、興味しんしんであたりを見まわしていた。食堂は三方が西インド諸島の温和でかぐわしい空気に開けた大きな部屋だった。各テーブルには柔らかい色合いの小さなスタンドが置かれていた。女たちのほとんどは軽いコットン・プリントのイヴニング・ドレスを着て、日に焼けた肩と腕をあらわにのぞかせていた。ミス・マープル自身はといえば、甥の妻のジョーンから、いとも深い思いやりのこもった態度で、〝わずかな額の小切手〟を受けとってくれるよういい含められていた。

「だってジェーンおばさん、向こうはかなり暑いと思うんですけど、おばさんは超薄物の服なんか持ってらっしゃらないでしょう」

ジェーン・マープルはありがたく小切手をいただいた。彼女は年寄りが若い者を養い、金銭的な援助をするけれども、同時に中年の者が年寄りの面倒を見るのもごく自然なことだった時代の人間だったからである。とはいうものの、超薄物の服とやらはさすがに買う気になれなかった！　彼女ぐらいの年齢になると、これ以上はないという暑い日でも不快なほど暑さを感じるようなことはめったになかったし、それにサン・トノレの気温は、いわゆる〝熱帯性の高温〟などというほどのものではなかった。今夜の彼女は、イングランドの田舎に住む淑女のよき伝統衣裳――すなわちグレーのレースを身にまとっていた。

年寄りは彼女ひとりだったわけではない。食堂にはあらゆる年代を代表する人たちがいた。三人目か四人目の若い夫人を連れた老大実業家たちがいた。イングランド北部からやってきた中年の夫婦も何組かいた。カラカスからきた子供の多い陽気な一家もいた。南米のさまざまな国の代表も顔を見せていて、みな声高にスペイン語かポルトガル語でおしゃべりをしていた。イギリス勢も牧師が二人、医者と退職判事が一人ずつといったぐあいに健在だった。中国人の一家さえいた。食堂のサーヴィスを受け持つのは主として女たち、糊のきいた白い服を着て堂々と胸を張った長身の黒人女たちだったが、経験豊かなイタリア人給仕頭が一人と、フランス人のワイン・ウェイターがいて、そのうえティム・ケンドルが隅々まで目を配りながら、そこかしこに立ちどまっては客にお愛想をふりまいていた。ケンドル夫人もかいがいしく夫を助けていた。彼女はなかなかの美人だった。髪は生まれながらの金髪で、大きな口をあいてよく笑った。モリー・ケンドルが不機嫌な顔を見せることはまずめったになかった。使用人はみな彼女のためにまめに働いたし、彼女は彼女で客の一人一人を見分けて細やかに気を配った態度で接した。年配の男の客にはほどほどに笑顔とコケットリーをふりまき、若い女の場合は着ているものをほめあげた。

「まあ、今夜はとてもすてきなドレスをお召しですこと、ミセス・ダイスン。羨ましくて背中からむしりとってやりたいくらいですわ」しかしそういう彼女のドレスもたいそうすてきだった。少なくともミス・マープルの目にはそううつった。白いシース（体にぴったりしたドレス）、肩にふわりとかけた刺繍入りの薄緑のシルク・ショール。ラッキーがそのショールを指でつまんでいた。「すてきな色だこと！　わたしもこういうのが欲しいわ」

「ここの売店で売ってますのよ」と答えて、モリーはつぎの客のほうへ進んでいった。彼女はミス・マープルのテーブルには立ちどまらなかった。年とった婦人たちはたいてい夫にまかせておく主義だった。「お年寄りのご婦人は男性のほうがずっと好きなものよ」というのが彼女の口癖だった。

ティム・ケンドルがミス・マープルに近づいて腰をかがめた。

「なにか特別のご注文はありますか?」と、彼は訊ねた。「もしあったらそうおっしゃってください——特別に作らせますから。ホテルの料理は、セミ・トロピカルですから、ふだん召し上がっていらっしゃるものと違ってお口に合わないんじゃないですか？」

ミス・マープルはにっこり笑って、それが外国旅行の楽しみのひとつなのだと答えた。

「それなら結構です。しかしなにかご注文があったら——」

「たとえばどんなですの？」

「そうですね——」ティム・ケンドルはいささか自信のなさそうな顔をした——「バター・パンのプディングなんかはどうでしょうか？」と思いつくままにいってみた。

ミス・マープルは笑いながら、さしあたりバター・パンのプディングは欲しくありませんと答えた。

彼女はスプーンをとって、パッション・フルーツのアイスクリーム・サンデーをうれしそうに味わいながら食べはじめた。

やがてスチール・バンドの演奏がはじまった。スチール・バンドは西インド諸島の呼び物のひとつだった。正直なところミス・マープルはそれほどおもしろいものだとは思わなかった。不必要にかん高い騒音をまき散らすだけのように思えた。しかしほかの人たちがみなその音楽を楽しんでいることは否定できなかったので、ミス・マープルはほんとうの意味の若さの精神を発揮して、それほどおもしろいものなら自分もなんとかしてそれを好きになるように努力しようと心に決めた。ティム・ケンドルに頼んでどこからか《青きドナウ》の静かな調べ（とても優雅なワルツの調べ）を引きだしてもらうような気にはなれなかった。ダンスといえば当節の人々のダンスほど奇妙なものはなかった。やたらにはねまわり、どう見ても体をひねりすぎるとしか思えないダンス。でも若い人たちはあれで結構楽しんでいるのに違いない――そこのところで彼女の思いはふっととぎれた。考えてみれば、ホテルの滞在客の中に若い人はかぞえるほどしかいなかったからである。ダンスも、照明も、バンドの音楽も（たとえスチール・バンドとはいえ）、みな疑いもなく若い人たちのためのものだった。でもその若者たちはいったいどこにいるのか？　おそらく大学で勉強しているか、職場で働いているのだろう――そういう人たちにとっては一年に二週間の休暇がやっとというところなのだ。こういう場所はあまりにもかけはなれた世界で、おまけに金もかかりすぎる。この陽気でなんの苦労もない生活は、三十代、四十代の人たち――それに若い妻たちのご機嫌とりをしながら暮らしている老人たちに独占されているのだ。それはある意味では残念なことだった。

ミス・マープルは若者たちのことを思って溜め息をついた。もちろんケンドル夫人は若い。せいぜい二十二、三歳というところだろうし、彼女は彼女なりに楽しんでいるように見える――だが彼女のしていることは仕事なのだった。

近くのテーブルに聖堂参事会員のプレスコットと彼の妹が座っていた。ミス・マープルはコーヒーを一緒に飲まないかと彼らに誘われたので席を移った。ミス・プレスコットは痩せ型の気むずかしい顔をした女で、聖堂参事会員のほうは太ったあから顔の、いたって愛想のよい人物だった。

コーヒーが運ばれ、椅子がテーブルから少しうしろへさげられた。ミス・プレスコットが裁縫袋の口をあけて、縁縫いのなかば進んだお世辞にも上手とはいえないテーブルマットをとりだした。彼女はその日の出来事をミス・マープルにすっかり話して聞かせた。彼らは午前中ある新しい女学校を訪問したのだった。それから昼休みのあとで、サトウキビ農園を通り抜けて、何人かの知り合いのいるペンションまで歩いてお茶を飲みに行った。

プレスコット兄妹はミス・マープルよりも前からゴールデン・パームに滞在しているので、ホテルの客の何人かについて彼女にいろいろ教えることができた。

たとえば例の老人、ラフィール氏。彼は毎年この地へやってくる。とてつもない大金持ちだという！　イングランド北部でスーパーマーケットの大チェーン店を経営している。彼と一緒にいる若い婦人は秘書のエスター・ウォルターズ――未亡人だという（もちろん変な関係なんかありませんよ。なんといってもラフィール氏のほうはもうすぐ八十歳ですからね！）。

ミス・マープルが二人の関係の正当さを理解する態度でうなずいて受けいれると、聖堂参事会員はいった。

「たいそうりっぱな若いご婦人ですよ。彼女の母親も未亡人で、チチェスターに住んでいるという話です」

「ラフィールさんは従僕も一人連れていらっしゃいますわ。いえむしろ看護係というのかしら――その人はマッサージ師の資格を持っているそうですわ。ジャクスンという名前でね。ラフィールさんはお気の毒に体の自由がほとんどきかないのです。ほんとに悲しいことですわ――ありあまるほどのお金がありながら」

「たいそう気前のよい方なんですよ」と、プレスコット師が力説した。

人々はスチール・バンドから遠くはなれたり、あるいはいっそう近くへ寄ったりして、新しいいくつかのグループができあがりつつあった。パルグレイヴ少佐はヒリンドン＝ダイスン夫妻の四人組に仲間入りしていた。

「ところであの人たちは――」ミス・プレスコットはスチール・バンドの騒音で簡単にかき消されてしまうにもかかわらず、必要以上に低い声でいった。

「ええ、わたしもあの人たちのことをお訊きしようと思っていたところですわ」

「彼らは去年もここへきましたわ。毎年三ヵ月間西インド諸島ですごして、ほうぼうの島を渡り歩くんですよ。背の高い痩せた人がヒリンドン大佐、日に焼けた女性が彼の奥さんで――二人とも植物学者です。ほかの二人はグレゴリー・ダイスン夫妻といって、アメリカ人ですわ。ご主人のほうは蝶に関する本を書いているそうです。そして四人とも鳥類に興味を持っているようですわ」

「野外の趣味を持つということは非常にいいことですな」と、プレスコット師がにこやかにいった。

「さあ、あの人たちはそれを趣味といわれて喜ぶかしら、ジェレミー」と、彼の妹がいった。「あの人たちの書いたものは《ナショナル・ジオグラフィック》や《ロイヤル・ホーティカルチュラル・ジャーナル》などの雑誌に載っているんですよ。だからご本人たちはひとかどの権威だと思っているんですわ」

彼らが眺めているテーブルから騒々しい笑い声がおこった。スチール・バンドの演奏も顔負けするほどの大きな笑い声だった。グレゴリー・ダイスンは椅子の背にのけぞってテーブルをどすんと叩き、彼の妻は夫の不作法をたしなめ、パルグレイヴ少佐はグラスを飲みほして拍手をしているようだった。

それはどう見ても自分をひとかどの権威であると考えている人々にふさわしい態度ではなかった。

「パルグレイヴ少佐はあんなにお酒を召し上がっちゃいけませんわ」と、ミス・プレスコットがきつい口調でいった。「あの方は血圧が高いんですもの」

プランターズ・パンチのおかわりがテーブルに運ばれた。

「みなさんがどんな方か説明していただいてとてもありがたいですわ」と、ミス・マープルがいった。「今日の午後あの方たちに会ったときなんか、どの人とどの人が夫婦なのかも知らなかったんですから」

一瞬沈黙が訪れた。ミス・プレスコットは短い乾いた咳をしていった。「じつは、そのことなんですけど――」

「ジョーン」と、彼女の兄がたしなめるようにいった。「そのへんでやめておいたほうがいいんじゃないかな」

「わかってますよ、ジェレミー、わたしはなにもいうつもりなんかありません。ただ去年、なにかの理由で――わたしにもなぜかわからなかったんですけど――わたしたちはてっきりダイスン夫人がヒリンドン夫人だと思いこんでしまって、人に教わるまでその間違いに気がつかなかったんですの」

「印象なんてあてにならないもんですわね」と、ミス・マープルは無邪気に応じた。一瞬彼女の目がミス・プレスコットの目とぶつかった。女性特有のかんが二人のあいだに働いた。

ジェレミー・プレスコットよりもう少し敏感な男なら、自分が邪魔者《ド・トロ》扱いされていると感じたことだろう。

女たちのあいだでまた合図が交わされた。言葉にだしていったのと同じくらいはっきりと、「そのうちおりを見て……」という意味が一方から一方へと通じた。

「ダイスンさんは奥さんをラッキーと呼んでますわね。あれは本名なのかしら、それともニックネームかしら?」ミス・マープルが質問した。

「まさか本名ということはないでしょうね」

「そのことならわたしがご主人に訊いてみましたよ」と、プレスコット師がいった。

「彼は奥さんが自分に幸運をもたらしてくれるので、ラッキーと呼んでいるのだといってましたな。もし彼女を失えば、彼の幸運もおしまいになってしまうのだそうです。うまいいい方だと思いましたよ」

「彼は冗談がとても好きなんですよ」と、ミス・プレスコットがいった。

プレスコット師は疑わしそうに妹の顔を見た。

スチール・バンドは一段とにぎやかに爆発的な不協和音を奏で、一群のダンサーたちがフロアに駆けだしてきた。

ミス・マープルたちは椅子の向きを変えて踊りを見守った。ミス・マープルは音楽よりも踊りのほうを楽しんだ。すり足で歩きまわり、リズムに乗って体を揺するおもしろい踊りだった。これは本物らしい、と彼女は思った。そこには控えめな表現からにじみでる力強さがあった。

その夜はじめて、彼女は新しい環境の中でいくぶんかくつろいだ気分になりはじめていた……それまではいつもなら簡単に見つけられるもの、はじめて会った人々とすでに知っているさまざまな人たちとの類似点が、どうしても見出せないのだった。おそらく派手な衣裳やエキゾティックな色彩に眩惑されていたのだろう。だが、間もなく、彼女はいくつかの興味深い比較が可能だという感じを持った。

たとえばモリー・ケンドルは、名前は思いだせないが、マーケット・ベーシングのバスの女車掌に似ていた。その車掌は乗客に手をかしてくれたし、客が安全に座席に腰をおろすまではけっして発車のベルを鳴らさなかった。ティム・ケンドルはメドチェスターのロイヤル・ジョージの給仕頭にほんの少しばかり似ていた。自信にみちているが、それでいて心配性なのだ（ロイヤル・ジョージの給仕頭は胃潰瘍の持病があったことを彼女は思いだした）。パルグレイヴ少佐に関していえば、彼はリロイ将軍、フレミング大尉、ウィックロー提督、それにリチャードスン海軍中佐といった人たちとまったく区別がつかなかった。彼女はもっと興味ある人のことを考えてみた。たとえばグレッグはだれに似ているだろう？　グレッグはアメリカ人なので、比較は難しかった。サー・ジョージ・トロロープにいくらか似ているといえるかもしれない、民間防衛会議でいつも冗談をいって人を笑わせるサー・ジョージか——さもなきゃ肉屋のマードックさんといったところかしら。マードック氏はあまり芳しい評判の持ち主ではなかったが、それはたんなる噂の域を出ないという人もいた。しかも、マードック氏自身がその噂を焚きつけているという話だ！　〝ラッキー〟はどうだろう？　これは簡単だった——スリー・クラウンズのマーリーンというところだ。イーヴリン・ヒリンドンは？　イーヴリンを正確にだれかにあてはめることはできなかった。外見はいろんな役柄にあてはまった——長身で痩せていて、日に焼けたイギリス女はそこらにざらにいるからである。ピーター・ウルフの最初の奥さんで、自殺したキャロライン・ウルフというところかしら？　あるいはレスリー・ジェームズ——めったに感情を面《おもて》に出すことがなく、家を売り払って村のだれにも一言もあいさつをせずに姿を消してしまったあの無口な女にも似ていた。ヒリンドン大佐は？　すぐに思いつく手がかりはない。彼の人物をもう少し知らなければ。物静かな礼儀正しい紳士たちの一人。そういう人たちはなにを考えているのかとんとわからない。ときどき人を驚かすようなことをやってのける。たとえばハーパー少佐は、ある日いともひっそりと自分の喉を切った。彼がなぜそんなことをしたのかは結局だれにもわからなかった。ミス・マープルにはその理由がわかるような気がした――だが結局確信は持てなかった……

彼女の視線はラフィール氏のテーブルへ移動した。ラフィール氏に関してわかっているおもなことは、信じられないほどの大金持ちであること、毎年西インド諸島にやってくること、半身不随で皺くちゃの猛禽《もうきん》類のような顔をしていることなどだった。着ているものは縮んだ体からだらしなく垂れさがっていた。年齢は七十歳とも八十歳とも、あるいは九十歳とも見えた。目つきが鋭く、しばしば不作法とも思えるほどだったが、人人はめったに気を悪くすることがなかった。ひとつには金持ちだというせいもあったが、彼の威圧的な存在の持つ催眠術的効果が、なぜかラフィール氏は彼が望めば人に不作法な態度をとっても許されるのだと思わせるようなところがあったからである。

彼と一緒に秘書のウォルターズ夫人が座っていた。髪は小麦色で、感じのよい顔だちだった。ラフィール氏はしばしば彼女にひどい意地悪をしたが、彼女はいっこうにそれに気がついていないように見えた——卑屈というよりはむしろ忘れっぽい性格なのだった。たぶんあの人は病院の看護婦あがりかもしれない、とミス・マープルは思った。

白い上着を着た長身のハンサムな若い男が、ラフィール氏の椅子のそばに近づいてきた。老人は彼を見あげてうなずき、椅子をすすめた。青年はいわれたとおりに腰をおろした。「たぶんあの人がジャクスンさんだわ」と、ミス・マープルは独りごちた——「ラフィールさんの世話係の」

彼女はジャクスン氏を注意深く観察した。

II

ホテルのバーで、モリー・ケンドルが背筋をのばしてハイヒールの靴を脱いだ。ティムがテラスから入ってきてそばに座った。いまのところバーにはほかにだれもいなかった。

「疲れたかい？」と、彼が訊ねた。

「ほんの少しね。今夜は足が痛くなりそうだわ」

「我慢できないほどじゃないんだろうね、この仕事が？　つらい仕事だということはわかってるが」彼は心配そうに妻の顔をのぞきこんだ。

彼女は笑って答えた。「ティムったら、ばかなことをいわないでよ。わたしはここが大好きよ。とてもすてきだわ。昔からの夢が実現したんですもの」

「そうとも、すばらしいことだよ――客としてここにいるのならね。しかしホテルの経営となると――これは仕事だからな」

「なにもかもいいことずくめってわけにはいかないんじゃないかしら？」たしかにモリー・ケンドルのいうとおりだった。

ティム・ケンドルは眉をひそめた。

「ほんとにうまくいっていると思うかい？　ぼくたちの仕事は成功すると思うかい？」

「もちろん成功するわ」

「人々が〝結局サンダースン夫妻のころとおなじことじゃないか〟といってるとは思わないかい？」

「もちろんそういう人もなかにはいると思うわ――いつだってそういう人はいるものよ。でもそれは年とった旧弊《きゅうへい》な人たちだけよ。わたしたちのほうがサンダースン夫妻よりもこの仕事をうまくやっているという自信があるわ。あなたはおばあさん連中に愛嬌をふりまいて、ぞっとするような四十女や五十女でも口説きかねないような顔をしているし、わたしはわたしで老紳士たちに色目をつかって、彼らをさかりのついた犬みたいな気分にさせたり――さもなきゃセンチメンタルなお年寄りが持ちたいと願っているようなかわいい小娘の役割をりっぱに演じているじゃない。ねえ、わたしたちの評判は非のうちどころがないのよ」

ティムのしかめっ面が消えた。

「きみはそう思っているかもしれないが、ぼくは心配なんだよ。ぼくたちはこの仕事にすべてを賭けたんだ。前の仕事を棒に振ってまで――」

「そのほうがよかったのよ」モリーがすばやく言葉をはさんだ。「あんなに神経の疲れる仕事はなかったわ」

彼は笑いながらモリーの鼻のてっぺんにキスをした。

「もう大丈夫よ、わたしたちの評判は上々だわ」と、彼女はくりかえした。「どうしていつも心配ばかりしているの？」

「たぶん生まれつきなんだよ。ぼくはいつも考えているんだ――なにかまずいことがおこりそうだとね」

「いったいなにが——」

「そいつはわからんさ。だれかが溺れ死ぬかもしれないしね」

「そんなことはありえないわ。ここはいちばん安全な海岸よ。それにあの図体の大きなスウェーデン人がいつも見張っているわ」

「ぼくがばかだったよ」とティム・ケンドルがいった。彼はちょっとためらってからつけ加えた。「ところで、きみはもう悪い夢は見ないんだろう?」

「あれはなんでもなかったのよ」と答えて、モリーは笑った。

3　ホテルでの死

ミス・マープルはいつものように朝食をベッドに運ばせた。お茶、ゆで卵、それにパパイヤの輪切りという献立だった。

この島のフルーツは期待はずれだったわ、とミス・マープルは思った。出てくるのはいつもパパイヤばかりのようだった。いまおいしいりんごが食べられたら——しかしりんごはここでは知られていないようだった。

島に到着してから一週間もたったいま、ミス・マープルは、お天気ぐあいをたずねたくなる衝動を克服していた。ここの天候はつねに同じで——晴天ばかりだった。興味ある変化はいっさい認められなかった。

「数々の輝かしい変化に富んだイギリスの天候」と呟いてから、彼女はいったいその言葉がなにかの引用だったか、それとも自分で考えだしたのかと首を傾げた。

もちろんこの土地にはハリケーンがある、少なくとも彼女はそう聞いていた。しかしミス・マープルの語感からすれば、ハリケーンは天候の一種ではなかった。その本質はむしろ天災に近かった。また五分間降りつづいてぴたりとやむ激しい驟雨《しゅうう》もあった。森羅万象ことごとくずぶ濡れになるのだが、五分もするとそれがみな乾きあがってしまうのだった。

西インド諸島の黒人娘は、ミス・マープルの膝の上に盆をのせながら、にっこり笑っておはようございますといった。真白な美しい歯、幸福そうな笑顔。ここの娘たちはみんな気だてもよい、彼女たちが結婚を嫌うのは残念なことだった。それはプレスコット師の気がかりの種でもあった。洗礼式は多いのだが、結婚式はめったにないのです、と彼は自分を慰めるような口ぶりでいった。

ミス・マープルは朝食を食べおわって一日の計画を立てた。というより、実際にはあれこれ考える必要がなかった。都合のよい時間に起きだして、外はかなり暑いし、指も以前ほどはかばかしく動かないので、ゆっくりと動きまわる。それから十分間かそこら休んで、編み物を少しやってから、ホテルのほうへゆっくり歩いていって腰をおろす場所を決める。海に面したテラスがいいかしら？　それとも浜へ出て海水浴客や子供たちでも眺めようか？　いつもは後者のほうだった。午後は昼寝のあとでドライヴにでかけてもよい。ま、それはどうでもよかった。

今日も変わりばえのしない一日になりそうだわ、と彼女は心の中で呟いた。

だが、もちろんそうではなかった。

ミス・マープルが計画どおりのプログラムを消化して、ホテルへの小径《みち》をゆっくり歩いているときに、モリー・ケンドルとばったり出会った。珍しくこの快活な若い女は笑顔を見せなかった。それどころかいかにも彼女らしくないとり乱しようだったので、ミス・マープルは躊躇《ちゅうちょ》なく声をかけた。

「あなた、なにかあったんですか？」

モリーはうなずいた。そしてためらいながらいった。「そうね、どうせあなたにもわかることですわ――いずれみんなに知れることですもの。パルグレイヴ少佐なんです。あの方が死んだんです」

「死んだですって？」

「ええ。夜のあいだに死んだのです」

「まあ、お気の毒に」

「ええ、ホテルで死人が出るなんて恐ろしいことですわ。みなさんいやな気持ちになってしまいます。そりゃもちろん――あの方はかなりのお年でしたけど」

「昨日はあんなにお元気で楽しそうにしてらしたのに」ミス・マープルは老人はいつな

んどき死ぬかわからないというモリーの冷静な仮定にいささか義憤を感じながらいった。

「彼はとても健康そうでしたわ」と、彼女はつけ加えた。

「あの方は血圧が高かったんです」

「でもこのごろはいろんな薬がありますよ。科学がすばらしく発達していますからね」

「そりゃそうですけど、たぶん彼は薬を服《の》むのを忘れたか、たくさん服みすぎたかしたんでしょう。インシュリンがそうですわ」

ミス・マープルには糖尿病と高血圧が同じ種類の病気だとは思えなかった。彼女は訊ねた。

「お医者さんはどういってますの？」

「ええ、いまは引退同様で、このホテルに住んでいるグレアム先生が診断なさいましたし、もちろん警察からもお医者さんがきて死亡証明書を書きましたけれども、疑問はまったくないようですわ。血圧の高い人にはとくにお酒を飲みすぎたときに、こういうことがおこりやすいんですって。パルグレイヴ少佐はことお酒に関してはひどく聞きわけのない方でしたからね。たとえばゆうべだってそうでしたわ」

「ええ、わたしもそのことには気がつきましたよ」

「たぶん薬を服むのを忘れたんでしょう。あの方には運が悪かったとしかいいようがないけど——でも人間だれしもいつかは死ぬんですわ。それにしても困りましたわ——わたしとティムの立場ですけど。ホテルの食事が悪かったんだなんて噂が立つかもしれませんし」

「でも食中毒と高血圧の徴候ははっきり別物なんでしょう？」

「ええ。だけど人の口に戸は立てられませんわ。もしみなさん、やっぱり食事が悪かったんだと決めて——ここから出ていったり——あるいはお友だちに話したりしたら——」

「それはとりこし苦労というものですよ」と、ミス・マープルは優しく慰めた。「あなたもいうように、パルグレイヴ少佐のような老人は——きっと七十を過ぎているでしょう——ほんとにいつ死ぬかわからないものです。だからたいていの人はごくありふれた事件だと思うでしょうよ——悲しいことだけれど、べつに変わったことじゃないとね」

「それにしても」とモリーが顔を曇らせた。「あんまり急だったものですから」

たしかに急だった、とミス・マープルはゆっくり歩きつづけながら思った。つい昨日の晩、上機嫌で笑いながらヒリンドン夫妻、ダイスン夫妻と語り合っていたというのに。ヒリンドン夫妻とダイスン夫妻……ミス・マープルはなおいっそう歩調をゆるめた……やがてだしぬけに立ちどまった。浜へ出るのをやめて、テラスの日陰に腰をおろした。

彼女は編み物をとりだし、思考の速度に遅れをとるまいとするようにすばやく編み棒を動かしはじめた。この事件はどうも気に入らない——どことなく気に入らない。あまりにも話が合いすぎる。

彼女は心の中で昨日の出来事を思い返してみた。

パルグレイヴ少佐と彼の懐古談……

それはごくありふれた話で、ことさら注意して聞く必要はなかった……しかし、ほんとはもっと身を入れて聞いていたほうがよかったのかもしれなかった。

ケニア——少佐はケニアのこと、それからインドのことを話した——英領インド北西辺境州——そしてそのつぎは——どういうはずみか話題は殺人に移った——そしてそのときでさえ彼女は本気で話を聞いていなかった……

この土地でおきた有名な殺人事件——それは新聞にも出た——

少佐が一枚のスナップ写真のことを話しはじめたのは、さらにそのあと——彼女の毛糸の玉を彼が拾ってくれたときだった。殺人犯のスナップ写真——少佐はそういっていた。

ミス・マープルは目を閉じて、その話の展開を正確に思いだそうとした。

それはかなり入り組んだ話だった——少佐が自分のクラブで——それともだれかほか

の人のクラブでだったか――ある医者から聞いた話で――しかもその医者がまた仲間の医者から似たような話を聞いた――そしてどっちかの医者が玄関から出てきたある人物を写真に撮った――その人物が人殺しだった――

そう、たしかそんな話だった――ようやく話の細部がミス・マープルの記憶によみがえってきた――

そして少佐はその写真を彼女に見せるといいだした――彼は紙入れをとりだして写真を捜しはじめた――その間ずっとおしゃべりをつづけていた――

やがて、なおもおしゃべりをしながら、少佐はふと顔をあげて――見た――彼女をではなく――彼女のうしろにいただれかを――正確にいうとその人物は彼女の右肩のうしろにいた。とたんに彼は口をつぐみ、顔色がどすぐろく変わった――彼はかすかに震える手で紙入れから出したものを元へ戻し、不自然なほど大きな声で象牙の話をはじめた。

その直後にヒリンドン夫妻とダイスン夫妻が彼らのテーブルに仲間入りした……

彼女が右肩ごしにふりかえって見たのはそのときだった……しかしそこにはだれもいなかった。左手の、ホテルの方角へ少しはなれた場所に、ティム・ケンドルと彼の妻がいた。そしてその向こうにはベネズエラからきた家族連れがいた。だがパルグレイヴ少佐はその方向を見ていたのではなかった……

ミス・マープルは昼食の時間まで考えつづけた。

昼食後のドライヴは中止した。

そのかわりに、気分がすぐれないのでグレアム医師に診察をお願いしたいとフロントに連絡した。

4 ミス・マープル、診察を乞う

グレアム医師は六十五歳前後の親切な老人だった。西インド諸島で長年開業医としてやってきたが、いまはなかば引退の身で、仕事の大半を西インド諸島人の同業者にまかせていた。彼はミス・マープルに愛想よくあいさつして、どこが悪いのかと訊ねた。幸いミス・マープルほどの年になると、患者の側から多少の誇張をまじえて訴えられる病気のひとつやふたつには事欠かなかった。ミス・マープルは〝肩〟にしようか〝膝〟にしようかと迷ったすえ、結局膝に決めた。ミス・マープルの膝は、彼女ならきっとこういうだろうという表現に従えば、つねに彼女の味方だった。

グレアム医師はきわめて親切な人だったが、彼女の年齢ではよくありがちな故障なのだという事実を、はっきり口に出してはいわなかった。彼は医者の処方の基礎をなしている有効な錠剤の一種を彼女のために処方した。たいていの老人ははじめてサン・トノレにくると淋しい思いをすることを経験から知っていたので、彼はしばらく居残って世間話のお相手をつとめた。

「とてもいい人らしいわ」と、ミス・マープルは心の中で呟いた。「こんな人に嘘をつかなければならないなんて気がひける。でもほかにどんな方法があるかしら」

ミス・マープルは真実にしかるべく敬意を払うように育てられた人間だったし、事実生まれつきたいそう誠実な人柄だった。しかし時と場合によっては、そうすることが義務だと思われるようなとき、彼女は驚くほどもっともらしく嘘をつくことができた。

彼女は咳ばらいをして、コンコンと言い訳めいた咳をしてから、年寄りめかしていくぶんそわそわしながらいった。

「じつはちょっとお訊ねしたいことがあるんですけど、グレアム先生。こんなことはいいたくないんですけど――でも、ほかにどうしてよいかわからないんです――もちろん、とてもつまらないことですわ。だけどわたしにとっては大切なことなんです。そこのところをわかってくださって、わたしの質問が退屈だとか、いずれにしろ許しがたいとかお考えにならないでいただきたいんです」

グレアム医師はすかさず親切に問いかえした。「なにか心配事でもおありですかな？できたらお役に立ちますよ」

「じつはパルグレイヴ少佐のことと関係があるんです。あの方がお亡くなりになったたなんて、ほんとに悲しいことですわ。今朝そのことを聞いたときはひどいショックを受けました」

「まったくです、あまりにも突然でしたからね。昨日まであんなに元気そうだったのに」言葉こそ優しかったが、型どおりのせりふだった。明らかに、彼にとってパルグレイヴ少佐の死はごくありふれたことでしかなかった。ミス・マープルははたしてこれで無から有を引きだせるだろうかと疑問に思った。こうしてなんでも疑ってかかる習慣がもうわたしの身についてしまったのだろうか？　もうわたしは自分自身の判断さえ信用できないのかもしれない。もっともこれは判断などというものではなく、まだほんの疑惑にすぎないのだけれど。いずれにせよもう乗りかかった船だった！　ここでやめるわけにはいかない。

「わたしたちは昨日の午後一緒におしゃべりをしてたんですよ」と、彼女はいった。「あの方はご自分の多彩で興味深い生活の話をしてくれていたんです。世界中のいろんな珍しいところへ行ってらっしゃいましたわ」

「まったくです」と、グレアム医師が相槌を打った。その彼も少佐の懐古談には何度うんざりさせられたことかしれなかった。

「それからあの方はご家族のこと、というより少年時代のことをお話しになったので、わたしも甥や姪たちのことを少しお話ししましたら、とてもおもしろそうに聞いておりましたわ。そこでわたしはちょうど手許にあった一人の甥のスナップ写真をお見せしたんです。とてもかわいい子なんです——少なくともいまはもう子供じゃないんですけど、わたしから見ればいつまでたっても子供みたいなもんですわ」

「そのお気持ちはよくわかりますとも」と答えながら、グレアム医師は、この老婦人はいったいいつになったら本題を切りだすのだろうといぶかっていた。

「わたしがその写真を手渡して、あの方がそれを眺めているとき、突然あの人たちが——みなさんとてもいい人たちですわ——ほら、野生の花や蝶を採集している、たしかヒリンドン大佐夫妻とかいう——」

「ほほう？　ヒリンドン夫妻とダイスン夫妻ですよ」

「そうそう、そうでしたわ。突然あの人たちが大声で笑い、話に興じながら近づいてきたのです。彼らはテーブルに加わって飲み物を注文し、それからわたしたちみんなでお話ししましたのよ。とても楽しかったですわ。ところがパルグレイヴ少佐はなんの気なしにわたしの甥の写真を自分の紙入れに入れてポケットにしまいこんでしまったらしいのです。わたしもそのときはついうっかりしていたんですけど、あとで思いだしてこう独り言をいいましたわ——『少佐にデンジルの写真を返してくれるよう、忘れずに頼まなくちゃ』ゆうべダンスとバンド演奏のあいだにそのことを思いだしたんですけど、みなさんとても楽しそうにしてらしたので、少佐の邪魔をしては悪いと思って、『いいわ、明日の朝返してもらいましょう』と自分にいい聞かせました。ところが今朝になってみると――」ミス・マープルは絶句した。

「なるほど、なるほど」と、グレアム医師はうなずいた。「お気持ちはよくわかります。で、あなたは――もちろんその写真をとり戻したいわけでしょうな？」

ミス・マープルは勢いよくうなずいた。

「そうなんです。写真はそれ一枚しかないし、ネガもありませんのでね。その写真だけは失くしたくないんですよ、かわいそうなデンジルは五年か六年前に死んでしまったものですから。あの子はわたしのお気に入りの甥でした。いまあの子を思いだすよすがは、あの写真一枚だけなのです。じつはこんな厄介なことをお願いしてもと迷っていたんですけど、できたらその写真をとり返していただけないでしょうか？　あなた以外のどなたに頼めばよいのか、わたしにはわからないのです。はたしてどなたが少佐の所持品やなにかを引きとることになるのか。とても簡単にはいきそうもありませんわ。こんなことをいいだしたらさぞ厄介なばあさんだと思われるでしょう。だって警察はわたしの気持ちなんかわかってくれませんもの。その写真がわたしにとってどれだけ大切なものかということは、だれにもわかってもらえませんわ」

「もちろん、わたしにはよくわかりますよ」と、グレアム医師はいった。「あなたのお気持ちはごく自然なものです。じつをいうとわたしは間もなく地元の警察の人間と会うことになっています――葬式は明日の予定で、近親者に連絡する前に行政府からだれかが故人の所持品を調べにやってきます――そこでそれがどんな写真かということをあなたから聞いておけば――」

「ある家の玄関の写真ですわ」と、ミス・マープルはいった。「その玄関からある男が――つまりデンジルですけど――出てくるところなんです。写真を撮ったのはわたしの別の甥ですけど、これはフラワー・ショーが大好きなもんですから、たぶん玄関脇のハイビスカスか、あるいは例の美しい――アンチパストとかいう名前の――百合の花を撮っていたのでしょう。たまたまそのときデンジルが玄関から出てきたのです。少しピンボケで、あまりよい写真ではなかったんですけど、わたしはその写真が好きで、ずっと大切に持っていたんですよ」

「なるほど、それで充分でしょう。あなたの写真をとり返すのは問題ないと思いますよ、ミス・マープル」

彼は椅子から立ちあがった。ミス・マープルは彼に向かって微笑んだ。

「あなたはとても親切な方ですわ、グレアム先生。わかっていただけましたわね？」

「もちろんですとも」グレアム医師は温かく彼女の手を握りながらいった。「どうぞご心配なく。膝のほうは毎日少しずつ動かすことです、ただしあまり過激な運動はいけませんよ。あとで薬をお届けしましょう。一度に一錠ずつ、一日三回服んでください」

5　ミス・マープル、決断をくだす

　その翌日、故パルグレイヴ少佐の遺体に埋葬の祈りが捧げられた。ミス・マープルはミス・プレスコットと一緒に葬列に加わった。プレスコット聖堂参事会員が祈りを捧げ——その後はまたありふれた日常に戻った。

　パルグレイヴ少佐の死はすでにひとつのありふれた事件にすぎなくなっていた。それは若干いやな事件ではあったが、早晩人々の心から忘れ去られる運命にあった。ここの生活は海と、日光と、社交の楽しみだった。一人の陰気な訪問者が突然これらの活動を中断させ、一時的な影を投げかけたが、その影もいまは消えていた。結局特別に故人と親しかった者はだれもいなかった。彼はどちらかといえばクラブで厄介者扱いされるタイプのおしゃべりな老人で、いつもさして聞きたくもない個人的な思い出話で人を悩ましてばかりいた。彼はこの世のどこにも錨をおろすべき特定の場所を持たなかった。妻とは何年も前に死別していた。彼は孤独な生を送り、孤独な死を迎えたのだ。しかしそれは人々に混じって日を送り、かならずしもいやな気分ではなく時間をつぶすことによって解消される種類の孤独だった。パルグレイヴ少佐は孤独な人間であったかもしれないが、同時に陽気な人間でもあった。彼は彼なりの方法で生活を楽しんでいたのである。そしていま死んで埋葬されてしまうと、もうだれも彼のことをあまり気にかける者はなかった。おそらくあと一週間もすれば、だれも彼を思いだしさえしなくなるだろう。

彼の死を悼《いた》んでいるかもしれない唯一の人物はミス・マープルだった。少佐個人に対する感情からというよりは、むしろ彼が彼女のよく知っている生活を代表していたからだった。人間年をとると、いよいよ人の話に耳を傾ける習慣が身についてくるものだ、と彼女はわが身に照らして思った。おそらくたいした関心もなしに聞いているのだろう、しかし彼女と少佐のあいだには二人の老人の思いやりあふれるギヴ・アンド・テイクの関係があった。それは快い、人間味あふれる性質だった。彼女はパルグレイヴ少佐の死を悲しんだとはいえないかもしれないが、彼がいなくなって淋しいという気持ちは否定できなかった。

葬式のあった日の午後、いつもの場所に座って編み物をしていると、グレアム医師がやってきて話しかけた。彼女は編み針をおいてあいさつした。彼はすぐにいくぶんすまなそうな顔でいった。

「じつはあなたをがっかりさせるような知らせなんですよ、ミス・マープル」

「まあ。するとわたしの――」

「ええ。あなたの大切なスナップ写真が見つからないんです。あなたがさぞがっかりなさるだろうと思いましてね」

「ほんとに残念ですわ。でも、もちろん構いませんとも。あれはわたしの感傷でしたわ。いまそのことに気がついたんです。するとパルグレイヴ少佐の紙入れには入ってなかったんですね？」

「そうです。彼の持ち物の中からは見つかりませんでした。手紙や新聞の切り抜きや古い写真などが出てきたんですが、あなたのおっしゃる写真は見当たらないんです」

「やれやれ。でも仕方ありませんわ……お手数をかけてすみませんでした、グレアム先生」

「いやいや、どういたしまして。しかしわたしも自分の経験からよくわかるんだが、身内にかかわりのあるつまらん品物というものは大きな意味を持つもんですよ、ましてその人が年をとっているとなおさらです」

この老婦人はよく辛抱している、と彼は内心感心した。おそらくパルグレイヴ少佐は紙入れからなにかをとりだすときにその写真に気がついて、そんなものがどうやってまぎれこんだかもわからないままに、どうせ重要なものじゃないからと破り棄ててしまったのだろう。だがいうまでもなく、この老婦人には貴重な写真だった。それにしても、彼女はたいそうにこやかで、諦めがよい。

しかし、ミス・マープルの内心はにこやかさとも諦めのよさとも縁遠い状態だった。彼女は少しばかり状況を整理してみる時間が欲しかったが、同時に与えられた機会を最大限に利用したいという気持ちもあった。

彼女はことさら熱心さを隠そうともせずに、グレアム医師を引きとめて話しこんだ。一方親切な医師のほうは、彼女の話好きを老人にありがちな孤独感のあらわれと解釈して、写真の紛失から彼女の気をそらすために、サン・トノレの生活や彼女が訪ねたがりそうなおもしろい場所についてあれこれ気安く話してやった。そうこうするうちに、ふと気がつくと話題はまたいつしかパルグレイヴ少佐の死に戻っていた。

「ほんとに悲しいことですわ」と、ミス・マープルはいった。「こんなふうに家から遠くはなれたところで死んでゆくなんて。もっともあの方の話から察するに、家族はいなかったようですけど。少佐はロンドンで独り暮らしをしていたようでしたわ」

「彼はあちこちずいぶん旅行したらしいですな」と、グレアム医師がいった。「いずれも冬のあいだが多かったようだが。彼はイギリスの冬が嫌いだったのです。ま、無理もない話ですよ」

「まったくですわ。それにおそらく、外国で冬をすごす必要のある肺の病気かなにかがあったんじゃないかしら？」

「いやいや、そんなことはないと思いますよ」

「でも血圧は高かったんでしょう。悲しいことに、近ごろはそういう人が多いですからね」

「少佐が自分でそういったんですか？」

「いいえ。あの方はなにもいいません。わたしはほかの人から聞いたんです」

「なるほど」

「たぶん」と、ミス・マープルがつづけた。「そのような状態では死ぬことも予期できたんでしょうね？」

「そうとは限りませんよ。最近は血圧をコントロールするいろんな方法がありますからね」

「彼の死はあまりに急だったように見えますけど——あなたにはべつに意外じゃなかったんでしょう？」

「まあ年齢《とし》が年齢ですから、全然思いもよらなかったということはないですな。しかし予期していたとはいえません。率直にいって彼はいつもとても健康そうに見えましたよ、もっともわたしが医師として彼を診察していたわけじゃありませんがね。血圧を計ったこともないんですよ」

「高血圧の人は顔を見ただけで――お医者さんがですけど――それとわかるものでしょうか？」ミス・マープルは無邪気な顔を装って質問した。

「顔を見ただけじゃわかりませんな」医者は微笑を浮かべながら答えた。「それにはちょっとしたテストが必要ですよ」

「なるほど。腕にゴムのバンドを巻きつけてふくらます、あのいやなテストですわね――わたしはあれが大嫌いなんです。でもわたしのかかりつけの先生は、わたしの年齢にしては文句なしの血圧だとおっしゃいましたわ」

「それは結構なことですな」

「そういえばたしかに少佐はプランターズ・パンチをよく飲んでいたようですけど」と、ミス・マープルは思いだしたようにいった。

「ええ。血圧にはあまりよくありませんな――アルコールというやつは」

「そういう人は薬を常用するんでしょう？　わたしはそのように聞いてますけど」

「そう。数種の薬が市販されております。少佐の部屋にもそれが一壜ありましたよ――

セレナイトというやつです」

「近ごろの科学の進歩といったらすばらしいものですわ。お医者さんにはそれこそいろんなことができるんでしょう？」

「われわれ医者には強敵が一人います。自然がそれですよ。それから昔風の家庭療法というやつがときおり息を吹きかえすんですよ」

「切傷に蜘蛛の巣をはりつけたりするあれですの？　子供のころはみんなあれをやったものですわ」

「ひじょうに賢明な方法です」

「それから咳がひどいときは胸に亜麻仁《あまにゆ》油の湿布をして、樟脳《しょうのう》油をすりこみますわね」

「よくごぞんじですな！」グレアム医師は笑いながらいって、立ちあがった。「ところで膝のぐあいはどうです？　たいして気になりませんか？」

「ええ、ずっとよくなったようですわ」

「まあ、それが自然の力かわたしの薬の効き目かはいわないでおきましょう。もっとお役に立てなくて残念でしたな」

「いいえ、あなたはとてもご親切でしたわ――忙しいのにお手数をかけてしまって申し訳ありません――ところで、少佐の紙入れには写真が一枚も入ってなかったとおっしゃいましたかしら?」

「いや、ポロ用の仔馬に乗ったとても若いころの少佐自身の古い写真がありましたよ——それから死んだ虎の写真が一枚、少佐がそれに片足をかけて立っているやつです。そのたぐいのスナップ写真——若き日のかたみというやつですな——しかしよくよく注意して見たんですが、あなたのおっしゃる甥ごさんの写真はなかった——」

「そうでしょうとも、あなたが見落としをなさったはずはありませんわ——そんなつもりじゃなしに——ただちょっと興味があっただけなんです——そういうつまらないものを大切にとっておく傾向はだれにでもあるものですわ——」

「過去の宝物ですな」といって、グレアム医師はにっこり笑った。

彼はさようならをいって立ち去った。

ミス・マープルはその場に残って思案顔でしゅろの樹と海を眺めていた。しばらくは編み物を手にとることもしなかった。彼女はひとつの事実を知った。その事実を、それが意味するところのものを考えてみる必要があった。少佐がいったん紙入れからとりだして、またあわてて元に戻した写真は、少佐の死後紙入れの中になかった。それは少佐が棄ててしまうような写真ではなかった。彼はふたたびそれを紙入れの中にしまいこんだのだから、死んだのちも当然そこになければならないはずだった。金ならば盗まれたということもありうるが、あんな写真をだれも盗みはしないだろう。ただし、写真を盗む特別の理由があれば話はべつだ……

ミス・マープルの表情は真剣だった。彼女はある決断を迫られていた。パルグレイヴ少佐を安らかに墓の中で眠らせておくべきか否か？　そのほうがよくはないだろうか？彼女は小声で『マクベス』の一節をくちずさんだ。「ダンカンは死んだ。生の気まぐれな熱病から解放されて、いま静かに眠っている！」もうなにものもパルグレイヴ少佐を傷つけることはできない。彼は危険の手の届かぬところへ行ってしまったのだ。彼がほかならぬあの晩に死んだのはたんなる偶然だったろうか？　それとも偶然ではなかったのか？　医者は老人の死をごくあたりまえのこととして受けとめる。ましてや少佐の部屋には高血圧の人が生きているあいだ毎日服用しなければならない薬の壜があったという。しかし、もしだれかが少佐の紙入れから写真を抜きとったとすれば、その人間が部屋に薬壜を残していったということも考えられる。彼女自身は少佐が薬を服むところを見た記憶がなかったし、少佐の口から血圧の話も聞かなかった。彼が健康について口にしたのはただひとつ――『もう昔のように若くはないのでね』という言葉だけだった。ときおりかすかに息切れがして、ぜんそく気味のところはあったが、それ以外にどこといって別条はなかった。でもだれか少佐は血圧が高いといった者がいる――モリーだったろうか、それともミス・プレスコットだったろうか？　ミス・マープルは思いだせなかった。

ミス・マープルは溜め息を洩らし、声こそ出さなかったが心の中ではっきり自分を戒めた。

「ジェーン、あなたはいったいなにがいいたいの、なにを考えているの？　みんなあなたの思いすごしじゃないの？　なにかしら根拠があってのことなの？」

彼女は一歩一歩、できるだけ正確に、殺人事件と殺人者に関する彼女と少佐の会話を思いおこしてみた。

「やれやれ」と、ミス・マープルは独り言を洩らした。「たとえ万一——いいえ、いくら考えたってどうにもなりっこないわ——」

しかし、それでもやってみずにはいられない自分を彼女は知っていた。

6　夜の半ばに

I

ミス・マープルは早々と目をさました。多くの老人たちの例に洩れず、彼女も眠りが浅く、夜中に目ざめては、床の中でじっとしているあいだに翌日または数日間の行動計画を立てるのだった。もちろんふだんのそれはまったく個人的あるいは家庭的な性質のもので、彼女以外のだれにもほとんど関心のない事柄だった。しかし今朝の彼女は殺人のこと、そしてもし自分の疑惑が正しかったとしたら、それについてなにができるかということについて、冷静に思考を積み重ねていた。それは生易しいことではない。彼女はたったひとつの武器しか持っていない、その武器とは会話だった。

年とった婦人というのはとりとめのないおしゃべりが好きなものだ。人々はそのおしゃべりに退屈するが、底に隠された動機までは気がつかない。ただしこれは直接的な質問をぶっつけてゆくようなケースではない（第一どんな質問が考えられるというのか！）。問題は何人かの人々についてもう少し詳しく知ることだった。彼女はそれらの人人のことを心の中で反芻《はんすう》してみた。

おそらくパルグレイヴ少佐についても、もう少し詳しいことがわかるかもしれないが、はたしてそれがなにかの役に立つだろうか？　その点は疑わしかった。もしパルグレイヴ少佐が殺されたのだとしても、それは彼の生涯における秘密のせいや、遺産目当てや復讐のためではない。実際のところ彼が被害者であるとしても、これは被害者についてのより詳しい知識が犯人への手がかりにはならないというまれなケースのひとつだった。要点は、それも唯一の要点は、パルグレイヴ少佐のおしゃべりがすぎたということのように、ミス・マープルには思われた。

彼女はグレアム医師からかなり興味深いひとつの事実を聞きだしていた。少佐は紙入れの中に数葉の写真を持っていたという。ポロ用の仔馬に乗った彼自身の写真、虎の死体を踏まえた写真、その他似たような性質のものが何枚か。いったいどういうわけで少佐はそのような写真を持ち歩いていたのだろうか？　これまでの年老いた提督や准将や少佐たち相手の長年の経験からして、明らかに少佐はそれらの写真にまつわる数々の思い出話を人々に語ることによって楽しんでいたのだ、と彼女は判断した。〃昔わしがインドで虎狩りをしたとき、じつにおもしろい事件があってね……〟といった調子で話しはじめる。あるいは彼自身のポロ用の仔馬についての思い出話を語る。だから殺人犯らしき例の人物に関するあの話も、いずれは紙入れからとりだしたスナップ写真で説明されていたことだろう。

少佐は彼女とのおしゃべりの中で完全にその手順を追っていたのだ。殺人事件のことが話題にのぼったとき、自分の話に聞き手の興味を惹きつけるために、彼は疑いもなくいつものでんでスナップ写真をとりだして、〝この男が人殺しだと思いませんかな？〟といったようなことをいいかけていたのだ。

問題はそれが彼の習慣になっていたという点である。この人殺しの話は彼のお得意のネタのひとつだったのだ。殺人事件のことが話題にのぼろうものなら、少佐はとたんに勢いづいて自分の手持ちの話を弁じはじめたに違いない。

とすると、彼はここでだれかほかの人間にもすでにその話をしていたかもしれない、とミス・マープルは考えた。いや、話した相手は一人にとどまらないということも考えられる――もしそうだとすると、彼女はそれを聞いた人から話の内容をもっと詳しく教わり、スナップ写真の男がどんな顔をしていたかを聞きだせる可能性もあるというものだ。

彼女は満足そうにうなずいた——まずそれが手はじめになるだろう。

それに、もちろん、彼女が内心ひそかに〝四人の容疑者〟と呼んでいる人たちがいた。もっとも実際には、パルグレイヴ少佐が話していたのは男だったことから考えて、二人の容疑者というべきかもしれなかった。ヒリンドン大佐とダイスン氏、どちらも人殺しには見えないが、まさかこの人がというような人殺しはざらにいる。ほかにだれかいるだろうか？　彼女がふりかえったときは四人のほかにだれもいなかった。もちろんバンガローはあった。ラフィール氏のバンガローだ。あすこからだれかが出てきて、彼女がふりかえる前にまた中へ入ったのだろうか？　だとしたらラフィール氏の世話係以外にはありえない。あの男の名前はなんていったかしら？　そうそう、ジャクスンだったわ。ドアから出てきたのはジャクスンだったのかしら？　それなら例の写真と同じポーズになる。玄関から出てくる一人の男、その構図の一致から、はっと思い当たったのかもしれない。それまでパルグレイヴ少佐は、世話係のアーサー・ジャクスンを特別の関心を持って見てはいなかった。彼のきょろきょろした穿鑿《せんさく》好きな目は、本質的には俗物の目だった——アーサー・ジャクスンは本物の紳士《パッカ・サヒブ》ではなかった——パルグレイヴ少佐なら彼に二度と目もくれないだろう。

ただしそれは、スナップ写真を手に持って、ミス・マープルの右肩ごしにバンガローから出てくる男の顔を見るまでの話ではないだろうか……？

ミス・マープルは枕の上で寝返りをうった――明日のプログラム――というよりもう今日だが――ヒリンドン夫妻、ダイスン夫妻、それにラフィール氏の世話係をもっとよく調べてみること。

II

グレアム医師も夜中に目をさました。いつもは寝返りをうってもう一度眠るのだが、今日はなんとなく不安で眠れなかった。ふたたび眠ることを妨げているこの不安は、彼が長いあいだ忘れていたものだった。いったいなにが原因だろうか？ いくら考えても思い当たるふしはなかった。彼は考えながら横たわっていた。なにかしら関係がある――なにかしら関係が、そう、パルグレイヴ少佐とだ。パルグレイヴ少佐の死とか？ しかし、少佐の死のなにが自分を不安にするのかわからなかった。あの話好きなばあさんのいったことだろうか？ スナップ写真の件では、彼女に気の毒だった。だが彼女はその不運によく耐えた。ところで、彼女の口からふと洩れたどんな言葉が、この妙に落ち着かない気分を与えているのだろうか？　結局、少佐の死にはなにも異常がなかった。それははっきりしている。少なくともわたし自身はなにも異常がなかったと思っている。少佐の健康状態では明らかに——そこで彼の思考過程にかすかな行きづまりが生じた。そういう自分は少佐の健康状態をどれだけよく知っていたというのか？　彼が高血圧で悩んでいるということはだれもが噂していた。しかしわたし自身が少佐とそのことについて話し合ったことは一度もない。というより少佐とはろくろく口をきいたこともないではないか。パルグレイヴは退屈な老人で、わたしはそういう老人をできるだけ避けていた。いったいどうしてこんなことを考えなくちゃならないのだろうか？　あのばあさんのせいなのか？　しかし考えてみれば彼女はなにもいわなかった。とにかく、これはわたしの知ったことじゃない。地元の警察は全然不審を抱いていない。部屋にはセレナイト錠の壜があったし、死んだじいさんは明らかに血圧のことをだれにでもこだわりなく話していた。

グレアム医師は寝返りをうって、間もなくまた寝入った。

III

　ホテルの敷地の外の、小川のそばにずらりと並んでいる小屋の一軒で、ヴィクトリア・ジョンスンという若い娘が寝返りをうってベッドに起きあがった。このサン・トノレの娘は、彫刻家がよだれをたらしそうな黒大理石の彫像《トルソー》を持った美しい生き物だった。彼女はきつく縮れた黒髪を五本の指でかきあげた。それから片足で同じベッドに寝ている男の脇腹を小突いた。

「ねえ、起きてよ」

　男はぶつぶついいながら体を一転させた。

「なんだい？　まだ朝じゃないぜ」

「起きてってば。話があるのよ」

　男は起きあがってのびをし、大きな口ときれいな歯並みを見せた。

「いったいどうしたってんだ？」

「あの死んだ少佐のことだけどさ。ちょっと気に入らないんだよ。なんだかおかしいって気がしてね」

「よけいな心配をするな。彼は年寄りだった、もう死んでしまった人間だぜ」

「ねえ、あんた。あの薬のことが気になるんだよ。医者があたしに訊ねた薬のことだけどさ」

「薬がどうした？　たぶん少佐は薬を服みすぎたんだろう」

「いや、そうじゃないわ。あたしの話を聞いて」彼女は熱っぽく話しかけながら男のほうに身を乗りだした。男はあくびをしてまた横になった。

「なんでもありゃしないさ。いったいなんの話をしてるんだ？」

「でもやっぱり、朝になったらミセス・ケンドルにそのことを話すわ。あたしはなんだか妙だと思うんだよ」

「ほっとけよ」と、式こそ挙げていないが、彼女が現在の夫だと思っている男はいった。「ごたごたに巻きこまれるのはごめんだぜ」そしてあくびをしながら彼女に背を向けた。

7 浜辺の朝

I

午前の半ばをすぎたホテルの下のビーチ。

イーヴリン・ヒリンドンが海からあがって、温かい黄金色の砂の上に座りこんだ。彼女は海水帽をとって黒い髪を勢いよく振った。そこはあまり広いビーチではなかった。そこには朝のうちよく人々が集まってきて、十一時三十分ごろになるといつも社交のつどいがはじまるのだった。イーヴリンの左手の異国的で現代的な籐椅子には、ベネズエラからきた美しい女性セニョーラ・デ・カスペアロが寝そべっていた。その隣りにはラフィール老人がいた。いまやゴールデン・パーム・ホテルの最古参で、大金持ちの病身の老人だけが望みうる権勢を欲しいままにしている。エスター・ウォルターズが彼のそばに付き添っていた。彼女はラフィール氏が急に仕事上の急用で電報を打つことを思いついたときにそなえて、いつも速記用ノートと鉛筆を用意していた。水着を着たラフィール氏は、骨に乾いた皮膚の花づながへばりついたような恰好で、信じられないほどひからびていた。まるで棺桶に片足を突っこんだ人間のように見えるが、それでいて過去八年間まったく変わっていない――というのが島での噂だった。皺だらけの顔から鋭い青い目がのぞき、彼の人生における最大の楽しみは、他人のいうことすべてをかたくなに否定することだった。

ミス・マープルもその場に顔を見せていた。例によって座って編み物をしながら、人の話に耳を傾け、しばしば会話に仲間入りした。彼女が口を開くと、だれもが驚いた顔をした。みんな彼女の存在に気づいていないのがふつうだったからである！ イーヴリン・ヒリンドンは優しい目で彼女を見て、感じのよいおばあさんだと思った。

セニョーラ・デ・カスペアロはすらりとした美しい脚になおもオイルをすりこみながら、ひとりで鼻唄を歌っていた。彼女はあまり口数の多いほうではなかった。やがてサン・オイルの罎を不満そうに眺めた。

「このオイルはフランジパニオほどよくないわ」と、彼女は悲しそうにいった。「でもここじゃフランジパニオは手に入らないし。残念だわ」彼女はふたたび目を伏せた。

「そろそろ水浴びをなさいますか、ラフィールさん？」と、エスター・ウォルターズが質問した。

「わしが入りたくなったら入るよ」と、ラフィール氏は意地悪く答えた。

「もう十一時半ですわ」

「それがどうした？　わしを時計に縛られるような人間だと思っているのか？　何時にはこれこれ、二十分すぎにはこれこれ、二十分前にはこれこれ――そううるさくいわんでくれ！」

ウォルターズ夫人は長年ラフィール氏のお相手をつとめてきたので、自分なりの老人の扱い方をちゃんと心得ていた。彼は海水浴の疲労から立ちなおるために、ゆっくり時間をかけることを好むと知っていたから、彼がいちいち彼女の言葉に逆らって、それから結局はさりげなくいわれたとおりにすることができるように、たっぷり十分間余裕をもたせて、水浴びの時間がきたことを老人に知らせることにしていた。

「わしはこのサンダルを好かん」ラフィール氏は片足を持ちあげてじっと眺めながらいった。「ジャクスンのばかめにそういったんだが、あの男はわしのいうことにとんと耳をかさんのだ」

「ほかのを持ってきましょうか？」

「いや、その必要はない、きみはここに座って黙っていたまえ。うるさいめんどりのようにそこらを走りまわられちゃかなわん」

イーヴリンが温まった砂の上でかすかに身動きして、両腕をのばした。

ミス・マープルが編み物に夢中になって――少なくともはた目にはそう見えた――片足をのばし、あわてて詫びをいった。「あら、すみません、ほんとにごめんなさいね、ミセス・ヒリンドン。わたし、あなたを蹴ってしまったようね」

「どういたしまして」と、イーヴリンが答えた。「このビーチは少し混みすぎますわ」

「いいえ、どうぞそのまま。また蹴ったりしないようにわたしの椅子を少しひっこめますから」

ふたたび腰を落ち着けると、ミス・マープルはいとも無邪気そうにおしゃべりをつづけた。

「でもここはとてもすばらしい土地のようですわ！　わたし西インド諸島は今度がはじめてなのです。こんなところへくる機会はまずあるまいと思っていたのに、こうしてここにいるんですからね。みんなかわいい甥の親切のおかげですよ。あなたはこの土地にお詳しいんでしょうね、ミセス・ヒリンドン？」

「この島には前に一度か二度きたことがありますし、もちろんほかの島もたいていは行ってますわ」

「なるほど。蝶と野生の花がお目当てなんでしょう？　あなたの——お友だちの——それともあのご夫婦はあなたの親戚かしら？」

「友だちですわ。それだけの関係なんです」

「そして同じご趣味をお持ちなんで、いろんなところへ一緒においでになるんでしょうね？」

「ええ。もう何年間も一緒に旅行していますわ」

「ときにはわくわくするような冒険にぶつかることもあるでしょうね？」

「さあ、それはどうかしら」と、イーヴリンがいった。その声は抑揚にとぼしく、いささかうんざりしたような感じだった。「冒険だなんて、わたしたちにはいっこうに縁がなさそうですわ」彼女はあくびをした。

「毒蛇や野獣や狂暴な原住民と出会って危険な目にあったことはないんですか？」

（〝なんて間抜けな質問だろう〟）ミス・マープルは思った。

「せいぜい虫に咬まれる程度ですわ」

「お気の毒なパルグレイヴ少佐は、一度蛇に咬まれたことがあるんですって」と、ミス・マープルは根も葉もない作りごとを口に出した。

「まあ、ほんとですの？」

「あなたにはその話をしませんでした？」

「そういえば聞いたかもしれませんわ。はっきりおぼえてませんけど」

「あの方をよく知ってらしたんでしょうね？」

「パルグレイヴ少佐を？　いいえ、ほとんどなにも知りませんわ」

「彼はいつでもおもしろい話をたくさん持っていましたよ」

「うんざりするような年寄りだった」と、ラフィール氏がいった。「おまけにばかな男でもあった。ちゃんと気をつけていれば死ななくてもよかったのにな」

「およしなさい、ラフィールさん」と、ウォルターズ夫人がいった。

「心配せんでも自分がなにをいってるかぐらいはわかっておる。ちゃんと健康に気を配っていさえすれば、どこにいようが心配はない。このわしを見てみろ。医者どもは数年前にわしを見捨てた。よかろう、わしにはわしの健康法がある、それに従うまでだ、といってやった。このとおりわしはぴんぴんしてるじゃないか」

彼は得意そうにあたりを見まわした。

彼がそこにいるのはむしろなにかの間違いのように見えた。

「お気の毒なパルグレイヴ少佐は血圧が高かったんですよ」と、ウォルターズ夫人がいった。

「ばかな」

「でも、それは本当ですわ」と、イーヴリン・ヒリンドンがいった。彼女の口調は突然、思いがけない威厳を帯びた。

「だれがそういったのかね？　少佐が自分でいったのか？」

「ある人がそういいましたわ」

「そういえば顔がとても赤かったですわ」と、ミス・マープルが横から口を出した。

「だから高血圧だとは限らん。いずれにせよ彼は血圧なぞ高くなかった、わしは本人の口からそう聞いたからな」

「本人の口から聞いたとはどういう意味ですの？」と、ウォルターズ夫人がいった。

「つまり、血圧が高いんならともかく、わざわざ高くないことを断わる人がいるでしょうか？」

「いるとも。いつか彼がプランターズ・パンチをがぶ飲みして、食いほうだいに食っているのを見て、わしはこう注意してやったんだ。『きみは食事と酒にもっと気を配るべきだよ。その年齢では血圧のことも少しは考えなくちゃね』そしたら彼はその点は全然心配ない、年齢のわりには理想的な血圧だと答えたよ」

「でもあの方は血圧の薬を服んでいたという話ですわ」と、ミス・マープルがふたたび会話に加わった。「なんとかいう薬――そうそう――セレナイトだったかしら？」

「わたしの考えでは」と、イーヴリン・ヒリンドンがいった。「彼は自分の体のどこかに故障があることを認めたくなかったんじゃないかしら。病気がこわいばっかりに、自分に悪いところがあることを否定する人がいますけど、たぶん彼もその一人だったんですよ」

彼女にしては珍しく多弁だった。ミス・マープルは用心深く彼女の黒髪のてっぺんを見おろした。

「困ったことに」と、ラフィール氏が尊大な口ぶりでいった。「人間だれしも他人の病気のことを知りたがる癖がある。五十すぎた人間はみな高血圧や冠状動脈血栓症やなにかで死ぬものと決めてかかっている――ばかな話だよ！　本人がどこも悪くないといってるんだったら、わしは大丈夫だと思うね。自分の健康状態は本人がいちばんよく知っている。ところで何時になったかね？　十二時十五分前だと？　いかん、海に入る時間がとうにすぎてしまったじゃないか。なぜわしに注意してくれなかったのかね、エスター？」

ウォルターズ夫人は一言も抗議をしなかった。彼女は立ちあがって、ラフィール氏を器用に助けおこした。そして用心深く老人の体を支えながら、一緒に波打際へ降りていき、水中へ入りこんだ。

セニョーラ・デ・カスペアロが目をあけて小声でいった。「老人て醜悪だわ！　まったく醜いったらありゃしない！　人間は四十歳になったらみな死ぬべきだわ、いいえ、三十五歳でいいわ。そう思いません？」

エドワード・ヒリンドンとグレゴリー・ダイスンがさくさくと砂を踏みながら近づいてきた。

「海はどんなぐあいだね、イーヴリン？」

「いつもと同じよ」

「いっこうに変わりばえせずというわけか。ラッキーは？」

「知らないわ」と、イーヴリンが答えた。

ミス・マープルはふたたび彼女の黒い頭をじっとみつめた。

「さてと、また鯨の真似事でもするか」グレゴリーは派手な模様のバミューダ・シャツを脱ぎ捨てて、勢いよくビーチを駆けおり、息を切らしながら速いクロールで泳ぎだした。エドワード・ヒリンドンは妻と並んで砂の上に腰をおろした。間もなく彼が問いかけた。「もう一度泳ぐかね？」

彼女は微笑を浮かべて――海水帽をかぶりなおし――二人はグレゴリー・ダイスンよ

りもずっと目立たない恰好でビーチを降りていった。

セニョーラ・デ・カスペアロがふたたび目をあけた。

「はじめはあの二人を新婚ほやほやだと思いましたわ、ご主人のほうが奥さんにとても優しかったもんですから、でもほんとは結婚してもう八年か九年もたっているんですってね。信じられないわ、そう思いません？」

「ダイスンさんの奥さんはどこかしら？」とミス・マープルがいった。

「あのラッキーとかいう人？　彼女は男と一緒よ」

「まあ——ほんとにそう思います？」

「きっとそうですよ。彼女はそういうタイプですもの。でもあれでもうそれほど若くはないんですすよ——ご主人は——もう奥さんなんか眼中になくて——あちこちで女を口説いてばかりいるんです。わたしはちゃんと知ってますわ」

「ええ。あなたなら知ってるでしょうとも」

セニョーラ・デ・カスペアロは驚いてミス・マープルの顔を見た。明らかに彼女がそんなことをいうとは思ってもいなかったらしい。

しかし、ミス・マープルはいたって無邪気なようすで海の波をみつめていた。

II

「ちょっと話したいことがあるんですけど、ミセス・ケンドル」

「いいわよ、どうぞ」と、モリーは答えた。彼女は事務所の机に座っていた。

背の高い、糊のきいた白い制服を着てきびきびした身のこなしのヴィクトリア・ジョンスンが、部屋の中に入ってきて、どこかしらいわくありげなようすでドアをしめた。

「わたしの話を聞いてください。ミセス・ケンドル」

「ええ、どんな話かしら。なにか困ったことでもできたの？」

「さあ、それはどうかわかりません。死んだ年寄りのお客さんのことなんです、あの少佐の。あの人は眠っているあいだに死にました」

「そうよ。それがどうしたの？」

「部屋に薬の壜がありました。お医者さんがそのことをわたしに訊いたんです」

「それで？」

「先生はこういいました――『浴室の棚になにがあるか見せてくれ』そして行ってみると、歯磨粉と、消化不良の薬と、アスピリンと、カスカラ錠と、それからセレナイトという壜に入った錠剤が見つかったんです」

「それがどうしたの？」とモリーがもう一度うながした。

「先生はそれを眺めて、とても満足そうにうなずきました。でもわたしはあとでよく考えてみたんです。その薬は前にはなかったんです。浴室で一度も見たことのない薬でした。ほかの薬は前からあったんです。歯磨粉やアスピリンやアフター・シェーヴ・ローションなんかは。でもそのセレナイトという薬だけは一度も見たことがありません」

「するとあなたの考えでは――」モリーはけげんそうな表情を見せた。

「わたしにはどう考えてよいかわかりません。ただこれはおかしいという気がしたので、あなたにお話しするほうがいいと思ったんです。あなたから先生に話してみたらどうでしょうか？　なにか意味があるのかもしれません。あの人がその薬を服んで死ぬように、だれかがそれを部屋に置いといたのかもしれません」

「まさか」と、モリーがいった。

ヴィクトリアは黒い顔を横に振った。「わかりませんよ。人間なんてどんな悪いことをするか知れたもんじゃないですからね」

モリーは窓の外にちらと目をやった。そこは地上の楽園のように見えた。陽の光、海、さんご礁、音楽、ダンス、そこはまさにエデンの園だった。だがエデンの園にさえもひとつの影――蛇の影があった。人間なんてどんな悪いことをするか知れたもんじゃない――なんという恐ろしい言葉だろう。

「わたしが調べてみるわ、ヴィクトリア」モリーはきっぱりといった。「あなたは心配しないでちょうだい。とくにばかげた噂をひろめたりしてはいけませんよ」

ヴィクトリアがどこか心残りなようすで出ていきかけたとき、入れちがいにティム・ケンドルが姿を現わした。

「なにかあったのか、モリー？」

彼女はためらった――しかしヴィクトリアは彼にも話すかもしれない――結局たったいま彼女から聞いたことを夫に話した。

「なんのことかさっぱりよくわからんね――だいたいその薬はいったいどんなものなんだ？」

「わたしにもよくわからないのよ、ティム。警察医のロバートスン先生はたしか血圧の薬だといってたような気がするけど」

「それなら問題はないだろう？　つまり、少佐は血圧が高かったんだから、血圧の薬を服んでも不思議はないじゃないか。だれだってそうするさ。ぼくだってそういう薬を何度も見たことがあるよ」

「それはそうだけど」モリーはためらいがちにいった。「でもヴィクトリアは少佐がその薬を服んだために死んだと思っているようなのよ」

「おいおい、そんな芝居がかったいいぐさはよせよ！　つまりだれかが彼の血圧の薬の中身をとりかえて、彼を毒殺したっていうのかい？」

「そんなふうにいうとたしかにばかげてるわ。でもヴィクトリアは間違いなくそう思っているのよ！」

「ばかな女だ！　なんならグレアム先生のところへ行って訊いてみてもいいさ、先生ならきっと知ってるだろうからね。しかしあまりにもばかばかしくて、先生をわずらわすまでもないと思うよ」

「わたしも同感だわ」

「彼女はどうしてだれかが薬の中身をすりかえたなんて考えたんだろう。同じ壜に別の薬を入れたというんだね？」

「わたしにはよくわからないけど」モリーは当惑したような表情を浮かべた。「ヴィクトリアの話では、それまでセレナイトの壜は少佐の部屋になかったっていうのよ」

「そんなばかな。少佐は血圧をおさえるために毎日その薬を服まなければならなかったんだよ」そういうと、彼は給仕頭のフェルナンドと打ち合わせをするために、威勢よく部屋から出ていった。

しかしモリーのほうはこの問題をそう簡単に片づけることができなかった。昼食時の忙しさがすぎると、彼女は夫に向かっていった。

「ティム――わたし、ずっと考えていたんだけど――もしヴィクトリアがこのことをいいふらして歩くようだったら、だれかにこのことを相談するほうがいいんじゃないかしら？」

「おいおい！　ロバートスン先生や警察の連中がやってきて部屋の中を調べ、必要なことはぜんぶ質問したあとなんだぜ」

「ええ、でもあの女の子たちときたら、あなたも知ってるでしょうけど、なにをいいだすかわからないわ――」

「わかったよ！　それじゃこうしよう――グレアム先生のところへ行って意見を訊いてみよう――彼ならきっと答えてくれるよ」

グレアム医師は開廊《ロッジア》に座って本を読んでいた。若い夫婦がそこへ入っていって、モリーが事情を話しはじめた。だが彼女の説明は少々一貫性を欠いていたので、ティムがかわって説明した。

「どうもばかげた話なんですが」と、彼はすまなそうにいった。「ぼくの聞いた限りでは、このヴィクトリアという女の子はだれかがその、セラなんとかいう薬の壜に毒薬を入れたと思いこんでいるようなんです」

「しかしヴィクトリアはなぜそんな考えにとりつかれたのかね？」と、グレアム医師は質問した。「なにか見るなり聞くなりしたのかな——つまり、彼女がそう考えた根拠だが」

「それはわかりません」ティムはかなり当惑していた。

「壜が違っていたのかな？　そうなのかい、モリー？」

「そうじゃないわ。たしかヴィクトリアは、セヴンとかセレンとかいうレッテルを貼った壜があったと——」

「セレナイトだよ」と、医者がいった。「べつに不思議はない。よく知られた薬だよ。彼は規則的にその薬を服みつづけていたのだ」

「ヴィクトリアは前にその薬壜を部屋で一度も見なかったというんです」

「少佐の部屋で一度も見たことがないって？　それはどういうことかな？」

「とにかく彼女はそういったんです。浴室の棚にはいろんなものが載っていたそうですわ。歯磨粉とか、アスピリンとか、アフター・シェーヴ・ローションとか——彼女はたちどころにそれらの名前を挙げてみせましたわ。たぶん毎日棚の掃除をしていたんで、すっかり暗記していたんでしょう。でもその薬――セレナイトだけは、少佐が死んだ日の翌日まで一度も見たことがないんですって」

「それは妙だな」グレアム医師はいくぶん鋭い口調でいった。「彼女のいってることはたしかなのかね？」

このいつになく鋭い口調に驚いて、ケンドル夫妻ははっと彼の顔を見た。グレアム医師がそんな態度を示すとは思ってもみなかったのだ。

「そうらしかったですわ」と、モリーがゆっくり答えた。

「あの娘《こ》は注目を引きたかっただけかもしれんよ」と、ティムがいった。

「あるいはそうかもしれん」と、グレアム医師がいった。「とにかくわたしがその娘と直接話してみるほうがよさそうだな」

ヴィクトリアは公然と話すことを許されて喜色満面のようすだった。

「ごたごたに巻きこまれるのはごめんです」と、彼女はいった。「あの壜を浴室の棚に置いたのはわたしじゃないし、だれが置いたのかも知りません」

「しかし、きみはだれかそこに置いた者がいると考えたんだね？」

「だってそうでしょう、先生、前はなかったんだから、だれか外から持ちこんだ人がいるはずです」

「パルグレイヴ少佐はひきだしの中とか——あるいは書類かばんの中にでもしまってあったのかもしれんよ」

ヴィクトリアは抜け目なく首を振った。

「毎日服む薬ならそんなところにしまっておくはずはないと思うんですけど」

「それもそうだ」グレアム医師は渋々認めた。「この種の薬は一日に何回か服むものだからね。きみは彼がその薬を服んでいるところを見たことがないのかね？」

「前にはそんなものなかったんです。だからわたしはふと思ったんです——あの薬は彼の死となにか関係があるんじゃないか、彼の血に毒を流しこんだんじゃないかって、たぶんあの人の敵が彼を殺すためにあれを部屋に置いといたのかもしれないっていう気がしたんです」

「ばかげてるよ、きみ」医者は語気を荒らげていった。「まったくばかげている」

ヴィクトリアはとたんに自信のなさそうな顔をした。

「するとあの薬はいい薬だったんですか？」と、疑わしげに質問した。

「いい薬どころか、必要欠くべからざる薬だった。だからきみはなにも考えなくていいんだよ、ヴィクトリア。あの薬がなんでもなかったことはわたしが保証する。彼のような病気を持った人間にはぴったりの薬だったのだ」

「それを聞いて気が楽になりました」とヴィクトリアはいい、白い歯を出してグレアム医師に笑いかけた。

しかしグレアム医師は気が楽にならなかった。あの曖昧模糊《あいまいもこ》とした不安が、いまやしだいにはっきりした形をとりはじめていた。

8　エスター・ウォルターズとの会話

「ここも昔のようではなくなった」ラフィール氏は秘書と二人で座っている場所に近づいてくるミス・マープルを眺めながら、不機嫌そうにいった。「一歩あるくにもどこかのばあさんに足がぶつかる始末だ。ばあさんたちはいったいなにしに西インド諸島へやってくるのかね？」

「それじゃどこへ行けばいいとおっしゃるんです？」と、エスター・ウォルターズが訊ねた。

「チェルトナムかボーンマスあたりが似合いだよ」と、すかさずラフィール氏がいった。「あるいはトーキーかランドリンドッド・ウェルズあたりでもいい。よさそうなところはいくらでもあるさ。彼女たちはそういうところが好きだし——完全に満足しているよ」

「だれもが西インド諸島までこられる余裕はないと思いますわ。みんなあなたのように恵まれた人ばかりじゃありませんからね」

「そのとおりだ。好きなだけいやがらせをいうがいい。わしは体じゅうが痛んで、節々もがたがただ。ところがきみはわしを全然慰めてもくれん。おまけに仕事をするわけでもなく——どうしてあの手紙をタイプしておかなかったのかね?」

「時間がなかったんです」

「とにかく急いでやってくれ。きみをここへ連れてきたのは少々仕事をしてもらうためで、甲羅を干しながら肉体美を見せびらかすためじゃないんだぞ」

人によってはラフィール氏のいいぐさを我慢がならないと思うかもしれないが、エスター・ウォルターズは数年間彼のために働いてきた経験から、ラフィール氏は口こそ悪いが根はそれほど意地の悪い人間ではないということを知っていた。彼はほとんど絶え間なしの苦痛に悩まされており、口の悪さはうっぷん晴らしのひとつの方法だった。したがって彼にどんなひどいことをいわれても、彼女はいっこうに動じなかった。

「とても美しい夕暮れですこと」と、ミス・マープルが彼らのそばで立ちどまって話しかけた。

「美しい夕暮れではいかんかね?」と、ラフィール氏がいった。「だいたいわれわれはそのためにここへきたんじゃなかったのかね?」

ミス・マープルは小声でほほと笑った。

「まあ、痛烈なお言葉ですこと――もちろんお天気はきわめてイギリス的な話題ですから――ついうっかり――おやおや――毛糸の色が違ってましたわ」彼女は編み物袋を庭のテーブルに置いて、小走りに自分のバンガローのほうへ駆けだした。

「ジャクスン！」とラフィール氏が叫んだ。

ジャクスンが姿を現わした。

「わしを中へ連れていってくれ。あのおしゃべりなめんどりが戻ってこないうちにマッサージにかかろう。マッサージをすればいくらかでも楽になるというわけじゃないがね」といわずもがなのことをつけ加えると、彼は器用に助けおこしてもらって、マッサージ師に支えられながらバンガローの中へ姿を消した。

エスター・ウォルターズは二人を見送ってから、ちょうど毛糸の玉を持って戻ってきたミス・マープルのほうを向いた。

「お邪魔じゃないでしょうね？」と、ミス・マープルがいった。

「もちろんですわ。もうすぐ帰って少しタイプを打たなくちゃならないんですけど、その前にあと十分くらいは美しい夕焼けを眺めているつもりですもの」

ミス・マープルは腰をおろして優しい声で話しはじめた。話しながらエスター・ウォルターズを大ざっぱに値踏みしていた。美人というのではないが、その気になれば充分魅力的に見せられるだろう。ミス・マープルは彼女がなぜそうしないのかとあやしんだ。もちろんラフィール氏がそれを好かないからとも考えられる。しかしラフィール氏がそんなことを気にかけるとは思えなかった。彼は自分のことしか念頭にないから、自分がないがしろにされない限りは、秘書が極楽の女神のように美しくなったとしても反対はしないだろう。そのうえ彼は夜寝るのが早いから、スチール・バンドやダンスの時間に、エスター・ウォルターズが――ミス・マープルは心の中で適当な言葉を捜すために立ちどまると同時に、ジェームズタウンを訪問したときのことを楽しげに話していた――そうそう、羽をのばして《ブロッサムド》もだれも文句をいう者はないだろう。エスター・ウォルターズは夜のあいだは容易に羽をのばせるのだ。

　彼女はそれとなくジャクスンに話題を向けた。

ジャクスンの話になると、エスター・ウォルターズは適当に言葉を濁した。

「彼はとても腕がいいんです、熟練したマッサージ師なんですよ」

「ラフィールさんとはもうずいぶん長いんでしょうね？」

「いいえ――約九カ月くらいですわ、たしか――」

「彼は結婚しているんですか？」と、ミス・マープルは思いきって突っこんだ質問をした。

「結婚？　さあ、独身だと思いますけど」エスター・ウォルターズがいくぶん意外そうに答えた。「彼は一度もそんなことをいいませんでしたから——」

それから、「いいえ、結婚してないことはたしかですわ」と、つけ加えた。そしておもしろそうに笑った。

ミス・マープルは心の中でそれにつぎのような文章をつけ加えて解釈した。「いずれにしろ、彼の言動を眺めていると、結婚しているとは見えませんもの」

そうはいっても、結婚していながら独身者のように振る舞う男のいかに多いことか！

ミス・マープルが知っているだけでも十指にあまった！

「彼はとてもハンサムですわね」と、彼女はかまをかけた。

「ええ——そうなんでしょうね」エスター・ウォルターズはあまり関心がなさそうだった。

ミス・マープルは彼女をじっくり観察した。男に関心がないのかしら？　おそらくただ一人の男にしか関心を示さないタイプなのだろう——たしか彼女は未亡人だという話だった。

ミス・マープルは質問した。「ラフィールさんのお仕事を長くしてらっしゃるんですか?」

「四、五年になりますわ。主人が死んだので、また働かなければならなかったのです。学校へ行ってる娘が一人いましたし、夫はほとんどなにも残してくれませんでしたから」

「ラフィールさんに仕えるのは楽じゃないでしょうね?」ミス・マープルは思いきっていってみた。

「あの方を知ってしまえばそうでもありませんわ。たしかによく癇癪はおこすし、ひどいつむじ曲がりです。あの方の最大の欠点は人に飽きっぽいことじゃないかしら。二年間に五人も身のまわりの世話係を代えているんですよ。すぐにだれか新しい人をいじめたくなるんですわ。でもわたしとのあいだはとてもうまくいっているんです」

「ジャクスンさんはとても行き届いた青年に見えますけど?」

「とても如才なくてよく気のつく人ですわ。もちろん、ときおり、少しばかり——」彼女はいいよどんだ。

ミス・マープルはちょっと考えてから、「まあいってみれば難しい立場なんですね?」と助け船を出した。

「ええ。どっちつかずなんですよ。でも——」エスター・ウォルターズは笑っていった

――「彼はずいぶんうまくやっていると思いますわ」

ミス・マープルはその言葉の意味を熟考してみた。しかし、あまり得るところはなかった。なおもおしゃべりをつづけるうちに、間もなく例の四人組の自然愛好者、ヒリンドン夫妻とダイスン夫妻について多くのことを学んだ。

「ヒリンドン夫妻は少なくともここ三年か四年はこの島へきていますわ」と、エスターがいった。「でもグレゴリー・ダイスンのほうがそれよりもずっと長いんです。彼は西インド諸島をよく知っていますよ。たしか最初は前の奥さんと一緒だったと思います。その人は腺病質で、冬のあいだは外国か、さもなければどこか暖かいところですごす必要があったのです」

「その方は亡くなられたのですか？　それとも離婚なさったのかしら？」

「いいえ。亡くなったんです。ここで亡くなったそうですわ。この島でというわけじゃなくて、西インド諸島のどこかの島でという意味ですけど。それもなにか問題があったようなんです。ある種のスキャンダルとでもいうのかしら。彼は前の奥さんのことを一言も話さないんです。わたしはほかの人からこの話を聞きました。たぶん夫婦仲がしっくりいってなかったんでしょう」

「そして彼はいまの奥さんと再婚した、〝ラッキー〟と」ミス・マープルは、「まさか、そんなおかしな名前ってあるもんですか！」とでもいいたげに、やや不満そうにその名前を口にした。

「たしか彼女は前の奥さんの親戚ですわ」

「あの二人はヒリンドン夫妻とは昔からの知り合いなのかしら？」

「いいえ、ヒリンドン夫妻がここへきてからだと思いますわ。せいぜい三、四年でしょう」

「ヒリンドン夫妻は感じのよい人たちのようね」と、ミス・マープルはいった。「それにとても物静かだし」

「ええ、とても静かな人たちですわ」

「あの二人は深く愛し合っているようだと、みなさんいってますわね」と、ミス・マープルがいった。彼女の口調はごく当たりさわりがなかったが、エスター・ウォルターズはきっとなって彼女を見かえした。

「あなたはそうは思いません？」

「あなただってほんとはそう思っていないのと違いますか？」

「じつをいうと、ときどき疑問に思うことが――」

「ヒリンドン大佐のように物静かな男は」と、ミス・マープルはいった。「しばしば派手なタイプに惹かれるものですわ」そして意味深長な間をおいてから、こうつけ加えた。「ラッキー——おもしろい名前ですね。ダイスンさんは気がついていると思います——ひょっとしたら二人のあいだが怪しいかもしれないということに?」

「いやらしい金棒引《かなぼうひ》きだわ」と、エスター・ウォルターズは思った。「まったくこういうばあさんたちときたら!」

彼女は冷ややかに答えた。「さあ、わたしにはわかりませんわ」

ミス・マープルは話題を変えた。「パルグレイヴ少佐のことはお気の毒でしたわね」

エスター・ウォルターズはお義理に相槌を打った。

「それよりも気の毒なのはケンドル夫妻ですわ」

「そうね、ホテルであんな事件がおきたらいろいろと困るでしょうね」と、彼女はいった。

「ここへくる人はみんな楽しみにやってくるんですもの。病気や死や税金や凍った水道管のことを忘れるためにね。だから——」彼女は急に態度を変えて言葉をつづけた——

「いずれ死ぬべき運命を思いださせるようなものを見せつけられたら、あまりいい気分はしないと思いますわ」

ミス・マープルは編み物を置いた。「それはとてもうまいいい方ですわ。まさにあなたのおっしゃるとおりよ」

「それにあのご夫婦はまだ若いんですもの」と、エスター・ウォルターズはつづけた。「つい半年前にサンダースン夫妻からホテルの経営を引き継いだばかりで、経験もとぼしいから、はたして成功するかどうかとひどく心配なんですよ」

「この事件はホテルにとってひどくマイナスになると思いますか？」

「いいえ、正直いってそうは思いませんわ。人の噂なんてすぐに消えてしまいますよ、〝せっかく楽しみにきたんだから、まま適当にやろうじゃないか〟といった雰囲気の中ではね。人が死んでショックを受けるのはせいぜい二十四時間くらいで、葬式がすめばもうだれも思いだしもしませんわ。無理に思いださせられさえしなければですけど。モリーにもそういったんですけど、なにしろ彼女は苦労性ですから」

「ミセス・ケンドルが苦労性ですって？　まあ、とてものんきそうに見えるけど」

「そう見えるのは大部分演技だと思いますわ」エスター・ウォルターズはゆっくりいった。「実際は、彼女はいつもなにかしら困ったことが起きるんじゃないかと心配せずにいられない、苦労性の人だと思うんです」

「わたしはまた、彼女よりご主人のほうが心配してると思ってましたわ」

「いいえ、それは違いますよ、たぶん。むしろ彼女が苦労性なんで彼が心配していると いうところじゃないかしら」

「おもしろいお話ね」と、ミス・マープルがいった。

「モリーは陽気に生活を楽しんでいるように見せかけようとして、懸命に努力していると思うんです。あんまり努力するもんだからかえって疲れてしまうんですわ。だから、ときおりふさぎの虫にとりつかれるんです。彼女は――あまり精神のバランスがとれていないんですよ」

「かわいそうに。たしかにそういう人は多いですわ、しかも第三者はそのことに全然気がつかないことが多いんです」

「ええ、そういう人たちは演技が上手ですからね。でも、この場合に限っていえば、モリーはなにも心配することなんかないと思いますわ。このごろは冠状動脈血栓症とか脳内出血とかいった病気で死ぬ人が多いんですもの。わたしの見たところでは昔よりずっと多くなっていますわ。世間が騒ぎだすのは食中毒やチフスのときだけですよ」

「パルグレイヴ少佐は血圧が高いなどとは一言もいわなかったけど、あなたにはそんなことをいいました？」

「だれにかは知りませんけど、彼が自分で話していますよ――ラフィールさんにだったかもしれません。いつかジャクスンからたしかに聞きましたわ。少佐に向かってあまり酒を飲みすぎてはよくないとかいったそうです」

「なるほど」と、ミス・マープルはうなずき、じっと考えこんだ。それから言葉をつづけて、「あなたは少佐を少しわずらわしく思ったことでしょうね？　彼はいろんな話をしたけど、おそらくあれは何度もくりかえした話じゃないのかしら？」

「あれには困りものでしたわ。先手を打ってうまく逃げないと、同じ話を何度でも聞かされるんです」

「そりゃ、わたしはたいして困りませんでしたよ、ああいったことには慣れていますからね。同じ話を何度も聞かされても、わたしはすぐに忘れてしまうからいっこうにうるさいと思わないんです」

「それが一番ですわ」といって、エスターが陽気に笑った。

「ところでその中に彼がとても好んでいた話がひとつあるんです」と、ミス・マープルはいった。「殺人事件の話ですけど。あなたも聞いたことがあるんじゃないかしら？」

エスター・ウォルターズはハンドバッグの口をあけて、中を手探りしはじめた。やがて口紅をとりだしながらいった。「失くしてしまったのかと思ったわ。失礼ですけどいまなんておっしゃいました？」

「パルグレイヴ少佐がお気に入りの殺人事件の話をしたかしらと訊いたんです」

「そういえば聞いたような気がしますわ。ガスで死んだ夫妻の話だったかしら？　実際は妻が夫をガスで殺したんだったかしら。つまり、妻が夫に鎮静剤かなにかを服ませて、それからガス・オーヴンに顔を押しこんだという話じゃありません？」

「それはちょっと違うようですけど」ミス・マープルは注意深く彼女の顔を眺めながらいった。

「あの方はずいぶんいろんな話をしましたから」と、エスター・ウォルターズは言い訳した。「それにさっきもいったように、わたしはぜんぶ本気で聞いていたわけじゃないんです」

「彼は一枚のスナップ写真をみんなに見せていたわ」

「そういえばたしか……どんな写真だったかおぼえていませんけど。あなたもごらんになりましたの？」

「いいえ」ミス・マープルは答えた。「わたしは見ませんでした。ちょうど邪魔が入ったものですから――」

9　ミス・プレスコットその他

「わたしが聞いた話は」ミス・プレスコットは声を低め、用心深く周囲を見まわしながら話しはじめた。

ミス・マープルは少し椅子を近づけた。彼女がミス・プレスコットと打ち明けたおしゃべりをするところまで漕ぎつけるには、かなり時間がかかった。それは聖職者たちというのはきわめて家庭的な人種だから、ほとんどつねに兄がミス・プレスコットと一緒だったからであり、ミス・マープルとミス・プレスコットが罪のない噂話に花を咲かせるときは、疑いもなく陽気なプレスコット師の存在がいささか邪魔っけだった。

「わたしはスキャンダルについて話すのは嫌いだし」と、ミス・プレスコットがいった。

「それにもちろんなにも知りませんけど――」

「ええ、よくわかりますとも」と、ミス・マープルがいった。

「彼の最初の奥さんが生きているときに、なにかスキャンダルめいたことがあったらしいですわ！　どうやらあのラッキー——なんて名前でしょうね、まったく！——という女は、たぶん最初の奥さんのいとこだと思うんですけど、ここへやってきて夫妻と落ち合い、花やら蝶やらを夫のほうと一緒に採集してまわったんですわ。二人があんまり仲よくするもんだから、みんないろいろと取沙汰してましたわ——おわかりでしょうけど」

「そういうことにかけては人の目は鋭いですからね」

「だからもちろん、彼の奥さんが急死したときは——」

「奥さんはここで、この島で死んだんですか？」

「いいえ。そのときはたしかマルティニク島かトバゴ島にいたそうですわ」

「なるほど」

「でも当時その場に居合わせて、あとからここへきた人たちの話から想像すると、お医者さんは死因に不審を抱いていたようですわ」

「そうでしょうとも」と、ミス・マープルは膝を乗りだした。

「もちろんこれはゴシップにすぎませんけど、でも——たしかにダイスンさんの再婚も早すぎましたわ」彼女はふたたび声を低めた。「せいぜい一カ月しか間がなかったような気がします」

「一カ月ねえ」

二人の女は顔を見合わせた。「なんだか——つれない感じがしたものですわ」と、ミス・プレスコットがいった。

「まったくね」ミス・マープルは相槌を打って、さりげなく訊ねた。「お金のことでも——からんでいたのかしら？」

「それは知りませんけど。でも彼はこんな冗談をいうんですよ——たぶん聞いたことがおありでしょうけど——彼女はぼくの〝幸運の女神《ラッキー・ピース》〟だって——」

「ええ、わたしもそれは聞きましたわ」

「中にはその意味を彼は幸運にも金持ちの妻と結婚したと解釈する人もいるんです。でももちろん」ミス・プレスコットはつとめて自分を公平な人間のように見せかけながらいった。「彼女は見る人によってはたいそうな美人ですわ。もし、ああいうタイプが好きなら。それにわたしの考えでは、金持ちだったのはむしろ最初の奥さんのほうなんです」

「ヒリンドン夫妻はお金持ちなのかしら？」

「そうだと思いますわ。びっくりするような大金持ちじゃないけど、ほどほどに裕福なんでしょう。二人の男の子をパブリック・スクールへ入れているし、イギリスにはりっぱな家があって、冬のあいだはほとんど夫婦揃って旅行しているという話ですわ」

そのときプレスコット師が現われて、妹を散歩に誘った。ミス・プレスコットが行ってしまったので、ミス・マープルは独り残って座っていた。

それから数分後にホテルのほうへ歩いてゆくグレゴリー・ダイスンが彼女のそばを通りかかった。彼は通りがかりに愛想よく手を振った。

「なにを考えているんです？」と、彼が声をかけた。

ミス・マープルは、もし、「あなたが人殺しかどうかと考えているんですよ」と答えたら相手がどんな反応を示すかと思いながら、愛想笑いを浮かべた。

それはおおいにありそうなことだった——あらゆることが符節を合わせていた——最初のダイスン夫人の死に関する噂——パルグレイヴ少佐が話していたのはほかならぬ妻殺しのことだった——それもわざわざ〝浴槽の花嫁〟に関連づけて。

たしかにつじつまは合っていた——唯一の難点はむしろつじつまが合いすぎることだった。しかしミス・マープルは自分のそういう思いあがりをとがめた——いったい彼女におあつらえの殺人事件を要求するどんな資格があるというのか？

だれかの声が彼女を驚かせた——いくらかしゃがれた声だった。

「どこかでグレッグを見ませんでしたか、ミス——」

ラッキーは機嫌がよくないようだ、とミス・マープルは思った。

「たったいまここを通って――ホテルのほうへ行きましたよ」

「やっぱり！」ラッキーは苛立たしげに叫んで、急ぎ足で去っていった。

「間違いなく四十歳にはなってるわ、今朝の彼女はそれだけの年齢に見えるもの」と、ミス・マープルは心の中で呟いた。

憐れみの心が彼女を襲った――世のラッキーたちへの憐れみ――時の流れにまったく抵抗力を持たないラッキーたち――

それから背後にある音を聞きつけて、彼女は椅子をぐるりとまわした――

ジャクスンに助けられたラフィール氏が、朝のおでましにバンガローから姿を現わしたところだった――

ジャクスンは主人を車椅子に座らせて、そのまわりをうろついていた。ラフィール氏がうるさそうに追い払うと、ジャクスンはホテルのほうへ歩きだした。

ミス・マープルはすぐに立ちあがった――ラフィール氏が長時間独りでいることは絶対になかった――おそらくもうすぐエスター・ウォルターズがやってくるだろう。ミス・マープルはラフィール氏と二人だけで話がしたかったが、いまがそのチャンスだと判断した。いいたいことはさっさといわなければならない。前置きをいってる暇はないだろう。ラフィール氏は老婦人たちのおしゃべりに喜んで耳を傾けるような人物ではなかった。おそらく自分をうるさいおしゃべりの被害者とみなして、またバンガローの中へ引っこんでしまうだろう。ミス・マープルは当たって砕けろの決心をした。

彼女はラフィール氏の座っている場所に近づき、椅子を引き寄せて座りながら声をかけた。

「ちょっとお訊きしたいことがあるんですけど、ラフィールさん」

「いいとも、いいとも」ラフィール氏はいった。「話を聞きましょう。なにがお望みかな——寄付でもしろというのかね？　アフリカでの伝道事業とか、教会の修理とか、そういった話じゃないのかね？」

「ええ。わたしはそういったことに関心を持っております。ご寄付をいただけたらとてもうれしいですわ。でもいまお訊ねしたいのはそのことじゃないんです。パルグレイヴ少佐はあなたに殺人事件の話をしたことがありまして？」

「ほほう、すると彼はあんたにもその話をしたのか。で、たぶんあんたはそれを鵜呑みにしたんだろうな？」

「じつはどう考えればよいのかわからないんです。あなたにはどんなふうに話したんです？」

「愚にもつかぬ無駄話さ。ルクレツィア・ボルジアの生まれかわりのような美人についてのね。美人で、若くて、金髪で、なにもかも揃っておる」

「まあ」ミス・マープルはいささか不意をつかれた。「で、彼女はだれを殺したんですの？」

「もちろん亭主だよ。ほかのだれを殺すと思うかね？」

「毒殺ですの？」

「いや、睡眠薬を服ませておいて、ガス・オーヴンに顔を押しこんだとかいったな。頭のよい女だよ。そうしておいて自殺だといいたてた。いとも簡単に刑を免れたそうだ。限定責任能力とかなんとかいうことでな。当節は犯人が美人だったり、母親に甘やかされた不良少年だったりすると、そんな名目で無罪になるんだよ。まったくばかばかしい限りだ！」

「少佐はあなたに写真を見せましたか？」

「なに――女の写真かね？　なぜそんなものをわしに見せなくちゃならないんだ？」

「まあ――」

ミス・マープルはかなり意表をつかれた恰好だった。明らかにパルグレイヴ少佐は、虎狩りや象狩りの話だけでなく、彼が会った人殺したちの話をしながら一生をすごしたものらしい。おそらく彼はいくつもの殺人事件の話をレパートリーとして持っていたのだろう。どうやらその事実を認めざるをえなかった――彼女は突然、「ジャクスン！」と叫ぶラフィール氏の声に驚かされた。返事はなかった。

「わたしが行って呼んできましょうか？」とミス・マープルが立ちあがった。

「行っても見つかるまい。どうせ女の尻を追いまわしているんだろう。けしからんやつだ。しかしわしには似合いでな」

「とにかく捜してみますわ」

ミス・マープルはホテルのテラスの遠い端に座って、ティム・ケンドルと一緒になにか飲んでいるジャクスンを発見した。

「ラフィールさんが呼んでますよ」と、彼女はいった。

ジャクスンはこれみよがしに顔をしかめ、グラスを空にして立ちあがった。

「またか。あの意地悪じいさんめ、少しはそっとしといてくれてもよさそうなもんだ――電話二本と特別食の注文で、十五分くらいは息抜きができると思ったのに――どうやら見込みちがいだったらしい。ありがとう、ミス・マープル。飲み物をごちそうさま、ケンドルさん」

彼は大股に歩み去った。

「あの男も気の毒ですよ」と、ティムがいった。「わたしは彼を元気づけてやるために、ときおり一杯おごってやるんです――あなたもなにか召し上がりませんか、ミス・マープル――ライム・ジュースなんかどうです？　お好きなんでしょう？」

「いまは結構ですわ、ありがとう――ラフィールさんのような方の世話をするのは、気疲れも相当なものでしょうね。病人というのは聞きわけのない人が多くて――」

「それだけじゃないんですよ――高い給料をもらっているんだから、主人の気まぐれに耐えるのはいわば当然です――それにラフィール老人はそれほど悪い人じゃないですからね。それよりもむしろ――」彼はいいかけてためらった。

ミス・マープルはその先を催促するような顔をした。

「それが――どういいますかね――彼は社会的に微妙な立場なんですよ。ここの人たちはみなひどいスノッブばかりですからね――彼と同じ階級の人間は一人もいないんです。なにしろ召使いよりは上だが――ふつうの客よりは下なんです――少なくともみんなはそう思っていますからね。ヴィクトリア時代の家庭教師のような存在とでもいいますか。秘書のミセス・ウォルターズでさえ、彼よりは一段上だと思っているんですからね。ますます話が厄介になるわけですよ」ティムは一息入れてからしみじみといった。「こういう場所では社会的な問題が多すぎてまったく閉口しますよ」

グレアム医師が通りかかった——手に一冊の本を持っていた。彼は海を見おろす椅子に腰をおろした。

「グレアム先生はなにか心配事でもありそうなようすね」と、ミス・マープルがいった。

「心配事のない人間なんていませんよ」

「あら、あなたも？　パルグレイヴ少佐が死んだから？」

「そのことはもう心配していません。みなさんもあのことは忘れてしまって——ふだんの調子に戻ったようです。そうじゃなくて——わたしの家内——モリーのことなんですよ——あなたは夢についてなにかごぞんじですか？」

「夢ですって？」ミス・マープルは驚いて問いかえした。

「ええ——悪い夢らしいんです。そりゃあ、だれだってときどき悪い夢を見ることはありますよ。しかしモリーは——ほとんど毎晩のようにそういう夢を見るらしいんです。モリーがこわがりましてね。なにか方法はあるんでしょうか？　睡眠薬を服んだら、なおひどくなったというんです——いっそ眠らないようにしようとするんですが、それもできないし」

「いったいどんな夢ですの？」

「なにかに、あるいはだれかに追いかけられる夢なんです——それからいつもだれかに監視されている――目がさめているときでもその感じを払いのけることができないんだそうです」

「きっとお医者さんなら――」

「彼女は医者が嫌いなんです。どうせいったって聞きはしません――でも、たぶんそのうちそんな夢も見なくなるでしょう――とにかくわたしたちはとても幸せだったんです。毎日がとても楽しかった――ところが、つい最近――たぶんパルグレイヴ少佐の死でショックを受けたんでしょう。あれ以来まるで人が変わったようになって――」

彼は立ちあがった。

「毎日の仕事を片づけなくちゃなりません。ほんとにライム・ジュースは召し上がらないんですね？」

ミス・マープルは首を振った。

彼女は考えごとをしながら座っていた。顔は不安に曇っていた。

彼女はグレアム医師のほうにちらと視線を向けた。

間もなく彼女はあることを決心した。

彼女は立ちあがって彼のテーブルに近づいた。

「あなたにお詫びしなければなりませんわ、グレアム先生」と、彼女はいった。

「ほう?」医者は心のこもった驚きの表情を浮かべた。彼が引いてくれた椅子に、ミス・マープルは腰をおろした。

「わたしはとても恥ずかしいことをしてしまいました。あなたに嘘をついたんですよ、グレアム先生」

彼女は心配そうに相手の顔を見守った。

グレアム医師は全然気を悪くしたようすがなかったが、いささか驚いたようだった。

「ほんとですかな? ま、しかし、そんなことはあまり気になさらんほうがよろしい」いったいこのばあさんはどんな嘘をついたというのだろう、年齢をごまかしたとでもいうのかな? もっとも、彼女が自分の年齢をいったという記憶はなかった。「とにかくお話をうかがいましょう」明らかに相手は打ち明けたくてうずうずしているようだったので、彼は誘いの水を向けた。

「わたしの甥の写真の話をおぼえていらっしゃるでしょう、パルグレイヴ少佐にそれを見せたら返してもらえなかったという話を」

「ええ、もちろんおぼえていますとも。あれはとうとう見つからなくてお気の毒でしたな」

「じつをいうとそんな写真ははじめからなかったのです」と、ミス・マープルはいくぶんおずおずと、小さな声でいった。

「えっ、なんとおっしゃいました？」

「そんな写真はなかったのです。あれはわたしの作り話ですわ」

「作り話？」グレアム医師はかすかな不快の色を浮かべた。「なぜそんなことを？」

ミス・マープルはわけを話した。よけいなおしゃべりは抜きにして、はっきり理由を述べた。パルグレイヴ少佐の殺人事件の話のこと、その写真を彼女に見せようとした矢先に突然あわてだしたこと、彼女自身が不安になって、どうにかしてそれを見ようと決心したことなどを語った。

「ところが、あなたに嘘をつく以外に、どんな方法でそうすればよいかわからなかったのです。どうぞ怒らないでくださいね」

「つまり少佐があなたに見せようとしたのは殺人者の写真だ、とお考えなんですね？」

「少佐が自分でそういいましたもの。少なくともそれは彼に人殺しの話をした知り合いから貰ったものだといいましたわ」

「なるほど。で——失礼ですが——あなたは少佐の話を信じたわけですか？」

「そのときは信じていたかどうかわかりません」と、ミス・マープルは答えた。「でも、その翌日に彼は死んだんです」

「そのとおりだ」グレアム医師は突然その言葉の明白な意味に気づいた。その翌日に彼は死んだんです……

「そして写真が消えてしまいました」

グレアム医師は彼女の顔を凝視した。どう答えてよいか見当もつかなかった。

「失礼ですが、ミス・マープル」と、ようやく彼はいった。「いまおっしゃっていることとは——今度は本当なんでしょうな？」

「わたしを疑うのも無理ないですわ」とミス・マープルはいった。「わたしがあなたの立場だったら、当然疑いますもの。ええ、いまお話ししたことは本当ですわ、でも証拠はなにもありません。ただ、信じていただけなくても、あなたに話さなければならないと思ったのです」

「なぜです？」

「あなたならだれよりも豊富に情報を手に入れることができると思ったからですわ——もしも——」

「もしも？」

「もしもあなたがこのことを調べてみる気持ちになったとしての話ですけど」

10　ジェームズタウンの決定

グレアム医師はジェームズタウンの行政府で、三十五歳の実直な若い友人ダヴェントリーと、テーブルをあいだに向かい合って座っていた。

「電話の話はさっぱり要領をえなかったですよ、グレアムさん」と、ダヴェントリーがいった。「なにか特別な問題ですか？」

「わたしにもよくわからん」と、グレアム医師はいった。「しかし心配なんだ」

ダヴェントリーは相手の顔をじっとみつめ、やがて運ばれてきた飲み物に顎をしゃくった。彼は最近試みた釣りの遠征について楽しそうに語った。そして召使いが部屋から出てゆくと、椅子の背にもたれてグレアムを注視した。

「それじゃ、話を聞きましょうか」

グレアム医師は気にかかっていた問題を洗いざらい打ち明けた。ダヴェントリーはゆっくりと、長く、低い口笛を吹いた。

「なるほど。パルグレイヴ少佐の死に不審の点があるというわけだ。もうそれが自然死だとは思えないというわけですね？　死亡を証明したのはだれかな？　おそらくロバートスンだと思うが。彼はなにも疑いを持たなかったんですね？」

「そうなんだ、しかし彼は死亡証明書を書くに当たって、浴室でセレナイト錠が見つかったという事実に影響されたのではないかと思う。彼はパルグレイヴが高血圧のことを話したことがあるかどうかとわたしに聞いたので、わたしはないと答えた。わたし自身医者として少佐から相談を受けたことは一度もなかったからね。しかし少佐はホテルのほかの連中には高血圧のことを話していたらしい。すべてのことが——セレナイト錠の壜といい、パルグレイヴが人々に話したことといい——ぴったり一致している——ほかのことを疑う理由はなにもない。それはごく自然な結論だった——にもかかわらず、いまではその結論が間違っていたのではないかという気がする。もしわたしが死亡証明書を書く立場にあったとしたら、露ほども疑わずにそれを書いていただろう。現場の所見も彼が高血圧で死んだことと一致している。問題の写真が紛失するという不可解な一件さえなかったら、わたしだってこんなことは考えもしなかった……」

「しかしですよ、グレアムさん」と、ダヴェントリーがいった。「遠慮なくいわせてもらうならば、あなたはその老婦人から聞いたいささか空想的な話に少しよりかかりすぎてはいませんか？　そういう年とった女というのがどんな連中かはあなたも知ってるはずだ。彼女たちはなんでもないことを大袈裟にいいたてて、とんでもない作り話をこしらえあげるんですよ」

「それはわかってるよ」グレアム医師はおもしろくなさそうな顔でいった。「わたしはどうせそのたぐいの話だろうと自分にいい聞かせたくらいだからね。しかし確信はなかった。彼女のいうことはきわめて明晰で具体的なのだ」

「ぼくにはどう考えてもありえないことのような気がするな。ある老婦人がそこにあるはずのない一枚の写真――、いや、話が混乱してしまった、その逆ですね？――について話をした。しかし手がかりとしては、当局が証拠としてとりあげた薬壜が少佐の死の前日には部屋になかったというメイドの言葉だけしかない。ところがそれはどうにでも説明がつきますよ。たとえば少佐はその薬をいつもポケットに入れて持ち歩いていたということも考えられる」

「たしかにそうも考えられるわけだ」

「あるいはメイドのかんちがいで、前から部屋にあった薬に気がつかなかっただけのことかもしれない――」

「そうも考えられる」

「だったらどうなんです?」

グレアムはゆっくりと答えた。

「その娘は確信を持っているのだ」

「しかし、サン・トノレの人間は血の気が多いですからね。感情的というか、すぐに興奮する傾向がある。その娘は——あなたに話した以上のことを知っていると思いますか?」

「かもしれん」

「だったらそれを彼女から聞きだすことですね。不必要に騒ぎたてることはしたくない——はっきりした証拠があれば別ですがね。万一少佐が高血圧で死んだのではないとしたら、原因はなんだと思います?」

「こういう時世だからいろんなことが考えられる」

「というと、なにも痕跡が残らないような方法ですか?」

「だれもかれもが」と、グレアム医師は皮肉な口調でいった。「砒素《ひそ》の扱いに慎重だとは限らんからね」

「話をはっきりさせましょう——いったいなにがいいたいんです? 薬壜が本物とすりかえられたということですか? そしてパルグレイヴ少佐は毒殺されたとでも?」

「いや、そうは思えん。例のヴィクトリアなんとかいう娘は——そう考えているようだが——それは間違っている。少佐を手早く殺そうというのなら——おそらく飲み物に毒を盛る方法をとるだろう。それから自然死に見せかけるために、血圧降下剤の壜を彼の部屋に持ちこんでおいて、彼が高血圧で悩んでいたという噂をひろめたのだ」

「噂をひろめたのはだれです？」

「それをつきとめようとしたが——失敗だった。じつに巧妙な手口だ。〝たしかBから聞いたような気がする〟と、Aがいう。そこでBに確かめると、Bは〝いや、わたしはそんなことをいわなかったが、いつかCがそういっていたことをおぼえている〟と答える。そしてCは、〝何人かがそのことを話していた——たしかその中にAもいたと思う〟という。結局堂々めぐりというわけさ」

「だれか頭のいいやつがいるわけですね？」

「そうだ。少佐の死が発見されるやいなや、みんなが彼の高血圧のことを噂しはじめた、それがほかの人の話を受け売りしているという形なのだ」

「いっそのこと毒を盛るほうが簡単だったんじゃないですか？」

「いや。そうなると当然調査がおこなわれる——それにおそらくは検死解剖もだ——ところがこの方法だと医者は疑いを持たずに死を受けいれて死亡証明書を書くだろう——

現にロバートスンがやったようにね」

「で、ぼくにどうしろというんです？　犯罪捜査課へ行って死体を掘りおこせとでもいいますか？　そうなると噂がひろまって――」

「隠密に運ぶことも可能だよ」

「そうですかね？　このサン・トノレで？　よく考えてみてくださいよ！　おそらく仕事にかかる前からたちまち噂がひろまるでしょう。しかし」ダヴェントリーは嘆息した――「なんらかの手を打つ必要はありそうだな。だが、どうせ泰山鳴動、鼠一匹というところですよ！」

「わたしもそうなることを心から望んでいるよ」と、グレアム医師はいった。

11　ゴールデン・パームの夜

I

モリーは食堂のテーブル飾りをいくつか並べかえ、余分のナイフをひとつとり除き、フォークのまがりをなおし、グラスをひとつふたつ置きかえてから、一歩さがって効果を確かめ、それから外のテラスへ出た。いまのところまわりに人影はなく、彼女はテラスのいちばんはしへ歩み寄って手摺《てすり》のそばに立った。間もなくまた新しい夜がはじまる。客同士で歓談し、酒を酌みかわす、はなはだ陽気で屈託のない夜、それは彼女が長いあいだあこがれていた生活、そして数日前まではおおいに楽しんでいた生活だった。ところがいまは夫のティムまでが不安に悩まされているようだった。たぶん、さすがの彼も少しは不安を感じて当然かもしれなかった。ホテルの経営というこの冒険を、なにがなんでも成功させなければならなかった。なんといっても彼は全財産をそれに注ぎこんだのだから。

だけど、彼が本当に心配しているのはそのことじゃない、とモリーは思った。心配の種はわたしなのだ。でも、なぜわたしのことを心配する必要があるのかしら？　彼が彼女のことを心配しているのはたしかだった。彼のいろんな質問、ときおりちらっと彼女のほうに向ける神経質な視線。でも、なぜそうなのか？「わたしは充分注意してきたわ」と、彼女は心の中で考えをまとめあげた。彼女自身よくはわからなかった。それがいつごろはじまったのかもおぼえていなかった。その正体さえ彼女には定かでなかった。いつのころからか、人間が恐ろしくなりはじめていた。なぜそうなのか見当もつかなかった。彼らは彼女になにができるというのか？　だいたいなぜ彼女になにかしようと望むのか？

彼女はうなずいて、それからぎょっとしてとびあがった。だれかの手が彼女の腕に触れたのだ。くるりとふりむくと、いささか不意をつかれたグレゴリー・ダイスンが、すまなそうな顔をして立っていた。

「すまんすまん。びっくりしたかい？」

モリーはすばやく立ちなおって、はきはきと答えた。「足音が聞こえなかったんですよ、ダイスンさん、だからびっくりしてとびあがってしまったんです」

「ダイスンさんだって？　今夜はばかに他人行儀だね。ここの人間はみな幸せな大家族じゃないのかい？　エドとぼく、ラッキーとイーヴリン、あんたとティム、エスター・ウォルターズとラフィール老人。みんな幸福な一家さ」

「この人はもうだいぶ飲んでるわ」と、モリーは思った。だがうわべは愛想よく微笑みかけた。「わたしだってときにはかたぶつのホステスになることがありますわ」と、彼女は冗談めかしていった。「ティムとわたしは、お客さまを洗礼名で呼んだりしてあまり狎《な》れなれしくしないほうが、より礼儀にかなっているという意見ですの」

「いやいや！　そんな気どり屋流は好かんね。ねえモリー、ぼくと一杯つきあってくれないか」

「あとで誘ってください。まだ仕事が残ってますので」

「逃げないでくれよ」彼の腕が彼女を抱きとめた。「あんたは美人だ、モリー。ティムは自分の幸運がわかってるんだろうな」

「ええ、わたしがちゃんとわからせますからご心配なく」と、モリーはおもしろおかしくいった。

「あんたを本気で口説いてみたいね」彼はモリーに秋波を送った――「もっともこんなことを女房が聞いたら怒るだろうが」

「今日の午後は収穫がありましたか？」

「まああだね。ここだけの話だが、ときどきうんざりするよ。鳥や蝶なんてすぐ飽きがくるものさ。ねえ、そのうち二人だけでピクニックなんかどう？」

「考えておきますわ」モリーは陽気に答えた。「楽しみですわね」

彼女は小さく笑って逃げだし、バーに戻った。

「やあ、モリー」と、ティムが呼びかけた。「ばかに急いでるようだな。テラスでだれと一緒だったんだい？」

彼は外をのぞいてみた。

「グレゴリー・ダイスンよ」

「なんだって？」

「わたしを口説こうとしたのよ」

「あいつめ」

「気にしないで。いざとなったらぴしゃりとやっつけてやるから」

ティムは彼女になにかいいかけたが、フェルナンドの姿を認めて、大声で指示を与えながら彼のほうへ歩いていった。モリーはこっそり調理場から抜けだし、石段づたいにビーチへ降りた。

グレゴリー・ダイスンはちぇっと舌打ちした。それから自分のバンガローのほうへゆっくり戻りはじめた。すぐそばまで近づいたとき、茂みのかげからある声が呼びかけた。彼はびっくりしてふりむいた。しだいに濃くなってゆく宵闇の中で、彼は一瞬目の前に立つ幽霊を見たと思った。やがて彼は笑いだした。顔のない化け物と見間違えたのは、相手が白い服を着ていても、顔が真黒だったからである。

ヴィクトリアは茂みの中から小径に出てきた。

「ダイスンさんですね？」

「そうだ。なんの用だ？」

たったいまの驚きように照れて、彼はいくぶんとげとげしい口調でいった。

「これを持ってきました」彼女は片手を差し出した。その中には薬の壜があった。「あなたのでしょう？」

「おや、ぼくのセレナイト錠だ。どこで見つけたんだね？」

「これが置かれたところです。あのお客さんの部屋ですよ」

「あのお客さんの部屋？　いったいどのお客だ？」

「死んだお客さんですよ」彼女は重々しくいった。「あの人は墓の中でも安らかに眠っていないでしょう」

「どうしてだ？」

ヴィクトリアはじっと彼をみつめながら立っていた。

「なんの話かさっぱりわからん。この薬壜をパルグレイヴ少佐のバンガローで見つけたというんだな？」

「そうです。お医者さんとジェームズタウンからきた人たちが帰ったあとで、わたしは浴室にあるものを棄てるようにいわれたんです。歯磨粉やローションなど――その中にこれがあったんです」

「なぜそれも一緒に棄てなかったんだ？」

「これはあなたの持ち物だからです。あなたはこれが失くなったといって捜していました。わたしに知らないかと訊いたことを忘れたんですか？」

「ああ――そういえば――たしかそんなことがあったな。たぶん――どこかに置き忘れたんだろう」

「ちがいます。これはあなたのバンガローから持ちだされて、パルグレイヴ少佐のバンガローに持ちこまれたんです」

「どうしてそんなことがわかる？」と、彼は語気を荒らげた。

「知ってますよ。見たんです」彼女は急に白い歯を見せて笑いかけた。「だれかが死んだお客さんの部屋にこれを持ちこんだんです。じゃ、たしかにお返ししましたからね」

「おい——待ってくれ。これはどういうことだ？　いったい、なにを——だれを見たっていうんだ？」

彼女は逃げるようにして暗い茂みの中へ姿を消した。グレッグは一瞬あとを追いかけたが思いとどまった。彼は顎を撫でながらその場に佇《たたず》んでいた。

「どうしたの、グレッグ？　幽霊でも見たの？」と、バンガローから出てきたダイスン夫人が訊いた。

「一瞬そうかと思ったよ」

「だれと話してたの？」

「ぼくたちのバンガローを掃除しにくる黒人女さ。ヴィクトリア、といったかな？」

「なんの用だったの？　あなたを口説きにきたの？」

「ばかなことをいうな、ラッキー。あの娘は妙なことを考えているらしい」

「妙なことって？」

「このあいだぼくのセレナイト錠が失くなったことをおぼえているだろう？」

「ええ、あなたはそういってたわ」

「そういってたとはどういう意味だ？」

「ねえ、どうしてそういちいち突っかかるの？」

「すまん」とグレッグがいった。「どいつもこいつもおかしなことばかりいいだすから さ」彼は薬壜を持った片手をさしだした。「あの娘がこれを返しにきたんだよ」

「彼女が盗んだの？」

「いや——どこかで拾ったらしい」

「それがどうしたの？　なにもおかしいことなんかないじゃない？」

「それはそうだ」と、グレッグはいった。「ただあの娘の態度が、ちょっと癇にさわっ ただけだよ」

「ねえ、グレッグ、くだらないことを考えるのはやめて、夕食の前に一杯やりましょう よ」

II

モリーはビーチへ降りていた。めったに使われることのない、いまにも倒れそうな古い籐椅子をひとつ引っぱりだした。それに座ってしばらく海を眺めていたが、やがて急に両手に顔を埋めてわっと泣きだした。かなり長いあいだどうしようもなくすすり泣きながら座っていた。やがてすぐそばで衣ずれの音を聞きつけて、はっとして顔をあげると、ヒリンドン夫人が彼女を見おろしていた。

「こんにちは、イーヴリン。足音が聞こえなかったもんで。ご——ごめんなさい」

「いったいどうしたの、あなた？」と、イーヴリンが訊ねた。「なにか悪いことでもあったの？」彼女も椅子を引きだして座った。「いってごらんなさい」

「なんでもないんです」と、モリーが答えた。

「そんなはずはないわ。なんでもないのにこんなところに座って泣いてる人がありますか。わたしにいえないようなこと？　ねえ——ティムとけんかでもしたの？」

「まさか」

「それならよかったわ。あなたたちはいつ見ても幸せそうですもの」

「あなた方ほどじゃありませんわ。ティムとわたしは、あなたとエドワードが結婚して何年もたっているのに、あんなに幸せそうに見えるなんて、とてもすばらしいことだと思っているんです」

「まあ、そんな」と、イーヴリンがいった。彼女の声にはとげとげしさがあったが、モリーはほとんどそれに気がつかなかった。

「どんな夫婦だっていがみあいはしますわ」と、モリーはいった。「おたがい愛し合っていたとしても、やっぱりけんかはするし、おまけに人前であろうとなかろうと、いがみあうときはあまり頓着しないように思うんですけど」

「そういう生き方が好きな人たちも中にはいるわ」と、イーヴリンがいった。「べつにたいした意味はないのよ」

「そうかしら、わたしは恐ろしいことだと思いますわ」

「わたしもよ、本当のことをいうと」

「でもあなたとエドワードを見ていると――」

「わたしたちなんか全然だめよ、モリー。あなたにいつまでもそんなふうに思わせておくことはできないわ。エドワードとわたしは――」彼女はちょっとためらった。「本当のことを教えてあげましょうか、わたしたち、二人だけでいるときはこの三年間ろくに口をきいたこともないのよ」

「まさか!」モリーは呆然として相手の顔をみつめた。「そんなこと――信じられませんわ」

「二人とも巧みに演技をしているだけなのよ。どちらも人前でいがみあいをするようなタイプじゃないわ。それに、どっちみちもういがみあうことがなにもないんですもの」

「いったいなにが原因でそうなったんです？」

「ごくありきたりのことよ」

「ありきたりのことって？　まさかほかの――」

「そう、ほかの女がからんでいるの、あなたにもその女がだれか、大方の見当はつくでしょうけど」

「ミセス・ダイスン――ラッキーですの？」

イーヴリンはうなずいた。

「あの二人がしょっちゅう狎れなれしくしているのは知っていましたけど」と、モリーはいった。「でも、それはただ……」

「ふざけているんだと思った？　なにも特別な意味はないと思った？」

「でもどうして――」モリーはいったん言葉を切ったがまた試みた。「だけど、あなたは――その、つまり、いいえ、こんなことを訊いてはいけないわ」

「どんなことでも訊いてちょうだい。わたしはなにもいわずにいることに、上品で幸せな奥さんでいることに疲れてしまったわ。エドワードはラッキーにすっかりのぼせているのよ。あの人は愚かにもわたしにそのことを打ち明けたわ。たぶんそれで気持ちが楽になったんでしょうね。正直で誠実な態度。彼はそのつもりだったんでしょうけど、そんなことをされてもわたしの気持ちは楽にならないということには気がつかなかったのよ」

「彼は離婚を望んだんですか？」

イーヴリンは首を振った。「わたしたちには子供が二人もいるでしょう。彼もわたしも子供たちを深く愛しているわ。二人ともイギリスの学校にいるけど、子供たちのために家庭だけはこわしたくなかったの。それにもちろんラッキーも離婚は望んでいなかったわ。グレッグは大金持ちでしょう。彼の最初の奥さんは莫大な財産を遺して死んだのよ。だからわたしたちは協定を結んで——エドワードとラッキーは永遠の幸福の中で、グレッグは知らぬが仏で、エドワードとわたしはたんなる仲のよい友だちとして暮らすことにしたの」イーヴリンの口調には底知れぬ苦さがあった。

「どうして——そんな生活に耐えられるんですか？」

「どんなことにだって慣れっこになってしまうものよ。でもときどき——」

「ときどき？」

「あの女を殺してやりたいと思うことがあるわ」

イーヴリンの冷ややかな声の裏に隠された激情がモリーを驚かせた。

「わたしの話はもうよしましょう」と、イーヴリンがいった。「それよりあなたがなぜ泣いていたのか知りたいわ」

モリーはしばらく黙っていたが、やがて口を開いた。「わたしはただ——自分がどうにかなってしまったんじゃないかと思ったんです」

「どうにかなったって？　それ、どういうことなの？」

モリーは悲しそうに首を振った。「わたし、こわいんです。ひどくこわいんです」

「こわいって、なにが？」

「なにもかもですわ。それが——だんだんひどくなってゆくんです。茂みの中の声、足音——ほら、よくいうでしょう。いつもだれかに見張られているような気がして。だれかがわたしを憎んでいる。そんな気がするんです」

「かわいそうに」イーヴリンはショックを受けていた。「いつごろからそんなふうなの？」

「わかりません。いつの間にか——少しずつそうなったんです。しかもそれだけじゃないんです」

「ほかにどんなことがあるの？」

「自分でも説明のつかないことが、なにもおぼえていないことがときどきあるんです」

「一時的な記憶喪失のようなもの？」

「たぶんそうだと思いますわ。つまり、いま五時だとしますね——すると一時半か二時ごろからあとのことをなにも思いだせないことがよくあるんです」

「それはあなたが眠っていたってことよ。いつの間にかうとうとしてしまったのよ」

「いいえ、それとは全然違いますわ。だって気がついたときはいま眠りからさめたという感じじゃないんですもの。どこかほかの場所にいたような気分とでもいうか。ときには着ている服が違っていて、その間なにかをしていた——だれかと話をしていたような気がすることとさえあるんですけど、それでいてなにひとつおぼえていないんですよ」

イーヴリンはショックを受けたようすだった。「でも、ほんとにそんなふうだったら、モリー、お医者さんに診《み》てもらう必要があるわ」

「いやですわ！　お医者さんなんてそばへも寄りたくない」

イーヴリンはモリーの顔をじっとのぞきこんでから、彼女の手を握った。

「自分ひとりで悩んでいてもどうにもならないわ、モリー。べつにたいしたことのない神経の変調がいろいろとあって、そんなのはお医者さんに診てもらえばすぐになおるのよ」

「それはどうかしら。もしかしたらほんとにどこか悪いところが見つかるかもしれませんわ」

「どうしてそう思うの？」

「だって——」モリーはいいかけて途中でやめた——「べつに理由はないけど」

「あなたの家族のだれか——お母さんか姉妹かで、だれか、ここにこられるような人はいないの？」

「母とはうまくいかないんです。昔からそうでしたわ。姉妹はいます。みんな結婚しているけど、たぶん——頼めばきてくれると思いますわ。でもそんなことはしたくないんです。ティムさえそばにいてくれればそれでいいんです」

「ティムはそのことを知ってるの？　彼に話したの？」

「はっきり話したわけじゃないけど、ティムはわたしのことを心配して、いつも目をはなさないようにしていますわ。わたしを助けるか護るかしようとしているようすなんですけど。でも、もしそうだとしたら、わたしが保護を求めているということになるのかしら？」

「たぶん大部分はあなたの思いすごしだと思うけど、やっぱりお医者さんに診てもらうべきだと思うわ」

「グレアム先生に？　あの先生じゃどうにもなりませんわ」

「島にはほかにもお医者さんがいるわ」

「でもほんとに大丈夫なんです」と、モリーはいった。「ただ――そのことを考えないようにしなくちゃ。たぶんあなたのおっしゃるように、わたしの思いすごしですわ。あら、もうこんな時間になってしまったわ。もう食堂へ行ってなくちゃ。わたし――帰ります」

彼女はほとんど敵意さえ含んだ鋭い視線をイーヴリン・ヒリンドンに向けてから、あたふたと立ち去った。イーヴリンはそのうしろ姿をじっと見送った。

12 古い罪は長い影を落とす

I

「あたしはいいネタをつかんだらしいよ、あんた」

「なんの話だ、ヴィクトリア？」

「いいネタをつかんだらしいんだよ。もしかしたら大金にありつけるよ」

「なあ、おまえ、気をつけたほうがいいぜ。ごたごたに巻きこまれないようにしろよ。おれに話しておくほうがいいかもしれないな」

ヴィクトリアは笑った。よく響く笑い声だった。

「まあ黙って見ててよ」彼女はいった。「あたしだってぬかりはないからさ。大金が手に入るんだよ、あんた。この目で見たことが半分、あて推量半分だけど、あたしの考えは間違ってないと思うんだよ」

そしてやわらかい豊かな笑い声が、もう一度夜の中に響きわたった。

II

「イーヴリン……」

「なに？」イーヴリン・ヒリンドンはなんの関心もなく、冷ややかに答えた。話しかけた夫のほうを見向きもしなかった。

「イーヴリン、この旅を切りあげてイギリスへ帰るのはいやか？」

彼女は短く切った黒い髪をくしけずっているところだったが、両手がさっと頭からはなれた。彼女は夫のほうを向いた。

「つまりあなたは——だってまだきたばかりじゃないの。西インド諸島へきてからまだたった三週間よ」

「わかってるよ。しかし——帰るのはいやか？」

彼女は信じられないといった面持ちで夫の真意を探った。

「ほんとにイギリスへ帰りたいの？　家へ帰りたいの？」

「そうだよ」

「ラッキーを残して？」

彼はちょっとたじろいだ。

「ずっと前から知ってたんだろうね——彼女とのことを？」

「ええ、ちゃんと知ってたわ」

「しかしきみはなにもいわなかった」

「いってなんになるの？　もう何年も前にすべてが終わっていたのよ。ただあなたもわたしも離婚は望まなかった。だからおたがい別々の道を歩む——だけど人前では体裁をとりつくろうということにしたんじゃないの」そして彼女は相手の口を封じるようにつけ加えた。「だけどなぜ急にイギリスへ帰る気になったの？」

「もうぎりぎりのところまできてしまったからだよ。わたしはもう我慢ができないんだ、イーヴリン。もうだめだ」物静かなエドワード・ヒリンドンはまるで別人だった。両手がぶるぶる震え、落ち着きはらった冷静な顔は苦痛でゆがんでいるように見えた。

「ねえ、エドワード、いったいどうしたっていうの？」

「なんでもないさ、ただここから逃げだしたいだけだ——」

「あなたはラッキーに激しく恋をした。でも、その恋はもう終わった。あなたはそういいたいの？」

「そうだよ。多分きみにはこの気持ちがわからないだろうが」

「いまはその話はよしましょう！　わたしはなにがあなたをこれほどまでに悩ましているのか知りたいわ、エドワード」

「べつに悩んでなんかいないさ」

「いいえ、悩んでるわ。なぜなの？」

「わからないかね？」

「ええ、わからないわ。もっとわかりやすい言葉で話しましょうよ。あなたは一人の女と火遊びをした。それはよくあることよ。で、その情事は終わった。それともまだ終わっていないのかしら？　彼女のほうはまだ終わってないのかもしれないわね。そうなの？　グレッグはそのことを知ってるの？　前からそれを疑問に思っていたんだけど」

「わからん。とにかくなにもいわないよ。いつも親友らしい態度を示している」

「男ってひどく鈍感なのかもしれないわね。それともグレッグはグレッグでほかの女と浮気してるのかもしれないわ！」

「彼はきみにもいい寄ったんだろう？」と、エドワードがいった。「答えてくれ――わたしはちゃんと知っている――」

「ええ、そうよ」イーヴリンは無頓着に答えた。「でも彼は女と見ればだれにでもいい寄る男よ。それがグレッグという男なんだわ。だからそのことにたいして意味があるとは思えない。たんにグレッグの雄としての行動の一部にすぎないのよ」

「きみは彼が好きなのか、イーヴリン？　わたしは本当のことが知りたいんだ」

「グレッグが？　そうね、大好きよ――彼はわたしを楽しませてくれるから。あの人とはいいお友だちよ」

「それだけか？　ほんとにそうだといいんだが」

「いまさらあなたがそんなことを問題にする理由がわからないわ」と、イーヴリンの口ぶりは辛辣だった。

「まあ、そう思うのも無理ないかもしれないな」

イーヴリンは窓ぎわに歩み寄ってヴェランダを見まわし、また戻ってきた。

「なんでそんなに動揺しているのかいってほしいわ、エドワード」

「それはもういったはずだよ」

「どうかしらね」

「おそらくきみには理解できんだろうが、この種の一時的な狂気は、それが過ぎ去ってみるとひどく異常なことに思えるものだよ」

「理解しようと努力することはわたしにもできるわ、たぶん。でもいま気がかりなのはラッキーがあなたの喉元にしっかり手をかけているように見えることよ。彼女は見捨てられた女じゃないわ、鋭い爪を持った牝虎よ。ねえ、ほんとのことをいってちょうだい、エドワード。わたしに助けてもらいたかったら、それ以外に方法はないのよ」

エドワードは低い声でいった。「いますぐ彼女のそばからはなれられないのなら――わたしは彼女を殺してやる」

「ラッキーを殺すですって？　なぜなの？」

「あんなことをさせられたからだ……」

「彼女はあなたになにをさせたの？」

「わたしは彼女の人殺しを手伝った――」

その言葉につづく一瞬の沈黙――イーヴリンは呆然として彼をみつめた。

「あなた、自分でなにをいってるかわかっているの？」

「わかってるとも。わたしはそれと知らずに人殺しを手伝わされたんだ。彼女にある品物を買ってきてくれと頼まれた――薬局でね。わたしは知らなかった――彼女がその薬をなにに使うのかこれっぽっちも知らなかったんだ――彼女は持っていた処方箋をわたしに複写させて……」

「それはいつのことなの?」

「四年前のことだ。われわれがマルティニク島にいたときだよ。あのとき——グレッグの奥さんは——」

「グレッグの最初の奥さん——ゲイルのことなの? つまりラッキーが彼女を毒殺したっていうの?」

「そう——そしてわたしがその手伝いをしたんだ。そのことに気がついたとき——」

イーヴリンが彼をさえぎった。

「あなたが真相に気がついたとき、ラッキーはあなたが処方箋を書いて薬を手に入れた、つまりあなたと彼女は共犯だと指摘したのね? そうなんでしょう?」

「そのとおりだ。彼女はむしろ慈悲心からやったことだといった——病気で苦しんでいたゲイルを見るに見かねて——病苦を終わらせる薬を手に入れてくれとゲイルに頼まれたからだとね」

「安楽死ってわけなのね! なるほど考えたもんだわ。で、あなたはそれを信じたの?」

エドワード・ヒリンドンは一瞬の沈黙ののちに答えた。

「いや——その言葉を鵜呑みにしたわけじゃない——一抹の疑問はあった——わたしが

それを受けいれたのはそう信じたかったからだ——そのころわたしはラッキーに夢中だったからな」

「そのあとで——彼女がグレッグと結婚したときも——あなたはまだそれを信じていたの？」

「そのころは無理に自分を納得させていた」

「で、グレッグは——彼はどの程度まで知っているの？」

「彼は全然知らない」

「わたしには信じられないわ！」

エドワード・ヒリンドンは急に叫びだした——

「イーヴリン、わたしは逃げだしたいんだ！　あの女は四年前にわたしがやったことを種にして、いまだにわたしにつきまとってはなれない。もうわたしが愛していないことをちゃんと知ってるくせにだ。あの女を愛してるかって？——むしろ憎んでいるくらいだ——だがわたしはあの女から逃げだせないような気がする——四年前に一緒にやったことが足枷になって——」

イーヴリンは部屋の中を行きつ戻りつしていたが、やがて立ちどまって彼と向かい合った。

「すべての問題はね、エドワード、あなたが滑稽なほど敏感で——そのうえ信じられないほど暗示にかかりやすいということなのよ。あの悪魔のような女は、あなたの罪の意識につけこんで、あなたを思いのままに操ってきたんだわ——それから明白な聖書の言葉でいうと、あなたの心に重くのしかかっている罪は、殺人ではなくて姦淫の罪なのよ——あなたはラッキーとの情事のことで罪の意識に苛《さいな》まれていた——そこに目をつけて、彼女はあなたを殺人計画の手先として利用し、自分も共犯者だという意識を巧みにあなたに植えつけたのよ。あなたは殺人の共犯者じゃないわ」

「イーヴリン……」彼は妻のほうに歩み寄った——

彼女は一歩さがって……探るような目で彼をみつめた。

「いまいったことはすべて本当なの、エドワード——ほんとなんでしょうね？　それともあなたの作り話なの？」

「イーヴリン！　なぜわたしが作り話なんかしなくちゃならないんだ？」

「わからないわ」イーヴリン・ヒリンドンはゆっくりいった。「それはたぶん——たんにわたしが——だれも信用できないからかもしれない。それから——よくわからないけど——たぶん、本当のことを聞いてもそれとわからなくなってしまったのよ」

「もうなにもかも切りあげて——イギリスへ帰ろう」

「ええ――そうしましょう――でもいますぐはだめよ」

「どうしてだ？」

「いままでどおりに暮らすのよ――さしあたりは。これが肝心の点だわ。わかって、エドワード？　わたしたちがこれからしようとしていることをラッキーに感づかれないようにね――」

13 ヴィクトリア・ジョンスン退場

その夜も終わりに近づいていた。スチール・バンドもようやく鳴りをしずめつつあった。ティムはテラスに面した食堂のそばに立っていた。彼はすでに客の立ち去ったテーブルの照明をいくつか消した。

背後からある声が話しかけた。「ティム、ちょっとお話があるんだけど」

ティム・ケンドルはぎくっとしてふりむいた。

「やあ、イーヴリン、どんなご用です？」

イーヴリンが周囲を見まわした。

「こっちのテーブルへきて、ちょっと腰をおろしましょうよ」

彼女は先に立ってテラスのいちばんはしにあるテーブルのほうへ歩いていった。彼らの近くにはほかにだれもいなかった。

「急に話しかけたりしてごめんなさいね、ティム。でも、わたしはモリーのことが心配なのよ」

　彼の顔色がたちまち変わった。

「モリーがどうかしましたか？」と、彼はひきつった声で訊いた。だいぶ動揺しているようよ
「彼女はあまりぐあいがよくないように見えるんだけど。神経過敏になっているようです」

「たしかにこのごろはいろんなことに神経過敏になっているようです」

「お医者さんに診てもらうほうがいいと思うんだけど」

「ええ、ぼくもそう思うんだけど、彼女がいやがるんですよ」

「なぜなの？」

「えっ？　なんていいました？」

「なぜかって訊いたのよ。彼女はなぜ医者にかかりたがらないの？」

「それは、そのう」ティムは曖昧に言葉を濁した。「医者嫌いの人間がよくいるでしょう。つまり――なんていったらいいのか、医者と聞いただけでこわくなるんですよ」

「あなただってモリーのことは心配なんでしょう、ティム？」

「ええ。そりゃあ、いくらか心配ですよ」

「家族のだれか、ここへきて一緒にいてやれるような人はいないのかしら？」

「いや。そんなことをしたらかえって逆効果です。ますますひどくなりますよ」

「なにか事情があるの――彼女の家族のことだけど？」

「なあに、よくあるやつですよ。たぶん彼女は神経質になっているだけなんです――それに家族とうまくいってなかったんですよ――とくに母親とのあいだがね。以前からずっとそうなんです。なんていうか――ちょっと変わった人たちなんで、彼女はそこから逃げだしたんです。そうしてよかったと、ぼくは思いますよ」

イーヴリンは遠慮がちにいった。「ご本人から聞いた話だと、ときおりふっと意識がなくなることがあるらしくて、それに人間をこわがっているようだったわ。被害妄想じゃないかと思うんだけど」

「よしてください」ティムは腹立たしげにいった。「被害妄想だなんて！　だれでも他人のことはそんなふうにいうもんですよ。彼女はただ――その――たぶんちょっと気が立っているだけです。はるばる西インド諸島までやってきた。黒い顔がいっぱいいる。ときおり西インド諸島人や黒人を気味悪いと思う人間はいるもんですよ」

「でもモリーはべつでしょう？」

「いや、人間なんてなにをこわがるかわかったもんじゃありませんよ。猫のいる部屋にはこわくて入れないという人間だっています。尺とり虫がおっこってきただけで気絶する人間だっていますからね」

「こんなお節介はしたくないんだけど——彼女は——精神科医に診てもらうほうがいいと思いません？」

「とんでもない！」と、ティムが色をなして叫んだ。「そんな連中に彼女がからかわれるのは我慢がなりませんよ。ぼくは精神科医というやつを信用しません。なおいっそう病気が悪くなるだけです。彼女の母親だって精神科医なんかに行かなかったら……」

「すると彼女の家族にはその種の問題があった——そうなのね？　つまり——」彼女は慎重に言葉を選んだ——「精神的に不安定な人がいたんでしょう」

「その話はしたくないんです——ぼくは彼女をあそこから引きはなした、彼女は大丈夫です、絶対に大丈夫ですよ。ちょっと神経が昂ぶっているだけです……だいたいそういう病気は遺伝じゃありません。いまではだれでも知ってることです。その考えは学問的に否定されていますよ。モリーは完全に正常です。ただ——そうだ！　だいたいこうなったのもみなパルグレイヴ少佐が死んだせいですよ」

「なるほど。でもパルグレイヴ少佐の死には、だれかを心配させるようなことはなにもなかったんでしょう？」

「もちろんです。しかし、だれかが急死するということは相当なショックですからね」

彼があまりにもむきになり、しかもうちひしがれていたので、イーヴリンはちょっと気がとがめた。彼女はティムの腕に片手を重ねた。

「あなたはなにもかもちゃんと承知でそうしてるんだと思うけど。でもね、ティム、もしわたしでお役に立つようだったら――つまりわたしと一緒にモリーをニューヨークへ行かせる気があるのなら――ニューヨークでもマイアミでも、彼女が一流の診断を受けられるところへ連れていってあげてもいいのよ」

「ご親切はありがたいですが、モリーは心配ありませんよ。いずれよくなりますから」

イーヴリンは疑わしそうに首を振った。それからゆっくりふりむいて、テラスの線に沿って視線を走らせた。もうほとんどの人がそれぞれのバンガローに引きあげていた。イーヴリンがなにか忘れ物はないかと自分のテーブルに戻りかけたとき、ティムがあっと叫び声をあげるのを聞いた。彼女ははっとして顔をあげた。ティムがテラスのはずれの石段をじっとみつめているので、彼女も彼の視線を追いかけた。その瞬間、彼女もはっと息をのんだ。

モリーがビーチから石段を登ってくるところだった。彼女は深い、すすり泣くような息づかいで胸をはずませ、ふらふらと方向の定まらない奇妙な走り方で近づいてきた。ティムが叫んだ。「モリー！　いったいどうしたんだ？」

彼はモリーのほうに駆けだし、イーヴリンもあとを追った。モリーは石段を登りきって、両手をうしろに隠しながらそこに立っていた。彼女は泣きながらとぎれとぎれにいった。

「彼女を見つけたの……あすこで……茂みの中で……わたしの手を見てちょうだい――ほら、わたしの手を」彼女は両手をさしだした。イーヴリンはその手に奇妙な黒っぽいしみを認めてはっと息をのんだ。それは薄暗い明かりの中でこそ黒っぽく見えたが、ほんとは赤い色だということがわかりすぎるほどよくわかった。

「なにがあったんだ、モリー？」と、ティムが叫んだ。

「下のほうに」と、モリーがいった。体がぐらぐら揺れていた。「茂みの中に……」ティムはしばしためらったのち、イーヴリンのほうを見て、モリーを軽くイーヴリンのほうへ押しやってから石段を駆け降りていった。イーヴリンはモリーの肩に腕をまわした。

「さあ。お座りなさい、モリー。ここがいいわ。なにか飲むといいわ」

モリーは椅子に倒れこんでテーブルの上に組み合わせた腕に突っ伏した。イーヴリンはそれ以上質問しなかった。それよりも彼女を落ち着かせるほうが先決だった。

「なんでもないのよ」と、イーヴリンは優しくいった。「もう大丈夫よ」

「わかりません」と、モリーがいった。「なにがおこったのかわたしにはわかりません。

わたしはなにも知らないんです。なにもおぼえていません。わたしは――」彼女は急に顔をあげた。「わたしはどうしたのかしら？　いったいどうしたのかしら？」

「なんでもないのよ。もう大丈夫」

ティムがゆっくり石段を登ってきた。顔がまっさおだった。イーヴリンが顔をあげて、問いただすように眉をひそめた。

「うちの使用人の一人なんです」と、彼はいった。「名前はなんていったかな――そう、ヴィクトリアだ。だれかが彼女にナイフを突き刺したんです」

14 取調べ

I

　モリーはベッドに横になっていた。グレアム医師と西インド諸島人の警察医、ロバートスン医師がベッドの片側に立ち、ティムが反対側に立っていた。ロバートスンはモリーの脈をとってから、ベッドの脚のほうに立っている警察官姿のすらりとした浅黒い男に向かってうなずいた。サン・トノレ警察のウェストン警部である。

「簡単な供述だけにしてくださいよ――それ以上は困ります」

　警部はうなずいた。

「では、ミセス・ケンドル――死体を発見したときのようすを話してください」

　一瞬ベッドの上のモリーはその声を聞いていないかのようだった。やがて彼女はかぼそい、ぼんやりした声で話しはじめた。

「茂みの中に――白い……」

「なにか白いものが見えたので――それを確かめようとした。というわけですな？」

「ええ――白いものが――横たわっていたので――わたしは――それを抱きおこそうとした――そしたら血が――わたしの手にべっとり血がついたんです」

彼女はわなわなと震えだした。

グレアム医師が首を横に振った。ロバートスンが小声でいった――「これ以上あまり無理はできない」

「あなたはビーチの小径でなにをしていたんですか、ミセス・ケンドル？」

「暖かい――気持ちのよい晩なので――海岸に出て――」

「あなたはその女がだれか知っていましたか？」

「ヴィクトリアです――気だてのよい娘で――とてもよく笑う――ああ、彼女は――もう二度と笑わないんですわ。わたしは忘れません――けっして――」彼女の声は、ヒステリックに昂ぶった。

「モリー――落ち着いて」と、ティムがいった。

「落ち着いて――落ち着いて――」ロバートスン医師はなだめるようにいった――「気持ちをゆっくり――それじゃ、ちょっと注射を――」彼は注射器をしまいながらいった。

「少なくとも二十四時間は取調べは無理ですよ。元気になったらわたしから連絡します」

II

大男のハンサムな黒人がテーブルの男たちを一人ずつ眺めた。

「神に誓って」と、彼はいった。「わたしが知ってることはそれだけですよ。いま話したことのほかにはなにも知りません」

男の額には汗がふきでていた。ダヴェントリーは溜め息をついた。取調べの中心であるサン・トノレ警察犯罪捜査課のウェストン警部が、男に向かってもう行ってもよいという身ぶりを示した。大男のジム・エリスは足を引きずるようにして部屋から出ていった。

「もちろん、あいつが知っているのはこれだけじゃない」と、ウェストンがいった。島の人間特有の柔らかい声だった。「しかしあいつの口からこれ以上聞きだすのはむつかしいですな」

「あの男自身は潔白だと思うかね？」と、ダヴェントリーが訊いた。

「そう考えていいでしょう。二人の仲はうまくいってたようです」

「結婚はしてなかったのかね？」

ウェストン警部の口もとにかすかな微笑が浮かんだ。「そう、結婚はしてなかった。この島では正式に結婚する人間が少ないんですよ。ただし子供には洗礼を受けさせる。あの男にもヴィクトリアに生ませた子供が二人います」

「あの男は殺された女の計画に関係していたと思うかね？　どんな計画だったかはべつにして」

「おそらく関係はなかったでしょう。たぶんそんなことに手をかすほど肝っ玉の太い男じゃない。それに、女のほうもたいしたことは知らなかったんじゃないですかな」

「脅迫するほどのネタは握っていなかったというわけか？」

「はたして脅迫と呼んでいいかどうかも疑問ですね。だいいちあの女がそんな言葉を知っていたかどうかということさえあやしいもんです。口止め料はいちがいに脅迫ときめつけられませんからね。ここに滞在している連中は金持ちのプレイボーイ風だから、彼らの素行に関してはほじくればいろんなあらも出てくることでしょう」彼の口調にはかすかにとげが含まれていた。

「たしかにいろんな人間がいる」と、ダヴェントリーがいった。「いろんな男と寝ていて、そのことを秘密にしてもらうためにメイドに贈り物をする女だっているだろう。そういうのはふつう口止め料と考えられている」

「そのとおりです」

「しかしこれと」と、ダヴェントリーが反論した。「それとはまるで話が違う。これは殺人事件だからな」

「しかし、彼女はそれほど重大に考えていなかったんじゃないですかな。彼女はなにかを見た。この薬壜と関係のある、なにか腑に落ちないことをね。この薬壜はダイスン氏のものらしい。つぎは彼と会ってみるほうがよさそうですな」

グレゴリーがいつもの陽気さを漂わせながら部屋に入ってきた。

「さあどうぞ、なんなりとご質問を。あの娘のことは気の毒でしたね。いい娘だったのに、ぼくも家内も彼女が大好きでしたよ。たぶん痴情のもつれかなんかでしょうが、彼女はとても幸せそうで、なにかで困っているようには見えませんでしたがね。ゆうべも彼女をからかったところなんですよ」

「あなたはセレナイトという薬を服んでおいでですな、ダイスンさん?」

「ええ、服んでますとも。ピンク色の小さな錠剤ですよ」

「その薬は医師の処方に基づいて手に入れたものですか？」

「そうです。お望みなら処方箋をお見せしますよ。ご多分に洩れずぼくも高血圧の持病がありましてね」

「そのことを知っていた人はきわめて少ないようですが」

「ええ、ぼくは病気のことを他人に話さない主義なんです。いつも病気のことばかり話している人間は嫌いですね」

「何錠ずつ服んでいますか？」

「二錠ずつ、一日に三回です」

「買い置きはたくさんありますか？」

「ええ。壜を半ダースほど持っていますよ。しかし、スーツケースにしまって鍵をかけてあります。現在使っているやつだけは外に出してありますがね」

「そして少し前にその壜を失くされたという話ですが」

「そのとおりです」

「で、この娘に、ヴィクトリア・ジョンスンに、壜を見かけなかったかと訊きましたね？」

「ええ、訊きましたよ」

「彼女はどう答えました？」

「最後に見たのは浴室の棚の上だそうです。彼女は気をつけて捜してみると答えました」

「で、そのあとは？」

「しばらくたってから薬壜を持ってきて、これが失くなった壜かと訊ねました」

「あなたはどう答えました？」

『そうだ、これだよ。どこで見つけたんだい？』とね。すると彼女はパルグレイヴ少佐の部屋で見つけたと答えました。そこでぼくはいいましたよ。『いったいどうしてそんなところへまぎれこんだのだろう？』ってね」

「それで、彼女の答えは？」

「彼女は知らないといいました、しかし――」

「しかし、どうなんです、ダイスンさん？」

「彼女はぼくに話したこと以上になにかを知ってるんじゃないかという気がしたんだが、しかしべつに気にはしませんでした。結局たいしたことじゃないですからね。さっきもいったように、薬壜はほかにも持っていました。おそらくぼくがレストランかどこかに置き忘れたのを、なにかの理由でパルグレイヴ老人が持っていったんだろうと思ったわけです。ぼくに返すつもりでポケットにでも入れて、それっきり忘れてしまったんじゃないでしょうか」

「知っていることはそれだけですか、ダイスンさん？」

「そうです。お役に立てなくてすみません。そんなに重要なことなんですか？　なぜです？」

ウェストンは肩をすくめた。「目下のところは、どんなことでも重要ですよ」

「しかし、これと薬とどう関係があるのかわかりませんな。おそらくこの気の毒な娘が刺されたとき、ぼくがなにをしていたかを知りたいんでしょうね。それならできるだけ詳しく書いておきましたよ」

ウェストンは注意深く彼をみつめた。

「ほんとですか？　それはどうも、ご親切に」

「そうすればおたがいに手間が省けると思ったんですよ」グレッグは一枚の紙をテーブルの上に押しやった。

ウェストンがそれを眺め、ダヴェントリーもちょっと椅子を引き寄せて、ウェストンの肩ごしにのぞきこんだ。

「これなら一目瞭然ですな」と、ちょっと間をおいてウェストンがいった。「あなたと奥さんは九時十分前までバンガローにいて夕食のための着替えをしていた。それからあなたはテラスへ行って、そこでセニョーラ・デ・カスペアロと一緒に飲み物で喉をうるおした。九時十五分にヒリンドン大佐夫妻がやってきて、一緒に食堂へ入った。あなたの記憶では、十一時半ごろにベッドに入った、というわけですな」

「もちろん」と、グレッグがいった。「彼女が殺された時間を正確に知っているわけじゃないですが――」

その言葉にはどことなく女が殺された時間を質問しているような響きがあった。しかし、ウェストン警部はそれに気がついたようすがなかった。

「ミセス・ケンドルが死体を発見したという話ですね？　さぞかしひどいショックを受けたんでしょうね」

「ええ。ロバートスン先生が鎮静剤を与えなくちゃならなかったほどですよ」

「それはだいぶ遅くなってからで、もうたいていの人が、ベッドに入っていたんじゃないですか？」

「そうです」

「死んでからかなり時間がたっていたんですか？　ミセス・ケンドルが死体を発見したときのことですが」

「死亡時刻ははっきりしてないんですよ」と、ウェストンがすかさず答えた。「気の毒に、モリーにとってはさぞかしひどいショックだったでしょうな。じつをいうと、ゆうべぼくは彼女の姿を見かけなかったんです。頭痛かなにかで寝ているもんだと思ってましたよ」

「ミセス・ケンドルを最後に見かけたのはいつごろですか？」

「あれはまだ宵の口でしたよ、着替えに戻る前でしたからね。テーブルの飾りつけをしたり、ナイフを並べかえたりしてましたっけ」

「なるほど」

「そのときはたいそう元気そうでしたがね。冗談をいったりして。彼女はすばらしい女性ですよ。われわれはみんな彼女が好きでしてね。ティムは運のよい男です」

「どうもありがとうございました、ダイスンさん。ヴィクトリアが薬を返しにきたときにいったことについて、もうなにもおぼえていることはないでしょうな？」

「ええ……おぼえていることはすっかり話しました。捜しているのはこの薬かとぼくに訊ねて、パルグレイヴ少佐の部屋で見つけたといっただけです」

「だれがパルグレイヴ老人の部屋へその薬を持っていったかということについて、彼女はなにもいわなかったんでしょうな？」

「そうだと思います――はっきりはおぼえていませんが」

「おかげで助かりましたよ、ダイスンさん」

グレゴリーは部屋から出ていった。

「ずいぶん行き届いた男ですな」ウェストンは紙片を指先でこつこつ叩きながらいった。「ゆうべどこにいたかをわれわれに正確に知らせようとするところなどは」

「ちょっと行きすぎだとは思わんかね?」と、ダヴェントリーが訊いた。

「さあ、それはなんともいえません。生まれつき自分の安全についてはひどく神経質で、どんな事件にもかかわりあいたくないという人間はいるものですよ。かならずしもなにか身におぼえがあるというわけじゃなしにね。もっともそういう場合もありうるわけだが」

「機会についてはどうかな? バンドの演奏とダンス、それに人の出入りもかなり多かったとなると、完全なアリバイのある人間はいない。みんな席を立ったり、また戻ったりしていた。ご婦人たちは化粧室にも用事があるしね。男はちょいと散歩に出ることも考えられる。ダイスンだってこっそり抜けだしたかもしれんよ。それはダイスンに限らずだれにでもできたことだ。しかし、彼は外へ出なかったことを証明しようとして、ちょっと熱心すぎるような気がする」彼は何事か考えこみながらダイスンのメモを眺めた。

「ミセス・ケンドルはナイフを並べかえていたというが、彼はなにか魂胆があってわざとそのことを持ちだしたような気がするんだが」

「あなたにはそんなふうに聞こえましたか？」

ダヴェントリーは慎重に考えてから答えた。「そうとも考えられるさ」

二人の男が座っている部屋の外で、騒々しい物音が聞こえた。かん高い声が興奮して中へ入れてくれと叫んでいた。

「話したいことがあるんだ。あの二人がいるところへ連れてってくれ」

制服の警官が部屋のドアを押しあけた。

「ここのコックの一人なんですが」と、彼はいった。「お二人に会いたがっています。ぜひお耳に入れたいことがあるんだそうです」

コック帽をかぶったおびえたような顔つきの黒人が、警官を押しのけて部屋の中へ入ってきた。その男は見習いコックの一人で、サン・トノレの土地の人間ではなくキューバ人だった。

「お話ししたいことがあります」と、彼はいった。「彼女はわたしの調理場を通り抜けました。そのときナイフを手に持っていました。ナイフですよ。調理場を通り抜けて外へ出ていったんです。庭のほうへ、わたしはこの目で見ました」

「まあ落ち着きたまえ」と、ダヴェントリーがいった。「いったいだれのことだね？」

「だれのことって、だんなの奥さんですよ。ミセス・ケンドルのことです。ナイフを手に持って暗闇の中へ出ていったんです。それは夕食がはじまる前のことで——彼女はそれっきり戻ってこなかったんです」

15　取調べ続行

I

「ちょっと話があるんですが、構いませんか、ケンドルさん？」

「どうぞどうぞ」ティムは自分の机から顔をあげた。彼は机の書類を脇のほうへ押しやって椅子をすすめた。顔は心痛でひきつっていた。「取調べのほうはどんなぐあいですか？　なにか手がかりはつかめましたか？　もうこのホテルもおしまいらしいですよ。お客さんたちはみな出発したがっているようで、飛行機の便を訊きにきています。ようやく事業も成功しそうだという矢先にね。あなた方にはとうていおわかりにならないでしょう、このホテルがぼくとモリーにとってどれほど大きな意味を持っていたか。ぼくたちはすべてをこのホテルに賭けていたんですよ」

「あなたの辛い気持ちはよくわかりますよ」と、ウェストン警部はいった。「われわれが同情していないなどとは考えんでください」

「早くこの事件が片づいてくれさえしたら」と、ティムがいった。「あのいまいましいヴィクトリアのやつさえ――いや、こんなことはいうべきじゃないな。彼女はとてもいい娘だった。あのヴィクトリアという娘は。しかし――きっとなにかしら単純な理由があったのです――密通とか情事といったたぐいの。それでおそらく彼女の夫が――」

「ジム・エリスは彼女の夫ではなかった。それにあの二人の仲はとてもしっくりいっていたようです」

「早くこの事件が片づいてくれさえしたら」と、ティムはまたくりかえした。「いや、どうもすみません。ぼくになにか訊きたいことがあるんでしょう、どうぞ質問してください」

「ええ。じつはゆうべのことなんです。医師の所見によれば、ヴィクトリアは午後十時三十分から十二時のあいだに殺されています。ところがゆうべのような状況では、アリバイを立証するのがそれほど容易ではありません。みんなあちこち動きまわって、踊ったり、テラスからはなれて散歩したり、また戻ってきたりしていたようですからね。そんなわけでアリバイの証明がたいそう難しいのです」

「そうでしょうね。しかし、ということは、ヴィクトリアがうちの宿泊客の一人に殺されたと考えているわけですか？」

「その可能性も検討してみる必要があるんですよ、ケンドルさん。ところで、とくにあなたにお訊きしたいのは、おたくのコックの一人がいったことについてなんです」

「ほう？　どのコックでしょう？　その男がどんなことをいいましたか？」

「彼はキューバ人だと聞きました」

「うちにはキューバ人が二人とプエルト・リコ人が一人います」

「このエンリコという男は、あなたの奥さんが食堂から調理場を通り抜けて庭へ出ていったが、そのとき手にナイフを持っていたといっているのです」

ティムはぽかんとした顔で相手をみつめた。

「モリーが、ナイフを持っていたですって？　しかし、どうしてそんなものを持つ必要があったのかな？　つまり——その——まさかあなたは——いったいなにがいいたいんです？」

「それは人々が食堂に集まってくる前のことですよ。おそらく八時半ごろのことでしょう。そのころあなたは食堂にいて、給仕頭のフェルナンドと話をしていたはずです」

「ええ」ティムはふっとわれにかえって答えた。「そうです、おぼえていますよ」

「で、奥さんはテラスから入ってきたんですか？」

「そうです。彼女はいつもテーブルを点検するんですよ。ときおりボーイたちが食器を並べちがえたり、ナイフやフォークを忘れたりするもんですからね。きっとゆうべもそんなことだったんでしょう。ナイフやなにかを並べかえていたのにちがいありません。手に持っていたのは余分なナイフかスプーンだったんですよ」

「で、彼女はテラスから食堂に入ってきた。そのときあなたに話しかけましたか？」

「ええ、二言か三言かわしましたよ」

「彼女はどんなことをいいました？　おぼえていますか？」

「ぼくはだれと話していたんだと訊いたような気がします。テラスで彼女の話し声が聞こえましたんでね」

「そしたらだれと話していたといいました？」

「グレゴリー・ダイスンです」

「そうそう、彼もそういってましたな」

ティムは言葉をつづけた。

「あの男はモリーにいい寄っていたんですよ。そういう癖のある男ですからね。ぼくはそれを聞いて腹が立ったので、『あいつめ！』といったら、モリーは笑いながら、その必要があるときはぴしゃりと肘鉄をくらわせるから心配しなくてもいいと答えましたよ。

モリーはそういうことに関してはとても賢い女なんです。おわかりでしょうがつねに楽な立場というわけじゃないんです。お客を怒らせるわけにはいかないから、モリーのような魅力的な女は適当に受け流さなくちゃならないんです。グレゴリー・ダイスンは美人と見れば手を出さずにいられない男ですからね」

「二人がいい争ったようなことはありましたか？」

「いや、それはないでしょう。彼女はいつものように笑い流していましたから」

「彼女が手にナイフを持っていたかどうかを、あなたははっきりは知らないわけですね？」

「よく思いだせません――ほぼ確実に持っていなかったと思うんだが」

「しかし、あなたはたったいま……」

「いいですか、それはつまり、もし彼女が食堂か調理場にいたとしたら、そこにあったナイフを取りあげたか、あるいは最初から持っていたということはおおいに考えられるという意味ですよ。じつをいえばぼくはよくおぼえています。彼女は食堂から入ってきた。そしてなにも手に持ってませんでしたよ。それは断言できます」

「なるほど、わかりました」

ティムは不安そうにウェストンを見た。「いったいあなたの狙いはなんですか？　あのエンリコのばかが――それともマヌエルのほうだったか――なにをいったんです？」

「奥さんが調理場に入ってきたが、手にナイフを持ってひどくとり乱していた、とね」

「それはあいつの作り話ですよ」

「夕食のあいだかそのあとに、奥さんと話をしましたか？」

「いや、話はしなかったと思います。ぼくも忙しかったですからね」

「奥さんは食事のあいだ食堂にいましたか？」

「ぼくは――そうです。ぼくたちはいつもお客のあいだをまわって歩きますよ。みなさんが満足しているかどうかとね」

「奥さんに話しかけましたか？」

「いや、話はしなかったと思います……たいていいつも忙しくて。おたがいに相手がなにをしているか気がつかないし、もちろん口をきいてる暇なんかありませんよ」

「すると三時間後に、奥さんが死体を発見して石段を登ってくるまでは、口をきいたおぼえがないんですな？」

「モリーはひどいショックを受けて、すっかりとり乱していたんです」

「わかりますよ。さぞいやな経験だったでしょう。ところで奥さんはどうして海岸の小径を歩いていたんですかね？」

「夕食のサーヴィスで神経をすりへらすものだから、そのあとでよく気晴らしにビーチへ降りてゆくんですよ。ちょっとのあいだお客のそばからはなれて息つぎするというわけです」

「奥さんが戻ってきたとき、あなたはヒリンドン夫人と話していたそうですが」

「そうです。もうほとんどの人が寝ていましたから」

「ヒリンドン夫人とはどんなことを話しましたか？」

「特別なことはなにも。なぜそんなことを訊くんです？　彼女はどういってますか？」

「いまのところまだなにも。まだ夫人には質問していませんから」

「あれやこれや、とりとめのない世間話をしましたよ。モリーのこと、ホテルの経営のことなどね」

「そこへ奥さんがテラスの石段を登ってきて、事件のことを知らせたわけですね？」

「そうです」

「彼女の手には血がついていましたか？」

「もちろんですよ！　なにがおこったのかもわからずに、ヴィクトリアを抱きおこそうとしたんですからね。もちろん両手にはべっとり血がついていました。ねえ、いったいあなたはなにがいいたいんです？　はっきりしてくださいよ」

「まあまあ、落ち着いてください」と、ダヴェントリーがいった。「あなたの辛い立場はよくわかるが、われわれとしても事実をはっきりさせる必要があるんでね。このところ奥さんの健康がすぐれなかったそうですね？」

「ばかな——彼女はピンピンしてますよ。パルグレイヴ少佐の急死でいくらかとり乱しているが、それも無理はありません。あれは感じやすい女ですから」

「奥さんが元気をとり戻したらすぐに二、三質問しなければならないことがあるんですが」と、ウェストンがいった。

「とにかくいまは困ります。医者は鎮静剤を与えて、しばらくそっとしておくようにといってます。彼女を驚かせたり脅かしたりはごめんこうむりますよ」

「まさか、脅かしたりなどするもんですか」と、ウェストンがいった。「ただ事実をはっきりさせたいだけですよ。いまのところは邪魔をしませんが、医者の許可がおりしだい奥さんに会わせてもらいます」言葉つきは丁寧だったが、うむをいわさぬ響きがあった。

ティムは相手の顔を見てなにかいいかけたが、結局思いとどまった。

II

イーヴリン・ヒリンドンは、ふだんと変わらぬ落ち着きを見せて、指さされた椅子に腰をおろした。彼女は自分に向けられたいくつかの質問を、ゆっくり時間をかけて慎重に考えた。黒い聡明な目が用心深くウェストンに向けられた。

「そうです。わたしがテラスでケンドルさんとお話ししているとき、奥さんが石段を登ってきて殺人のことをわたしたちに知らせたのです」

「ご主人はその場にいなかったんですね？」

「ええ、主人はもうベッドに入っていました」

「なにかケンドルさんと話す特別な理由でもあったんですか？」

イーヴリンは眉墨で描いた繊細な眉をつりあげた――それは明らかな非難の表情だった。

彼女は冷ややかにいった。「妙な質問ですこと。いいえ――これといって特別な話題はありませんでしたわ」

「彼の奥さんの健康が話題になりましたか？」

ふたたびイーヴリンは時間をかけて慎重に考えた。

「よくおぼえておりません」と、ようやく彼女は答えた。

「たしかですかな？」

「たしかかって、おぼえていないことがですの？　ずいぶんおかしないい方をなさるんですね——そのときによって話題はいろいろですわ」

「ケンドル夫人はこのところ健康が思わしくなかったそうですが」

「いいえ、とても元気そうでしたよ——たぶん少々疲れてはいたでしょうけど。もちろんホテルの経営にはいろいろと気苦労がともないますし、それに彼女はまだ経験不足ですからね。ときおり混乱をきたすのも無理ないですわ」

「混乱をきたす」と、ウェストンがくりかえした。「ゆうべのケンドル夫人がそんな状態だったというわけですな？」

「古くさい言葉かもしれませんけど、わたしたちが手当たりしだいに使っている新語に一歩もひけはとりませんわ——まったくこのごろは癇癪をおこしても〝ウィルス感染〟、日常生活のこまごまとした心配事は〝ノイローゼ〟になってしまうんですから——」

彼女の微笑はウェストンにいくぶんばかにされているような感じを抱かせた。彼はこのイーヴリン・ヒリンドンはなかなか頭のいい女らしいぞ、と自分にいい聞かせた。彼は表情ひとつ変えないダヴェントリーの顔を眺めて、いったいこの男はどう思っているのだろうと考えた。

「ご協力に感謝します。ミセス・ヒリンドドン」と、ウェストンはいった。

Ⅲ

「あなたをわずらわせたくはないんですがね、ミセス・ケンドル、しかし死体発見時の状況をあなたに説明していただかなくてはならんのですよ。グレアム先生の話だと、あなたはもう話しても大丈夫だということです」

「ええ、わたしはもう大丈夫ですわ」と、モリーは答えた。そしてかすかに神経質な微笑を浮かべた。「ただのショックだったんです——なにしろ恐ろしい事件でしたから」

「お気持ちはよくわかりますよ——あなたは夕食のあとで散歩にでかけたそうですね」

「ええ——よくでかけるんです」

彼女の目が落ち着きなく動きまわり、両手の指がからみ合ったりほぐれたりしていることに、ダヴェントリーは気がついた。

「それは何時ごろだったでしょうかな、ミセス・ケンドル？」と、ウェストンが質問した。

「さあ、よくわかりません——時間を見て散歩に出ることは少ないものですから」

「スチール・バンドの演奏はまだつづいていましたか？」

「ええ——そう思いますけど——はっきりはおぼえておりません」

「で、あなたは——どっちのほうへ歩いていきました？」

「海岸の小径にそって歩きましたわ」

「左へ行きましたか、それとも右ですか？」

「あら！　はじめどっちかへ行って、それから逆の方向へ戻ったんですけど、どっちが先だったかしら」

「なぜそれに気がつかなかったんですか、ミセス・ケンドル？」

彼女は眉をひそめた。

「たぶん——考えごとをしていたせいだと思います」

「なにか特別なことでも？」

「いえ、いえ——なにも特別なことは——ホテルの用事のことですわ」ふたたび落ち着きなく指をからませたりほぐしたりした。「それから——なにか白いものが——ハイビスカスの茂みの中に見えました。わたしはなんだろうと思って——足をとめて——引っぱってみると――」彼女はごくりと唾を飲みこんだ。「それが彼女――ヴィクトリアだったんです――体を丸めて――わたしが顔を持ちあげようとすると――血が――両手にべっとりと――」

彼女は両手をみつめながら、なにか我慢のならないことでも思いだしたようにくりかえした。

「血が――両手にべっとりと――」

「そうでしょうとも、さぞ恐ろしかったでしょう。そのところはもう話さなくて結構です――死体を発見したのは、散歩をはじめてどれぐらいたってからだと思いますか？」

「さあ――わかりません」

「一時間？　三十分？　それとも一時間以上かな？」

「わかりません」と、モリーはくりかえした。

ダヴェントリーが静かな声でさりげなく質問した。

「散歩の途中――ナイフを持っていましたか？」

「ナイフですって？」モリーは驚いて問いかえした。「なぜナイフを？」

「コックの一人がいったんですよ、あなたは調理場から庭へ出ていくとき手にナイフを持っていたと」

モリーは眉をひそめた。

「でもわたしは調理場からなんか出ていきませんでしたわ——ああ、あなたのおっしゃるのはもっと早く——夕食前のことですね——」

「あなたはテーブルの銀器を並べかえていたと思いますが」

「ときどきそうする必要があるんです。使用人たちにまかせておくとよく間違えて——ナイフが足りなかったり多すぎたりするものですから。それにフォークやスプーンの数が違ったり——」

「とすると、ゆうべあなたは手にナイフを持って調理場から出ていったということも考えられるわけですね？」

「そんなことはなかったと思いますけど——いいえ、絶対になかったはずです——」彼女はつけ加えた——「ティムがそこにいました——彼なら知っているでしょう。彼に訊いてみてください」

「あなたはこの娘——ヴィクトリアが気に入ってましたか？　彼女の仕事ぶりは、真面目でしたか？」と、ウェストンが質問した。

「ええ、ヴィクトリアはとてもいい娘でしたわ」

「彼女といい争ったことはありませんか？」

「いい争ったこと？　いいえ、ありませんわ」

「彼女があなたを脅迫したという事実もないでしょうな？」

「脅迫ですって？　それはどういう意味ですの？」

「いや、なければ結構です——だれが彼女を殺したかということについて、心当たりは全然ありませんか？」

「ありません」彼女はきっぱりと答えた。

「それじゃ、どうもありがとう、ミセス・ケンドル」彼は微笑を浮かべた。「どうです、それほど疲れはしなかったでしょう？」

「これでおしまいですの？」

「さしあたりはね」

ダヴェントリーが立ちあがってドアをあけてやり、彼女が出てゆくのを見守った。

「ティムなら知っているでしょう、か」彼は椅子に戻りながら彼女の言葉をくりかえした。「そのティムは彼女がナイフを持っていなかったと断言している」

ウェストンが重々しい口調でいった。

「こういう場合はどんな亭主だってそう答えるほうがいいと感じるんじゃないですか」

「はたしてテーブル・ナイフで人間一人殺せるもんかな」

「しかし、この場合はステーキ・ナイフですよ、ダヴェントリーさん。あの晩の献立はステーキでした。ステーキ・ナイフの刃は鋭いですからね」

「たったいまわれわれが話しかけていたあの女が、手を血だらけにした殺人犯だとは、ぼくにはどうしても信じられないんだよ、ウェストン」

「まだそう信じる必要はありませんよ、ミセス・ケンドルは食事の前に、テーブルから持ってきた余分なナイフを手にして庭へ出ていった、ということも考えられる――彼女はそれを手に持っていることに気づいてさえいなかったかもしれないし、それをどこかへ置いたか――あるいは落とすかしたかもしれない――だれかがそれを拾って兇器として使ったという可能性もあるわけです――じつはわたしも、彼女が人殺しだとは思えないんですよ」

「だがそれにしても」と、ダヴェントリーは考え深くいった。「彼女が知っていることをなにもかも話していないのはたしかだな。時間がはっきりしないのが妙だし――それにどこで、なにをしていたかということだ。目下のところ、あの晩食堂で彼女を見かけた人間はいないようだ」

「夫のほうはふだんとあまり変わりなかったが、妻のほうはそうじゃなかった――」

「彼女はだれかに――ヴィクトリア・ジョンスンに会いにいったんだと思うかね？」

「かもしれませんし——あるいはヴィクトリアに会いにいった人間を確かめに行ったのかもしれませんな」

「グレゴリー・ダイスンのことだね？」

「彼がその前にヴィクトリアと話したことはわかっています——もしかしたら、あとでもう一度会う約束になっていたのかもしれません——なにしろだれもがテラスで自由に動きまわっていたわけですからね——ダンスをしたり、バーの内外で酒を飲んだりしながら——」

「鉄壁のアリバイはだれにもないわけだ」と、ダヴェントリーが皮肉な口調でいった。

16　ミス・マープル、援助を求める

その上品な老婦人がバンガローの開廊《ロッジア》に立って、何事かじっと考えこんでいる姿を見た人がいたとしても、彼女の心を占めていたものがその日の行動計画――キャッスル・クリッフへの遠出か、ジェームズタウン訪問か、ペリカン岬への楽しいドライヴと昼食、あるいはただたんにビーチへ出て静かな午前をすごす計画――以外のなにかであるとは思いもよらなかったろう。

ところがこの上品な老婦人はまったく別のことを考えていた――彼女はきわめて好戦的な気分に浸っていたのである。

そのうえ、彼女は一刻も時間を無駄にできないと信じていた――事態は切迫していた。

だが、いったいその事実をだれに納得させることができるだろうか？　時間さえあれば、独力で真実を探り当てることもできる、と彼女は思っていた。

彼女はさまざまのことを発見した。だがそれではまだ充分ではない――充分というにはほど遠かった。しかも時間はもういくらも残っていなかった。

この島の楽園には、いつもと違って味方が一人もいないことを、彼女は残念ながら認めざるを得なかった。

彼女はイギリス人の友人たちのことを懐かしく思いだした——いつも熱心に耳を傾けてくれるサー・ヘンリー・クリザリング、スコットランド・ヤードでの地位が上がっているにもかかわらず、いまだにミス・マープルがある意見を口にすると、それを聞き流すことをしないサー・ヘンリーの名づけ子のダーモット。

だが、あの物柔らかな声で話す島の警部は、はたしてこんなばあさんの力説することに耳をかしてくれるだろうか？　グレアム医師は？　しかしグレアム医師は彼女が必要としている人物ではなかった——あまりに礼儀正しく、優柔不断で、どう考えてもすばやい決断と敏速な行動の人ではない。

ミス・マープルは神の卑しき代理人にでもなったような気持ちで、ほとんど声を出さんばかりにして、目下の必要を聖書の言葉で表現した。

誰《たれ》がわれのために往《ゆ》くべきか？

われ誰《たれ》をつかわさん？

一瞬後に耳に入った声を、彼女は祈りに対する答えとしてただちに認めたわけではなかった——それどころか、それは彼女の心の隅に犬にでも呼びかける男の声として記録されただけだった。

「おい！」

途方に暮れたミス・マープルは、その声に注意を払うどころではなかった。

「おい！」声は一段と大きくなったので、ようやく彼女はぼんやりそのほうを向いた。

「おい！」ラフィール氏はじれったそうに叫んで、こうつけ加えた。「そこの人——」

はじめミス・マープルは、ラフィール氏の〝おい、そこの人〟がまさか自分を指しているとは思わなかった。他人にそんな呼び方をされたのははじめての経験だったからである。それはどう考えても紳士的な呼びかけではなかった。だがミス・マープルは腹も立てなかった。なぜなら人々はラフィール氏のどこか気まぐれな流儀にめったに腹を立てることがなかったからである。彼は彼自身に対する法律であり、みんなも彼をそのような存在として認めていたからである。ミス・マープルは自分のバンガローと彼のバンガローのあいだの空間に目を向けた。ラフィール氏は開廊《ロッジア》の椅子に座って彼女を手招きしていた。

「わたしをお呼びですの？」と、彼女が訊いた。

「もちろんあんただよ」と、ラフィール氏が答えた。「ほかのだれを呼んだと思った—

――猫かね？　こっちへきてくれ」

ミス・マープルはハンドバッグを目で捜して、それを手にとり、ラフィール氏のバンガローのほうへ歩いていった。

「わしはだれかの手助けがないとそっちへ行けんのだから」と、ラフィール氏が説明した。「あんたにきてもらわなくちゃならなかったのだよ」

「そうですわね」と、ミス・マープルはいった。「そんなことは気になさらないでいいんですよ」

ラフィール氏は隣りの椅子を指さした。「まあかけなさい。あんたに話したいことがある。この島ではいま、妙なことがおこりつつあるんでな」

「まったくですわ」ミス・マープルはすすめられた椅子に腰をおろしながら相槌を打った。習慣とは恐ろしいもので、無意識のうちに袋から編み物をとりだしていた。

「編み物はやめなさい。わしはそいつに我慢がならん。女の編み物は大嫌いだ。まったくいらいらする」

ミス・マープルは編み物を袋にしまいこんだ。それは不必要に柔順な態度というよりは、むしろ気むずかしい病人への寛容にみちた態度だった。

「おしゃべりが盛んなようだが、疑いもなくあんたとあの牧師と牧師の妹がその最前線だろう」

「おしゃべりが盛んなのは当然かもしれませんわ」とミス・マープルは勢いこんでいった。「事の成行きを考えればね」

「島の女がナイフで刺されて、茂みの中で死体となって発見された。ごくありふれた事件かもしれん。一緒に住んでいた男がほかの男を嫉妬したのかもしれんし——あるいは男がほかの女と仲よくなったために、女がやきもちを焼いて、二人のあいだでけんかが持ちあがったのかもしれん。熱帯の痴情のもつれ。まあそんなところかな。あんたはどう思う？」

「ちがいますよ」とミス・マープルは首を横に振った。

「警察もそうは考えてないようだな」

「警察はわたしなどよりあなたに多くのことを話すでしょうね」

「にもかかわらず、あんたのほうがわしよりよく知っているに違いない。あんたはいろいろと噂話に通じているからな」

「たしかにそうですよ」と、ミス・マープルがいった。

「噂話に耳を傾ける以外に、あまりすることがないんじゃないかね？」

「噂話もいろんなことがわかって有益ですわ」

「じつをいうと」ラフィール氏は彼女に注目しながらいった。「わしはあんたという人を見そこなっていた。人を見る目にそう狂いはないつもりだったがな。あんたはわしが考えていた以上にしっかりしているようだ。パルグレイヴ少佐と彼が話したことに関していろんな噂がとんでいる。少佐は殺されたと思うかね？」

「わたしはそうじゃないかと思いますわ」

「じつは、そうなのだよ」

ミス・マープルははっと息を呑んだ。「ずいぶんはっきりおっしゃいますのね」

「そう、殺されたことははっきりしている。わしはダヴェントリーから聞いたのだ。いずれ検死の結果が公表されることだから、秘密をばらすことにはなるまい。あんたはグレアムになにか話した。グレアムはダヴェントリーと会い、ダヴェントリーは行政官のところへその話を持っていった。犯罪捜査課へ連絡がいき、そこでどうもおかしいということになって、パルグレイヴ少佐の墓が掘り返されたというわけだ」

「そしたら？」ミス・マープルはその先を催促した。

「少佐は医者にしかちゃんといえないような名前の毒を盛られたことがわかった。わしもよくおぼえておらんが、ダイフロル、ヘクサゴナル＝エシルカーベンゾールとかなんとかいう薬だったな。もちろんそれが正しい名前じゃないが、だいたいそんな感じの名前だったよ。警察医のやつは、おそらく毒の正体を知られたくないために、わざとそんなむつかしいいい方をしたんだろう。仲間うちじゃエヴィパンとかヴェロナールとかイーストンズ・シロップとか、そんな簡単で呼びやすい名前で呼んでるんだろうな。つまり正式の名称で素人を煙にまこうという魂胆だよ。いずれにせよ、それをかなりの量服めば死ぬわけだが、酒を飲みすぎたり夜遊びがすぎたりして高血圧が悪化したときとそっくりの徴候が表われるのだろう。事実死んだときはなにも異常が認められなかったので、だれ一人一瞬たりとも疑問を抱かなかったわけだ。〝お気の毒に〟といっただけで、さっさと埋葬してしまった。いまや少佐がはたして高血圧だったかどうかさえ判然としない始末だよ。彼は自分が高血圧だとあんたにいったかね？」

「いいえ」

「そうだろう！　そのくせだれもがそれを明白な事実として受けいれたらしい」

「でもきっとだれかがみなに話したんですわ」

「それは幽霊を見た話と同じだよ」と、ラフィール氏はいった。「この目で幽霊を見たという人間には絶対に会ったためしがない。みなおばさんのまたいとこか、友だちとか、友だちの友だちからのまた聞きでね。だがその話はしばらくおくとしよう。連中は少佐が高血圧で悩んでいたと考えた。少佐の部屋で血圧をコントロールする薬の壜が見つかったからだ。しかし――ここが肝心な点だが――殺された女はだれかがその薬壜を少佐の部屋に持ちこんだのであって、もともとそれはグレッグという男の持ち物だといいまわっていたらしい」

「ダイスンさんは血圧が高いんですって。彼の奥さんがそういってますわ」と、ミス・マープルがいった。

「つまりパルグレイヴが高血圧で悩んでいた。彼の死は自然死だと思わせるために、この薬壜が何者かによって彼の部屋に持ちこまれたというわけだ」

「そのとおりですわ。そして少佐がしばしば高血圧のことを人に話していたという噂が、きわめて巧妙にひろめられたのです。でも噂をひろめるのはいたって簡単ですからね。そんなことぐらい朝飯前ですよ。わたしはいままでに何度もそういう例を見ています」

「そうだろうとも」

「あちこちでこそこそと囁くだけで充分ですわ。自分の知識としてじゃなしに、ミセスBがC大佐から聞いてわたしに話してくれたところによると、といった調子で耳打ちするんです。いつでも受け売りの形で話しておけば、噂の震源地を探り当てることはとてもむつかしくなりますからね。いとも簡単ですわ。そうしておけば、あなたから話を聞いた人は、まるで自分で知っていたことのような顔をしてつぎつぎと噂をひろめてくれますもの」

「だれか頭のいいやつがいたんだ」と、ラフィール氏が考えこみながらいった。

「そうです。とても頭がいい人がいたんですわ」

「殺された女はなにかを見たか知っていたかして、おそらく、だれかを脅迫しようとしたんだろうな」

「脅迫なんかするつもりはなかったのかもしれませんよ。こういう大きなホテルでは、一部のお客さんが人に知られたくないと思うようなことを、メイドが知っているということはよくあるものです。そんなとき客はチップをいくぶんはずんだり、ちょっとしたお金をやったりするものですよ。あの娘もはじめは自分の知っていることの重要さに気づいていなかったのかもしれませんわ」

「だが現実に彼女は背中にナイフを刺されて死んでいる」と、ラフィール氏は恐ろしげにいった。

「そうです。だれか彼女にしゃべられては困る人がいたんでしょうね」

「どうだろう。ひとつあんたの考えを聞こうじゃないか」

ミス・マープルは慎重に相手の顔をみつめた。

「なぜあなたよりわたしのほうが多くのことを知っているとお考えですの、ラフィールさん?」

「あるいはわしの思いちがいかもしれんよ」と、ラフィール氏はいった。「だがわしはあんたの知っていることについての考えを聞いてみたいんだよ」

「でも、なぜですの?」

「ここでは金儲け以外にあまりすることがないからだよ」

ミス・マープルはちょっと驚いたような表情を浮かべた。

「お金儲けですって? ここでですか?」

「その気になれば暗号電報の半ダースぐらいは毎日でも打てるよ」と、ラフィール氏はいった。「わしはそうやって楽しんでいるのさ」

「株の売買ですの?」ミス・マープルはまるで外国語でも口にするような口調で、疑わしそうに質問した。

「まあそんなところだな、ほかの人間との知恵くらべだよ。ただ問題はそれだけじゃたいして暇つぶしにならんことだ。だからわしはこの事件に興味を持ったのだよ。こいつはわしの好奇心を刺激した。パルグレイヴはあんたと話していた時間が多かったようだ。おそらくほかの人間はだれも相手にしてくれなかったんだろう。彼はあんたにどんなことを話したかね?」

「いろんなことを話しましたわ」

「それはわかっている。大部分はひどく退屈な話だ。しかも一度だけでは終わらない。彼の近くにいれば同じ話を三度や四度は聞かされるというわけだ」

「ええ。でも男の方はお年を召すとみなさんそうなるんじゃありません？」

ラフィールはじろりと彼女を一瞥した。

「わしは年をとってもそんなくだらん話などせん」と、彼はいった。「それよりどうだった、パルグレイヴは例のいつもの話をあんたにもしたんじゃないのかね？」

「彼は人殺しを知っているという話をしましたわ。といっても、べつに特別な話じゃありませんけど」彼女は優しい声でつけ加えた。「なぜって、たいていの人はそういう経験を持っていると思いますわ」

「それはどういう意味かね？」と、ラフィールが訊ねた。

「べつに特別な意味はありませんけど。でもね、ラフィールさん、心の中で一生のあいだのさまざまな出来事を思いおこしてごらんなさい、だれかがなに気なしに、〝ええ、だれそれさんならよく知ってますよ——いやまったく、ずいぶんと急に亡くなったもんですな、なんでも彼は奥さんに殺されたんだなどという噂がちらほら聞こえていますが、まさかね、わたしは根も葉もないデマだと思いますよ〟というようなことを口にするのを、ほとんどの人が聞いた経験を持っているものですわ。あなたも人々がそんな話をするのを聞いたことがあるんじゃございません？」

「そういえば、おそらく——そう、たしかにそんなことがあったな。しかし——そう真面目な話じゃなかった」

「そうでしょうとも。ところがパルグレイヴ少佐はとても真面目な方でした。彼はこの話をして楽しんでいたんだと思いますわ。殺人者のスナップ写真を持っているとかいって、わたしにその写真を見せようとしたんですけど——実際には——見せてくれませんでしたわ」

「どうしてかね？」

「ちょうどそのときになにかを見たからです。おそらくだれかの顔を見たんだと思いますわ。急に顔を赤くして、写真を紙入れにしまいこみ、話題を変えてしまったんですの」

「だれの顔を見たのかな？」

「わたしもそのことをずいぶん考えてみました」と、ミス・マープルはいった。「そのときわたしは自分のバンガローの前に座っていて、少佐はほぼわたしの真向かいに座っていました——彼がなにを見たにせよ、わたしの右肩ごしにそれを見たんですわ」

「そのときあんたの右うしろの小径、小川と駐車場からの小径をだれかが近づいてきたというわけだ——」

「そうです」

「実際にその小径をだれかがやってきたのかね？」

「ダイスン夫妻とヒリンドン大佐夫妻ですわ」

「そのほかには？」

「あとは気がつきませんでした。もちろんあなたのバンガローも少佐の視線の方向にありましたけど……」

「そうか。では、エスター・ウォルターズとジャクスンもその中に含めるとしよう。それでいいかね？　二人のうちどっちかが、あんたが見ていないあいだにバンガローから出てきて、またすぐに引っこんだということも考えられるわけだからな」

「そうかもしれません。わたし、すぐにはふりむいて見なかったですから」

「ダイスン夫妻、ヒリンドン夫妻、エスター、ジャクスン。そのうちの一人が人殺しだな。それにもちろん、このわしがいる」と、彼は明らかにあとで思いだしてつけ加えた。

ミス・マープルはかすかに笑った。

「で、少佐は人殺しを男として話したのかね？」

「ええ」

「よろしい。それでイーヴリン・ヒリンドドン、ラッキー、エスター・ウォルターズが除外される。となると、あんたのいう人殺しは、かりにこのでたらめな話がほんとうだとしての話だが、ダイスン、ヒリンドドン、それにお世辞のうまいうちのジャクスンのいずれかということになる」

「ご自分をお忘れですわ」

ラフィール氏はそれを無視していった。「人をいらいらさせるようなことをいうのはやめたまえ。わしが最初に気づいたことで、あんたは思いも及ばなかったらしいことを話そう。もしこの三人のうちのだれかが殺人犯だとしたら、なぜパルグレイヴはもっと早く気がつかなかったかということだ。二週間もおたがいここで顔つきあわせて座っていたわけだからな。それじゃつじつまが合わんよ」

「そうともかぎりませんわ」と、ミス・マープルがいった。

「そうかね、じゃどうしてかいってくれ」

「だってパルグレイヴ少佐は、その男を一度も見たことがないといってるんですよ。これは少佐があるお医者さんから聞いた話なんです。そのお医者さんは珍しいものだからというわけで、写真を少佐にくれたんだそうですからね。少佐もそのときは写真をじっくり眺めたかもしれませんけど、そのあとは紙入れにしまいこんで記念としてとっておいたんですわ。おそらくときどきそれをとりだして、この話をして聞かせた相手に見せはしたでしょうけどね。それからもうひとつ、いいですかラフィールさん、わたしたちはそれがどれくらい前の事件か知らないんですよ。少佐がわたしにその話をしたときは、いつごろのことか教えてくれなかったんです。つまり少佐はもう何年間もこの話をしつづけてきたのかもしれません。五年――十年――あるいはもっと昔のことかもしれないんです。現にあの人の虎狩りの話だっておよそ二十年も昔のことでしたからね」

「なるほど」

「だからパルグレイヴ少佐がたまたま写真の男に出会ったとしても、すぐにわかったはずだといちがいにきめつけることはできないと思うんです。実際のところは、この推測はほぼ間違いないと思いますけど、少佐がその話をしながら紙入れを探って写真をとりだし、それをじっと眺めてから顔をあげたら、写真と同じ顔、あるいはそれによく似た顔が三メートルか四メートルはなれたところから近づいてくるのが見えたというところじゃないかしら」

「そうだな」ラフィール氏は思案顔でうなずいた。「そうも考えられる」

「少佐はふいをつかれて、あわてて写真を紙入れに戻し、大きな声でほかのことを話しはじめたんですわ」

「きっと確信がもてなかったんだろう」と、ラフィール氏がぬかりなく指摘した。

「ええ。そうに違いありませんわ。でも、もちろんあとで写真をじっくり眺めて、あらためてその男の顔を見なおし、たんなる他人の空似かそれとも同じ人物かを決めようとしたに違いありません」

ラフィール氏はちょっと考えてから首を振った。

「どこかすっきりしないな。動機が薄弱だよ、動機がね。パルグレイヴはあんたに大きな声で話していたんだろう？」

「ええ、それは大きな声でしたわ。あの方のいつもの癖で」

「まったくだ。あの男ときたらいつもどなっているようなものだった。だから近づいてきたのがだれにせよ、少佐の話はその人間にも聞こえたはずだと思うが？」

「ずいぶん遠くまで聞こえたと思いますわ」

ラフィール氏はまた首を振った。「あまりにも空想的だな。こんな話を聞いたらだれだって笑いだすだろう。一人の愚かな老人がいて、だれかから聞いた殺人事件の受け売りをしながら写真を一枚出してみせる。それが何年も前におこった殺人事件に関するもののときている！　少なくとも一年や二年は前の話だろう。どうして問題の男はそんなことを気に病む必要があるのかね？　証拠などひとつもない、あるのは、また聞きのまた聞きの噂ばかりだ。その男は写真が自分に似ていることを認めて、〝そういえばたしかによく似てますな、はは！〟と笑いとばすことだってできたはずだ。パルグレイヴ老人がこの男が犯人だと名指ししても、だれも真面目に受けとる人間なんかおりゃせんよ。少なくともわしはそんなことは信用せんな。その男は、かりに写真と同一人物だったとしても、なにも恐れることはなかったんだよ。そんなのは笑ってすませられるいがかりというもんだ。どこに少佐を殺さなけりゃならん理由があるのかね？　それはまったく不必要なこった。あんただってそれぐらいはわかるはずだよ」

「それはわかりますとも」と、ミス・マープルは答えた。「あなたのご意見には全面的に賛成ですわ。むしろわたしが不安を感じるのはそのことなんです。ゆうべはおかげで眠れなかったぐらいですよ」

ラフィール氏はびっくりして彼女をみつめた。「あんたの心配事がなにか聞こうじゃないか」と、彼は静かにいった。

「でも、完全にわたしの思いちがいかもしれません」と、ミス・マープルはためらった。

「そうかもしれんな」ラフィール氏は例によってずけずけといった。「しかし、とにかくあんたが夜中になにを考えたか聞いてみようじゃないか」

「ひょっとしたら非常に強い動機が考えられるんじゃないか、もし——」

「もしどうなんだね？」

「もしまたしても——ごく近いうちに——新たな殺人事件がおこるようなことがあったら」

ラフィール氏は唖然として彼女をみつめた。そして椅子の上にしゃんと座りなおそうとした。

「もっとわかりやすく話してくれたまえ」と、彼はいった。

「説明は苦手ですけどね」ミス・マープルは早口のいささかあやふやな口調でいった。頬に血の気がのぼってきた。「かりに計画殺人がおこなわれたとしての話ですけど。パルグレイヴ少佐は奥さんが疑わしい死に方をしたある男の話をわたしにしてくれましたわ。それからしばらくたって、またそっくり同じ状況で殺人がおこなわれた。名前の違うある男の奥さんが前の奥さんのときとまったく同じ死に方をして、しかもその話をしたお医者さんは、男の名前こそ変わっているが同一人物に間違いないと見抜いているのです。となると、この殺人犯人は、妻殺しを習慣にしているような男だと思うんですけど、あなたはどう思います？」

「つまり〝浴槽の花嫁〟事件のスミスのような男というわけだな？　うん、わしもそう思うよ」

「わたしの想像のかぎりでは、それからこれまでに聞いたり読んだりした話から判断して、こういう悪事を働いてしかも最初のときにうまくやってのけた人間というものは、悲しいことにますます図に乗る傾向があるものですわ。なんだ簡単じゃないか、おれは頭がいいんだ、と思うようになるんです。その結果同じ犯行をくりかえすようになる。そして最後には、あなたのおっしゃるスミスと浴槽の花嫁たちの場合みたいに、それが一種の習慣になってしまうんです。一回ごとに場所と自分の名前を変えてね。でも犯行そのものはいつも同じなんです。それを考えると、あるいはわたしの誤解かもしれませんけど――」

「しかし、あんたは誤解とは思っておらんのだろう？」と、ラフィール氏は抜け目なく口をはさんだ。

ミス・マープルはそれには答えずにつづけた。「――もしこの人物がここで殺人の準備を完了して、また奥さんを殺すばかりになっていたとしたら、そしてもし今度が三度目か四度目の妻殺しだとしたら、犯人は犯行の類似性を指摘されたら命取りになるわけですから、そこで少佐の話が重要な意味を持ってくるわけです。例のスミスもそれと同じようにして逮捕されたわけですからね。犯行の手口が、ほかの事件の新聞記事を切り抜いていたある人の注意を惹きつけたんでしたわ。だから、もしこの悪人が犯罪を計画し、すべての準備をすませて、あとは近々それを実行するばかりになっていたのだとしたら、パルグレイヴ少佐が例の話をして写真を見せ歩くのを黙ってほうっておくことはできなかったわけです」

彼女は言葉を切って訴えるようにラフィール氏の顔を見た。

「つまりその男はできるだけ早く対策を講じる必要に迫られた、というわけですわ」

ラフィール氏がいった。「もっとはっきりいえば、あの晩のうちに、というわけだね？」

「ええ」

「忙しい仕事だが、不可能ではなかった。パルグレイヴの部屋に薬を持ちこんでおいて、高血圧の噂をひろめ、例の七面倒くさい名前の毒を少佐のプランターズ・パンチに少々加える。そういうわけだね」

「そう――でもそれは過ぎたことです――もうそれを心配する必要はありません。問題はいまですわ。パルグレイヴ少佐が死に、写真が人目に触れる心配もなくなったとなると、この男は計画どおり殺人を実行するかもしれません」

ラフィール氏はひゅうと口笛を吹いた。

「あんたの計画はもうすっかりできあがっているんだろうね？」

ミス・マープルはうなずいた。彼女はいつになく、ほとんど命令口調ともいえる断固たる調子でいった。「わたしたちの手でそれを防がなければなりません。あなたがこの殺人を防がなければなりませんわ、ラフィールさん」

「わしが？」ラフィール氏は驚いて訊ねた。「なぜわしがやらなくちゃならんのかね？」

「あなたはお金持ちで有力者だからですわ。あなたのおっしゃることなら世間が注目するでしょう。わたしがいってもだれも耳をかしませんわ。あの空想好きのばあさんが変なことをいいだしたくらいにしか思わないでしょう」

「なるほどそうかもしれん。だとしたら世間の連中はいよいよばかだな。もっとも、連中はまさかあんたの頭の中にこんなすごい脳みそがつまっているとは思わんだろうから、あんたのいつものおしゃべりに耳をかさないのも無理はないかもしれんな。ところが実際には、あんたは論理的な頭脳の持ち主だ。これは女にしてはまれに見ることだよ」彼は椅子の上でもじもじ尻を動かした。「エスターもジャクスンもどこへ行ってしまったのかな？　どうも座り心地が悪くてかなわん。いやいや、あんたじゃ無理だよ。そんな力はありそうにもない。わしをほうりっぱなしにしおって、いったいあの二人はどういうつもりなのかな」

「わたしが捜しに行ってきますわ」

「いやその必要はない。あんたはここにいて——結論を出しなさい。どいつがそうかな？　あのグレッグというばか者か、物静かなエドワード・ヒリンドンか、それともうちのジャクスンか。三人のうちのだれかには違いないだろうな？」

17　ラフィール氏、活動を開始する

「それはわかりません」とミス・マープルが答えた。

「わかりませんとはどういうことかね？　この二十分間われわれはいったいなにを話し合っていたというんだ？」

「もしかするとわたしが間違っているかもしれない、という気がしたんですよ」

ラフィール氏はあきれ顔で彼女をみつめた。

「ばかばかしい！」彼は、うんざりしたようにいった。「あれほど確信ありげな口をきいたくせに」

「確信はありますよ――殺人のほうについてはね。自信がないのは殺人者についてですわ。パルグレイヴ少佐の知っていた殺人事件がひとつだけじゃなかったことはわかっています――現にあなたは彼からルクレツィア・ボルジアのような殺人の話を聞いたとおっしゃるし――」

「いかにも——その話は聞いたよ。しかしそれはまったく別の話だ」

「わかってますわ。それからミセス・ウォルターズもガス・オーヴンの中で殺された人の話を聞いたそうです——」

「しかしあんたが聞いたという話は——」

ミス・マープルはみなまでいわせずにさえぎった——ラフィール氏にとっては話の途中で邪魔されるなどめったにない経験だった。

ミス・マープルはたいそう熱のこもった口調で、ややつかえながら話した。

「おわかりにならないかしら——はっきりしたことをいうのはとても難しいんですよ。問題は——しばしば——人は相手の話を本気で聞いていないということなんです。ミセス・ウォルターズに訊いてごらんなさい——彼女も同じことをいいましたわ——はじめは本気で聞いているけど——そのうち注意力が薄らいで——あれこれほかのことを考えはじめる——そしてふと気がついたときは途中をちょっと聞き洩らしているというぐあいなんです。わたしの場合も、もしかしたら少佐が話していたこと——例の男に関する話と、『殺人犯のスナップ写真をごらんになりますかな？』といいながら紙入れをとりだした瞬間とのあいだに、ちょっとギャップが——それもほんの小さな——あったんじゃないかという気がするんです」

「しかし、あんたはそれが少佐の話していた男の写真だと思ったわけだろう？」

「ええ――当然そう思いましたわ。まさか別の写真だとは夢にも考えませんよ。でもいまとなっては――それを確かめる術もありませんわ」

ラフィール氏は注意深く彼女をみつめていた……

「あんたの欠点は」と、やがて彼はいった。「あまりにも慎重すぎることだな。それは大きなあやまりだ——ためらわずに決心しなさい。はじめはこんなふうにためらいはしなかった。わしの想像では、あんたはあの牧師の妹やほかの連中とかわしたおしゃべりの中から、あることに気がついて不安になったのだろう」

「たぶんおっしゃるとおりですわ」

「まあそのことはひとまずおくとしよう。それよりもまずあんたが最初にいいだしたことだ。最初の判断というやつは十中八、九正しいもんだよ――少なくともわしの経験ではそうだった。さて、容疑者は三人いる。それを一人ずつじっくり検討してみようじゃないか。だれからはじめるかね？」

「だれからでも構いませんよ。三人ともどう見ても犯人らしくない人たちばかりですわ」

「それじゃグレッグからはじめよう。あいつはどうも虫が好かん。とはいっても、無理に殺人者に仕立てあげるのはいかんぞ。ただ彼には一つ二つ不利な点がある。例の高血圧の薬だが、あれはグレッグの持ち物だった。つまり手っとりばやく利用できたわけだ」

「それはいささか目立ちすぎると思いません？」と、ミス・マープルは反論した。「そうかな。結局のところ、早急にしかるべく手を打つ必要があったわけだし、彼は薬を持ち合わせていた。だれかほかの人間が持っているかもしれない薬を捜しまわる暇などなかったはずだよ。ま、かりにグレッグが犯人だとしよう。もし彼がかわいい奥さんのラッキーを殺そうと考えたとしても（わしもそれには賛成だな。じつをいうとその点では彼に同情しているくらいだよ）――動機が見つからん。人々の噂から判断すると、彼は金持ちらしい。大金持ちだった最初の奥さんからたんまり遺産を引き継いだという話だ。最初の奥さんのときは彼が殺したということも充分考えられる。だがそれはもうすんだことだ。彼はうまくやってのけたのだ。しかしラッキーは最初の奥さんの貧乏な親戚だ。金など持っているわけがない。だからもし彼女を殺そうと考えたとなると、それはほかの女と結婚するために違いない。そんな噂はあるのかね？」

ミス・マープルは首を横に振った。

「それは聞いたことありませんわ。彼は――そのぅ――あらゆる女性に対してとても優《ギャラント》しい態度を示しますけど」

「ほう、なかなか味のある、古めかしい形容だね」と、ラフィール氏はいった。「よかろう、彼は女たらしだ。女と見れば口説きにかかる。それでは不充分だな。それじゃ妻を殺す理由にはならない。つぎはエドワード・ヒリンドンだ。ダーク・ホースがいるとすれば彼をおいてほかにはないね」

「彼は幸せじゃなさそうですわ」と、ミス・マープルがいった。

ラフィール氏はじっと彼女をみつめた。

「人殺しは幸せな男じゃないといかんのかね?」

ミス・マープルは咳こんだ。

「わたしの経験ではたいていの人殺しがそうでしたわ」

「あんたの経験がそれほど豊かだとは思わんがね」

彼のこの推測は、ミス・マープルにいわせれば間違っていた。だが彼女はあえて反論しなかった。紳士というのは自分の発言を訂正されることを好まないものだと彼女は知っていたからである。

「わしはどちらかといえばヒリンドンという男が気になっている」と、ラフィール氏はいった。「彼と奥さんのあいだにはなにか妙なことがあるんじゃないかという気がする。

あんたもそれに気がついたかな？」

「ええ、気がつきましたよ。もちろん人前ではどことい って妙なそぶりを見せないけど、それはまあ当然でしょうからね」

「ああいう夫婦に関してはわしよりあんたのほうがよく知ってるかもしれん。そうだな、表面上はどことい って非のうちどころがないが、エドワード・ヒリンドンは、いかにも紳士的な顔をしながら、イーヴリン・ヒリンドンを殺すことを考えているのかもしれん。あんたもそう思うかね？」

「もしそうだとしたら、ほかに女がいなければなりませんわ」

ミス・マープルは納得がいかないというように首を振った。

「わたしは、やっぱりそんなに簡単なことじゃないという気がしてならないんですけど」

「それじゃ、つぎはだれかな――ジャクスンか。わしは除外してもらうとしよう」

ミス・マープルははじめて微笑を浮かべた。

「なぜあなただけ除外するんですか、ラフィールさん？」

「わしが犯人である可能性を論じようとするなら、だれかほかの人間とそれをする必要があるからだ。そのことをわしと話し合うのは時間の無駄というもんだよ。それに、いずれにせよ、わしが人殺しのできるような人間だと思うかね？　自分独りじゃなにもできない、人形のようにベッドから運びだされ、服を着せてもらい、車椅子で動きまわり、よちよち歩きがせいいっぱいというこのわしがだよ。のこのこでかけていって人を殺すどんなチャンスがこのわしにあるというのかね？」

「ほかの人と同じようにチャンスはあるかもしれませんわ」と、ミス・マープルは力づよくいった。

「ほう、ひとつそのわけを説明してもらおうじゃないか」

「あなたにはすぐれた頭脳がある、ということには同意なさいますわね？」

「むろんわしにはすぐれた頭脳がある」とラフィール氏はきっぱりと宣言した。「その点ではこのあたりのだれにもひけをとらんつもりだよ」

「その頭脳が」と、ミス・マープルはつづけた。「殺人者になることの肉体的困難を克服するかもしれませんわ」

「それはかなり骨が折れるな！」

「ええ、骨は折れるでしょう。でもラフィールさん、わたしは思うんですけど、あなたならそれを楽しんでなさいますわ」

ラフィール氏はかなり長いあいだじっと彼女をみつめていたが、やがて突然笑いだした。

「あんたは強《したた》か者だ！」と、彼はいった。「気のいいふわふわしたおばあさんのように見えていて、中身は全然そうじゃない。するとわしが犯人かもしれないと本気で考えているのかね？」

「いいえ、そうは思っていませんわ」

「なぜかね？」

「そうね、それは、あなたが頭がよいからでしょう。頭がよければ、人なんか殺さなくてもたいていの物は手に入れることができますからね。人殺しなんて愚かなことですよ」

「それに、だいたいわしが殺さなければならないのはどんな相手かね？」

「それは興味深い質問になりそうですわ」と、ミス・マープルはいった。「わたしはまだその点に関してひとつの推理を展開するほど、あなたと突っこんだお話をしていませんけど」

ラフィール氏の微笑がひろがった。

「あんたと話し合うのは危険かもしれんな」

「隠し事のある人にとっては、会話はいつだって危険なものですよ」

「そうかもしれん。ではジャクスンに移ろう。あんたはジャクスンをどう思うね？」

「むつかしい質問ですね。彼とは一度も会話する機会がありませんでしたから」

「だからこの問題に関しては意見なしというわけかね？」

「彼を見ていると、わたしはなんとなく思いだすんですよ」彼女は考えこむようにいった。「わたしが住んでいるところの近くの町役場にいた青年で、ジョナス・パリーという人をね」

「その青年がどうかしたのかね？」と、ラフィール氏は催促して、返事を待った。

「彼は」と、ミス・マープルはいった。「まったく申し分のない人とはいいかねましたわ」

「ジャクスンだって百点満点じゃないさ。もっともわしには都合のよい男だ。マッサージの腕は一流だし、わしにがみがみいわれても気にするようすはない。報酬がずばぬけてよいことを知ってるから、どんなことでも辛抱してるんだな。わしはなにもあの男を信頼して雇っているわけじゃないが、もともと心配なんかする必要がないのだ。彼の過去は潔白かもしれんし、あるいはそうじゃないかもしれん。身元証明書はたしかだったが、わしの目から見ると――なにか隠しているようなところがある。さいわい、わしはうしろ暗い秘密のあるような人間じゃないから、脅迫される心配はないがね」

「秘密がないですって?」と、ミス・マープルは抜け目なくいった。「でも、ラフィールさん、仕事上の秘密がないことはないでしょう?」

「ジャクスンの手の届くような秘密はないね。いや、ジャクスンは抜け目のない男かもしれんが、わしは人殺しするような人間とは思わんね。人殺しはあいつの性に合わんよ」

彼は一分間ほど休んでから、急にこういいだした。「いいかね、一歩さがって、パルグレイヴ少佐と彼のばかげたおしゃべりなど、このとりとめのない話の全貌をじっくり見なおしてみると、肝心な点が間違っている。被害者はこのわしでなくちゃならんのだよ」

ミス・マープルはいささか驚いて彼の顔を見た。

「つまり配役の適否ということだが」と、ラフィール氏は説明した。「探偵小説の被害者はどんなタイプかね? 大金持ちの老人だよ」

「そしてその金を手に入れるために、老人を殺したいと願う理由を持った人間が大勢いる」と、ミス・マープルはいった。「ともおっしゃりたいんでしょう?」

「そうだな――」ラフィール氏は考えこんだ。「《ザ・タイムズ》のわしの死亡記事を読んでも泣きださないだろうと思われる人間が、ざっとかぞえただけでロンドンに五人や六人はいるね。しかしその連中でもわしを殺すために具体的になにかをするところまでは考えられんな。だいたいなぜそんなことをしなければならないのか？　わしはほっといたってもういくらも生きない。それどころかやつらはわしが今までもったことにさえ驚いているくらいだ。その点は医者たちも同じだがね」

「もちろん、あなたが生きるための強い意志をお持ちだからですわ」

「あんたはそれを不思議に思っているんだろう」

ミス・マープルは首を振った。

「とんでもありません。それはきわめて自然なことだと思いますわ。人生ってそれを失いそうになればなるほど、生き甲斐もでてくるし興味も増すものです。ほんとはそうあるべきじゃないのかもしれませんけど、現実にそうなんですから。若くて力もあり、健康で、洋々たる前途が開けているときは、生きることなんてそれほど重要ではありません。失恋の悲しみとか、ときには純粋な不安から、いとも簡単に自殺してしまうのは若い人に限られます。でも老人は生きることがいかに大切で興味深いものかということを知っていますわ」

「ふん！」と、ラフィール氏が鼻を鳴らした。「老人二人の話を傾聴しろというわけか」

「でも、わたしのいったことは本当でしょう？」

「そうとも。本当だよ。だがわしこそ被害者の役にぴったりだという考えも当たってると思わんかね？」

「それはあなたの死によってだれが得をするかということにもよりますよ」

「得をするやつなんかだれもおらん。さっきもいったように、仕事上のライヴァルたちをべつにすればだがね。そしてこれもさっきいったことだが、連中はわしももう長いことはないと安心しているはずだよ。わしは莫大な遺産を身内に山分けさせるほどばかじゃない。身内の手に入るのはほとんどを政府がとった残りのごくわずかな金にすぎんよ。その手配はもう何年も前にちゃんと済ましてある。慈善事業や信託財産といったぐあいさ」

「たとえばジャクスンは、あなたが死んでも得をすることはないんですね？」

「彼はびた一文もらえんよ」ラフィール氏は楽しそうにいった。「わしはあの男にふつうの二倍のサラリーを払っている。それは彼がわしの癇癪に耐えねばならんからだ。わしが死ねば損をすることぐらい彼だって知っているさ」

「ミセス・ウォルターズはどうかしら？」

「エスターの場合も同じことがいえるね。彼女はりっぱな女だ。秘書としては一流だし、頭も気だてもよく、わしの癖をのみこんでいて、わしがかっとなっても冷静そのものだし、いくら悪口をいわれても全然気にしない。手に負えない乱暴な子供をあずけられた優秀な保母兼家庭教師のようなもんだ。そりゃときどき少しばかりわしをいらいらさせることはあるが、だいたいそうじゃない人間なんているかね？　これといって目立ったところのない女だ。あらゆる点でごく平凡な若い女だが、あれ以上にわしにぴったりの人間は考えられんね。彼女自身はいろいろと苦労してきている。あまりよくない男と結婚してな。おそらく彼女は男のことになるとあまり見る目がないんだろう。そういう女もままいるもんだからな。不幸な身の上話をする相手と出会うと、すぐ情にほだされてしまう。男に必要なのは適切な女性の理解だと信じこんでいるのだ。自分と結婚すれば、相手はすっかり性根を入れかえて人生に成功するだろうとな。しかしもちろんその手の男たちはけっして立ちなおれるもんじゃない。ま、それはともかく、彼女のぐうたらな亭主は死んだ。ある晩パーティで飲みすぎて、バスの前へふらふらっと出ていったんだそうだ。エスターは女の子を一人養わなければならなかったので、元やっていた秘書の仕事に戻った。わしのところで働きだしてからもう五年になるな。わしが死んでもなにも分けてやらんということは最初からはっきりことわってある。そのかわり最初から高額のサラリーを払って、おまけに年々二十五パーセントずつ値上げしてきた。どんなに礼儀正しい正直な人間でも、頭っから信用すべきじゃない——だからこそわしが死んでもなにも期待するなと、彼女には最初からはっきりいい渡してあるのだ。わしが長生きすればするほど彼女のサラリーはあがる。昇給した分を毎年貯金しておけば——きっと彼女はそうしていると思うが——わしが死ぬころには相当な金持ちになっているだろう。娘の教育費はわしが負担してやっているし、娘が二十歳に達したら受けとれるように、一定の金額をあずけてある。だからエスター・ウォルターズは非常に結構なご身分だ。いいかね。わしの死は彼女には多大の損失を意味するんだよ」彼はミス・マープルをじっとにらみつけた。「彼女はそのことをよくわきまえている。頭のいい女だよ、エスター」

「彼女とジャクスンのあいだはうまくいっているんですか?」

ラフィール氏はすばやく彼女を一瞥した。

「なにか気がついたことでもあるのかね?」と、彼はいった。「どうもそうらしい、ジャクスンのやつは女の尻を追っかけまわしていたようだ。とくに最近はエスターに色目をつかっていたらしいよ。むろんあいつはいい男だが、エスターには見向きもされなかったようだ。ひとつには身分のちがいというやつがあってね。エスターのほうが一段上なんだよ。たいしたちがいじゃないがね。身分のちがいがはっきりしていれば問題はないんだが、どうも中流の下というやつは――これがまた特殊な階級でね。彼女の母親は教師で、父親は銀行員だった。エスターもジャクスンのことで身をあやまる心配はないだろう。おそらく彼は彼女の貯金に目をつけたんだろうが、ま、うまくはいかんだろうな」

「しいっ――彼女がやってきましたよ！」

彼らは同時にホテルの小径を近づいてくるエスター・ウォルターズのほうを見た。

「彼女はなかなかの美人なのに、色っぽさはこれっぽちもない。なぜか、着こなしがたいそう上手だ」と、ラフィール氏はいった。

ミス・マープルは溜め息をついた。それは、女性たるもの、どんなに年をとっていても、機会が失われたと思われるときに洩らす溜め息だった。エスターに欠けているものは、ミス・マープルの経験の範囲内でも、どれだけ多くの名前によって呼ばれたことか。〝わたしにはあまり魅力的じゃないね〟〝性的魅力《エス・エー》がないよ〟〝あの目には惹きつける《カム・ヒーザー》ものがないね〟等々。金髪、健康そうな顔色。薄茶色の目、均斉のとれたスタイル、愛嬌のある笑顔、だが通りすがりの男をふりむかせるようなにかが欠けていた。

「彼女は再婚すべきですわ」と、ミス・マープルは声をおとしていった。

「わしも同感だね。彼女ならいい奥さんになれるだろう」

エスター・ウォルターズがそばにやってくると、ラフィール氏はやや作りものめいた声でいった。

「やっと現われたか！　なんでこんなに手間どったんだね？」

「今朝はみなさんが電報を打ちにいらしたようでしたわ」と、エスターが答えた。「それに、宿泊を切りあげようとなさる方が多くて――」

「宿泊を切りあげる？　殺人事件がおきたせいかね？」

「そうらしいですわ。気の毒にティム・ケンドルは心配で心配でたまらないようすでした」

「無理もない話だ。あの若い夫婦は運が悪かったといわなければならんな」

「ええ。このホテルの経営は、どちらかといえばあの人たちの手にあまる大きな仕事だったんじゃないでしょうか。経営がうまくゆくかどうかとても心配してましたから。これまでのところは順調だったようですけど」

「そう、なかなかよくやっていた」と、ラフィール氏も賛成した。「夫のほうは非常に有能なうえにたいそう勤勉な男だった。奥さんのほうもいい人で、それに魅力的だ。二人とも黒人のようによく働いた。もっともここでこういういい方をするのはおかしいかな。わしの見るところ、ここの黒人たちはちっとも働かんからな。いつかもある男が朝食のためにココナッツの木によじのぼるのを見ていたが、そのあとでそいつはまる一日眠っていた。気楽な生活だよ、まったく」

彼はつけ加えていった。「われわれはここで殺人の話をしていたんだよ」

エスター・ウォルターズはちょっと驚いたような表情を浮かべた。それからミス・マープルのほうを向いた。

「わしは彼女を誤解していたよ」と、ラフィール氏はいかにもこの老人らしい率直さでいった。「昔からこういうばあさんたちは嫌いだった。やることといえば編み物とおしゃべりばかりという連中だからな。ところがこのばあさんは見どころがある。目も耳も鋭いし、しかもそれを生かす術を心得ているんだよ」

エスター・ウォルターズは申し訳なさそうにミス・マープルを見たが、彼女はいっこうに怒っているようすもなかった。

「これでお世辞のつもりなんですよ」と、エスターが説明した。

「わかってますとも」と、ミス・マープルはいった。「それからラフィールさんには特権がある――あるいは本人があると思っていることもね」

「どういう意味かね――特権があるとは？」

「あなたが望めば無作法なことをしてもよいという特権ですよ」

「わしがなにか無作法なことをしたかね？」ラフィール氏は驚いて質問した。「あんたの気にさわるようなことをいったんなら謝るよ」

「そんなことはありませんわ。わたしは最初から斟酌《しんしゃく》していますからね」

「おいおい、皮肉はいわんでもらいたいな。エスター、椅子を持ってきなさい。きみの意見も参考になるかもしれん」

エスターは数歩さきのバンガローのバルコニーまで行って、軽い籐椅子を運んできた。

「わしらは協議をつづけるよ」と、ラフィール氏はいった。「故パルグレイヴ老人と、彼の変わりばえのしない話からはじめたんだがね」

「困ったわ」エスターは嘆息した。「わたしはいつもなるたけ彼から逃げることにしていたんです」

「ミス・マープルはもっと我慢強かったんだよ。ところでエスター、彼はきみに人殺しの話をしたことがあるかね？」

「ええ」と、エスターは答えた。「何度かありましたわ」

「正確にはどんな話だったかね？　ひとつ思いだしてみてくれ」

「そうですね――」エスターはちょっと休んで考えた。「困りましたわ」と、やがてすまなそうにいった。「わたしはあまり真面目に話を聞かなかったんです。ほら、あのいつ果てるともしれないローデシアのライオンの話と同じで、とても退屈な話でしたから。ついつい聞いているような顔してなにも聞かないという習慣ができてしまいましたわ」

「それじゃおぼえていることだけでも話してくれ」

「たしか新聞にのった殺人事件が話のきっかけだったと思います。パルグレイヴ少佐は、自分はざらにない経験を持っているといいました。実際に人殺しと顔を合わせたことがあるというのです」

「顔を合わせたって？」ラフィール氏が叫んだ。「彼は実際に〝顔を合わせた〟という言葉を使ったのかね？」

「そうだと思うんですけど」彼女も自信はなさそうだった。「あるいは〝だれが人殺しか教えてあげられるよ〟といったのかもしれませんわ」

「いったいどっちなんだね？　だいぶ話が違ってくるぞ」

「そういわれると自信はありません……でも、だれかの写真を見せてあげようといったような気がします」

「いいぞ」

「それからルクレツィア・ボルジアについてだいぶ話しましたわ」

「ルクレツィア・ボルジアのことは話さんでもいい。彼女のことならよく知っている」

「彼は毒殺者たちのことを話して、ルクレツィアはたいそうな美人で赤毛だったということを教えてくれました。それから世の中にはわたしたちが知っているよりもはるかに多くの女性の毒殺者がいるのではないかという話をしましたわ」

「それはおおいにありそうなことですわ」と、ミス・マープルがいった。

「それから毒は女の武器だという話をしました」

「いささか脇道にそれた感じだな」

「彼の話はいつでもそうでしたわ。だからみんな真面目に聞くのをやめてしまって、〝ええ〟とか〝ほんとうですの？〟とか〝まさか〟とか調子を合わせるだけになってしまうんです」

「きみに見せるという写真の話はどうなったのかね？」

「よくおぼえていません。彼が新聞で見た写真の話だったかもしれませんし――」

「彼はきみにあるスナップ写真を見せなかったかね？」

「スナップ写真ですか？　いいえ」彼女は首を振った。「それはたしかですわ。彼女はたいそうな美人で、顔を見ただけでは人殺しだなんて考えられもしないといっただけです」

「彼女だって？」

「おやまあ」と、ミス・マープルが叫んだ。「話がひどくこんがらかってきましたこと」

「彼は女のことを話していたのかね？」

「そうです」

「すると写真も女の写真だったというわけか？」

「そうですわ、きっと」

「そんなはずはないぞ！」

「でも、ほんとなんです」と、エスターがいいはった。「『彼女はこの島にいる。どの女がそうかあなたに教えてやって、それからなにもかも話してあげますよ』って、あの人はわたしにいったんですから」

ラフィール氏は罰当たりな言葉を口にした。故パルグレイヴ少佐を罵る彼の言葉は、まったく遠慮会釈のないものだった。

「要するに考えられることは」と、彼は結んだ。「あいつのいったことはどこからどこまでぜんぶ嘘っぱちだということだな！」

「どうもわからなくなりましたわ」と、ミス・マープルが呟いた。

「そうとも。あの間抜けじじいはまず狩猟の話をはじめた。猪狩り、虎狩り、象狩り、あやうくライオンに食われそうになった話。中にひとつやふたつは本当の話があったかもしれん。いくつかは作り話で、残りは他人の身におこったことの受け売りなんだ！　つぎに彼は殺人事件に話題を移して、つぎつぎと殺人の話をでっちあげた。しかもそれらがみな自分自身の経験談であるかのようにいいふらしたのだ。十中八、九そのほとんどが新聞で読むかテレビで見るかした話のごちゃまぜになったもんだろう」

彼はエスターに非難するようなまなざしを向けた。「きみは彼の話を真面目に聞かなかったことを認めた。おそらく彼の話を誤解したんだろう」

「でも彼が女の人の話をしていたことは絶対に間違いありません」と、エスターは頑強にいいはった。「だって、わたしはいったいだれのことだろうって考えたんですもの」

「で、だれの話だと思いました？」と、ミス・マープルが質問した。

エスターは顔をあからめて、ちょっと困ったような表情を浮かべた。

「それが、そこまでは——つまり、そんなことはいいたくないんです——」

ミス・マープルはそれ以上追及しなかった。ラフィール氏が目の前にいては、エスターにはミス・ウォルターズの推測を聞きだすのに都合が悪い、と思ったからだ。それを聞きだすには女同士のさしむかいの話し合いしかない。それにもちろん、エスター・ウォルターズが嘘をついているという可能性もある。当然のことながら、ミス・マープルはそのことを口に出してはいわなかった。可能性として心にとどめてはおいたが、自分でもそう信じたくはなかった。ひとつにはエスター・ウォルターズが嘘つきだとは思っていなかったし（実際はどうか知るよしもないが）いまひとつにはそんな嘘をつく理由が見当たらなかったからである。

「しかしあんたの話だと」と、ラフィール氏はミス・マープルのほうを向いていった。「彼はある殺人者の話をして、その男の写真を持っているから見せてあげよう、といったんだそうだが」

「たしかそうでしたわ、ええ」

「たしかそうだったって？　最初はいやに自信ありげだったじゃないか！」

　ミス・マープルは鋭く反論した。

「前におこなわれた会話をもう一度くりかえして、相手の言葉を正確に再現するのは、それほど簡単なことじゃありませんよ。だれしも相手がこういおうとしたのだろうと思うことを、現実にいったとかんちがいしがちなものですわ。そして、あとになって、人はその言葉を相手の言葉として話すのです。パルグレイヴ少佐はたしかにその話をわたしにしましたよ。その話を彼にした人、その医者は、殺人者の写真を彼に見せたとはっきりいいました。でも正直にいうと、少佐はわたしに向かって、『殺人犯のスナップ写真を見たいですかな?』としかいわなかったことを認めなければなりません。で、もちろんわたしはそれが彼の話していたのと同じ写真だと解釈したわけです。つまり同じその殺人犯の写真だというようにね。でもいまにして思えば、少佐は心の中にあった考えからの連想で、かつて人に見せられたスナップ写真から、彼自身が最近ここで撮った写真で、彼が殺人犯だと信じているだれかの写っている写真に、話を飛躍させてしまったという可能性も――ごくわずかだけど――ありますわ」

「女はこれだから困る!」ラフィール氏は憤然として叫んだ。「女はどれもこれも同じで、まことにけしからん連中だ! なにひとつ正確なことがいえない。なにひとつわかってはいないんだ。今度はいったいどういうことになるんだね?」彼はいらだたしそうにつけ加えた。「それじゃイーヴリン・ヒリンドンか、あるいはグレッグの妻のラッキーか? なにもかもめちゃくちゃじゃないか」

弁解めいた低い咳ばらいが聞こえた。アーサー・ジャクスンがラフィール氏のそばに立っていた。彼は音もなくやってきたので、だれも気がつかなかったのだ。

「マッサージの時間です」と、ジャクスンはいった。

ラフィール氏はたちまち癇癪をおこした。

「こっそり近づいてきてわしを驚かしたりして、いったいどういうつもりなんだ? 足音が全然聞こえなかったぞ」

「すみませんでした」

「今日はマッサージはいらん。あんなものはなんのききめもないよ」

「いいや、そんなことをおっしゃってはいけません」ジャクスンは職業的な愛想をふんだんにたたえていった。「やめるとすぐにお体の調子が悪くなりますよ」

彼は器用に椅子の向きを変えた。

ミス・マープルは立ちあがり、エスターに微笑みかけて浜のほうへ降りていった。

18　牧師のいぬ間に

I

この朝のビーチはかなり閑散としていた。グレッグはいつもの騒々しい泳ぎで水しぶきをあげ、ラッキーは陽に焼けた背中にたっぷりオイルを塗り、ブロンドの髪を肩に拡げて、砂浜に腹這いになっていた。ヒリンドン夫妻の姿は見えなかった。さまざまな取り巻きの男たちに囲まれたセニョーラ・デ・カスペアロが、砂浜に寝そべって、喉の奥から出てくる楽しげなスペイン語でおしゃべりしていた。フランス人とイタリア人の子供たちが何人か、波打際で遊びたわむれてはしゃいでいた。プレスコット師と彼の妹はビーチ・チェアに座ってその光景を見守っていた。プレスコット師は帽子のひさしを目深に引きさげて、半分眠っているようだった。ミス・プレスコットの隣りの椅子が都合よく空いていたので、ミス・マープルは近づいていって腰をおろした。

「ほんとに、まあ」彼女は深い溜め息をつきながらいった。

「まったくですわ」と、ミス・プレスコットがいった。

それは変死を遂げた人に対する彼女たちの共同のお悔みだった。

「かわいそうな娘さん」とミス・マープルがいった。

「悲しむべきことだ」と、プレスコット師がいった。「じつに嘆かわしい」

「ほんのちょっとのあいだですけど」と、ミス・プレスコットがいった。「わたしたち、ジェレミーとわたしは、本気でここを発つことを考えたんですよ。でも考えなおしましたわ。それじゃケンドル夫妻があまりに気の毒ですからね。結局これはあの人たちのせいじゃないんですもの——どこでだっておこりうることですわ」

「生のさなかにも、われわれは死に臨む」と、プレスコット師は厳粛な口調でいった。

「ねえ、あの夫婦はどうしてもこのホテルの経営を成功させなくちゃならなかったんですよ」と、ミス・プレスコットがいった。「なにしろ全財産をここに投資していたんですから」

「奥さんはとてもいい人だけど」と、ミス・マープルがいった。「このところはあまり元気がなさそうでしたわね」

「とても神経質になっていましたわ。もちろん彼女の家族が——」ミス・プレスコットはいいかけて首を振った。

「わたしは思うんだがね、ジョーン」と、プレスコット師が穏やかな非難をこめていった。「これにはきっとなにか事情が——」

「それはだれもが知っていることですよ。彼女の家族はわたしたちと同じところに住んでいますからね。彼女の大おば——この人がいちばんおかしかったんだけど——それからおじさんの一人が地下鉄駅で着ているものをぜんぶ脱いでしまったことがあるんですからね。あれはたしかグリーン・パーク駅でしたわ」

「ジョーン、そんなことは人前で話すもんじゃないよ」

「悲しいお話ですわ」と、ミス・マープルが首を振りながらいった。「もっとも、精神異常者の行動としては特別珍しいものじゃないと思いますけど。アルメニア救済活動をしていたときのことですけど、わたしもある年老いたりっぱな牧師がまったく同じ振舞いをした例を知っていますわ。奥さんに電話で知らせたら、すぐにやってきて、ご主人を毛布でくるんでタクシーで連れて帰りましたけど」

「もちろん、モリーの親兄弟はみな正常ですのよ」と、ミス・プレスコットがいった。「モリーは母親とあまり仲がよくなかったようだけど、当節は母親と仲のよい娘さんなんて珍しくなってしまいましたからね」

「ほんとに残念なことですわ。若い娘さんたちがほんとに必要とするのは母親の世渡りの知恵と経験だというのに」

「まったくですわ」ミス・プレスコットは力をこめていった。「じつをいうと、モリーはある男と親しくなったことがあるんですよ——あまり感心しない男だったと聞いていますけど」

「よくあることですわ」

「当然のことに家族は反対しました。彼女はそのことを家族に話さなかったんです。まったく関係のない第三者から、その噂が家族の耳に入ったんですね。もちろん彼女の母親は相手の男に会いたいから家へ連れてくるようにいいました。娘のほうは、それを断わったらしいですわ。そんなことをしたら相手に悪いと答えたのです。男にしてみれば、娘の家に呼ばれて家族の面接テストを受けるなんて、ひどい侮辱だというわけなのね。それじゃまるで馬並みだと彼女はいったらしいんです」

ミス・マープルは溜め息をついた。「若い人の扱いはよっぽどうまくやらないといけないんですね」

「とにかく、そんなわけで、家族は彼女が恋人と会うことを禁じてしまったんですよ」

「でも、いまどきそんな無茶な」と、ミス・マープルがいった。「若い娘さんたちはみな勤めに出ているから、家族が禁止しようとなにしようと、いろんな人に会う機会があるでしょうに」

「ところがそのあと、とても運よく、彼女はティム・ケンドルと知り合い、最初の男はいわば自然に影が薄れてしまったというわけなんです。おかげで家族がどんなに安心したか、とてもわたしの口からはいい表わせませんわ」

「家族の人たちがその気持ちをあまりあからさまに見せつけるようなことをしなければよかったと思いますわ」と、ミス・マープルがいった。「その結果若い娘さんが家族に対して愛情をもてなくなることがよくありますからね」

「まったくですわ」

「それで思いだしますけど――」ミス・マープルは昔のことに思いをはせながら呟いた。昔彼女がクローケ・パーティで会った青年のことを思いだしながら。その青年はとてもすばらしい人に思えた――かなり陽気なほうで、ボヘミアン的ともいえる考え方の持ち主だった。やがて思いもかけず、彼は彼女の父親に温かく迎えられた。彼はいかにも娘の交際相手にふさわしく、資格充分だった。一度ならず自由に家庭へ招待された。その結果ミス・マープルは、とどのつまり、彼が退屈な男だということを発見したのだった。退屈このうえない人間だということを。

牧師はうたた寝をしていて話を聞かれる心配がなさそうだったので、ミス・マープルは気にかかっていた話題に試みに触れてみた。

「あなたはきっとこの土地に詳しいんでしょうね。数年間かかさずにきているんでしょう?」

「ここへきはじめたのは三年前からですわ。わたしたち、サン・トノレがとても気に入っているんです。いつきてもみんないい人たちばかりですもの。派手に飾りたてた、成金趣味の人たちもいませんしね」

「だからヒリンドン夫妻やダイスン夫妻のこともよくごぞんじでしょう」

「ええ、よく知っていますとも」

ミス・マープルは咳ばらいをして少し声を低めた。

「パルグレイヴ少佐がとてもおもしろい話を聞かせてくれましたわ」

「あの方はずいぶん話題の豊富な方だったでしょう! そりゃあもちろん、方々へ旅行もしてましたからね。アフリカ、インド、中国まで行ったんじゃなかったかしら」

「ほんとにね」と、ミス・マープルはいった。「でも、わたしのいってるのはそういうお話じゃないんです。そのう――たったいま、わたしが名前を挙げた人たちの一人と関係のあるお話でしたわ」

「まあ！」と、ミス・プレスコットがいったが、それはいかにも意味ありげな声だった。

「ええ。そこでわたしが不思議に思うのは――」ミス・マープルはさりげなくラッキーが甲羅を干している場所に視線を向けた。「とてもきれいに焼けましたこと。それにあの髪の毛、なんて美しい。モリー・ケンドルの髪とほとんど同じ色だと思うけど、違うかしら？」

「唯一の違いは、モリーのは自然の色で、ラッキーのは染めた色だという点だけですわ」

「なんだね、ジョーン」プレスコット師が思いがけなくまた目をさましてたしなめた。

「そんなことをいってはかわいそうだと思わんのかね？」

「かわいそうなことがあるもんですか」と、ミス・プレスコットはとげのある口調でいった。「だって事実なんですもの」

「わたしにはたいそう美しく見えるがね」

「もちろんですよ。でなかったらだれがわざわざ染めたりするもんですか。でもね、ジェレミー、男はともかく女の目は騙せませんよ。そうでしょう？」と、彼女はミス・マープルに応援を求めた。

「そうね――もちろん、わたしはあなたほど経験がないけど――でも、そう、不自然な感じがするということだけははっきりいえますわ。五日か六日ごとに根元のところが—
—」彼女は、ミス・プレスコットのほうを見て、女性特有の確信をこめてうなずき合った。

プレスコット師はまたうたた寝しはじめたようだった。

「パルグレイヴ少佐はとても異常な話をしてくれましたわ」と、ミス・マープルは小声でいった。「それというのは——じつはわたしにもよくわからなかったんですけど——ちょっと耳が遠くて、ときどき人の話が聞きとれないことがあるもんですから。どうやら少佐がいおうとしていたのは——」彼女は途中で言葉を切った。

「あなたのおっしゃりたいことがなんだかわかりますよ。あの当時はいろいろ噂がとんで——」

「あの当時というと——」

「ダイスンさんの最初の奥さんが死んだときですよ。あんまり突然だったもんですから。じつは、みんな彼女を気で病む人《マラッド・イマジネール》——一種のヒポコンデリー患者だと思っていたんです。だから彼女が発作をおこして急死したときは、当然いろいろと取沙汰されましたよ」

「当時は——べつに——どこも悪くなかったんでしょうね？」

「お医者さんは迷っていましたわ。まだとても若い人で、経験が浅かったんですよ。わたしにいわせれば抗生物質一本槍のお医者さんというところね。ほら、患者をろくに見もしないし、どこが悪いのか気にもかけないというタイプがよくあるでしょう。なにかといえばすぐに薬を服ませて、それが効かないとなるとほかの薬にかえるというタイプですよ。ええ、彼はたしかに迷っていましたけど、彼女は以前に胃の病気をしたことがあるようでしたわ。少なくとも彼女の夫はそういいましたし、なにか裏があると信じる理由はなにもないように思えましたからね」

「でもあなた自身の考えでは——」

「そりゃあ、わたしはいつも偏見にとらわれずに物事を判断しようと努力していますけど、だれだって不審に思うことはありますわ。それにあのころ取沙汰されたいろんな噂を考えると——」

「ジョーン！」プレスコット師が座りなおした。彼は一戦を交えることもあえて辞さない態度だった。「いかんね——そういう悪意のゴシップがくりかえされるのをわたしは好かん。われわれはそういうことにいつも反対してきたじゃないか。悪を見ず、悪を聞かず、悪を話さず——そのうえ悪を考えない。すべてのキリスト教徒はそれをモットーとすべきだよ」

二人の女は無言で座っていた。彼女たちは叱責され、しつけにしたがって男性からの批判には敬意を払った。しかし内心では不満を感じ、苛立ち、露ほども悔いていなかった。ミス・プレスコットは兄にあからさまに苛立ちの視線を向けた。ミス・マープルは編み物をとりだしてじっとそれを見つめた。さいわいチャンスは彼女たちに味方した。

「神父さま《モン・ペール》」と、かん高い子供の声が聞こえた。話しかけたのは波打際で遊んでいたフランス人の子供たちの一人だった。その女の子はいつの間にかそばにきて、プレスコット師の椅子の脇に立っていたのだった。

「神父さま」と、彼女はかぼそい声で呼びかけた。

「えっ、なにかね？　なんのご用かな《ケス・キリ・ア》、お嬢さん《マ・プティット》？」

子供は事情を説明した。翼型の浮き袋を使う順番と、ほかの海岸でのエチケットに関して、仲間割れが生じたのだった。プレスコット師は、子供、とくに女の子がたいそう好きだった。子供同士のけんかがはじまると、いつも嬉々として仲裁役を買ってでた。いまもにこにこしながら腰をあげて、女の子と一緒に波打際まででかけていった。ミス・マープルとミス・プレスコットは安堵の溜め息をつき、勢いこんで顔を見合わせた。

「ジェレミーが悪意のゴシップに強く反対するのはもっともですけど」と、ミス・プレスコットはいった。「人の噂というものも完全に無視はできませんわ。さっきもいったように、当時はもうその噂でもちきりだったんですから」

「それで?」ミス・マープルも早くその先が聞きたくてたまらないといった口ぶりだった。

「噂の若い女は、当時はたしかミス・グレートレックスという名前だったと思うけど、はっきりは思いだせませんわ。彼女はいとことかで、ミセス・ダイスンの世話をしていたんです。彼女に薬を服ませたり、なにやかやとね」そこでちょっと、意味ありげに間をおいて、「もちろんわたしの聞いたところでは」――ミス・プレスコットは一段と声を低めた――「ダイスンさんとミス・グレートレックスのあいだには道ならぬ関係があったらしいですわ。多くの人がそれに気づいていましたもの。こういうところでは、そんな関係は人目につきやすいんですね。やがてエドワード・ヒリンドンが彼女のために薬局である薬を手に入れてやったという妙な噂が立ちました」

「まあ、エドワード・ヒリンドンもこれにからんでいたんですの?」

「ええ、それはもう、彼は首ったけでしたよ。そのことにはみんな気がついていました。

そしてラッキーが――ミス・グレートレックスが――二人を張り合わせたんです。グレゴリー・ダイスンとエドワード・ヒリンドンをね。ここが肝心なところですけど、彼女はそのころからずっと魅力的な女性だったんですよ」

「いまはそのころほど若くはないけど」

「そうですわ。でもそのころから着こなしとお化粧はとても上手でした。もちろん貧乏な親戚でしかなかったころは、いまほど派手じゃなかったけど。彼女は病人に対してとても献身的に見えましたわ。でも、その意味はあなたにもおわかりね」

「その薬局の話というのはどういうのかしら――どうしてそのことが知れわたったんです？」

「ジェームズタウンでのことじゃなく、たぶん彼らがマルティニク島にいたときのことだと思いますわ。フランス人は、薬のことに関してはわたしたちイギリス人よりも鷹揚《おうよう》ですからね――その薬局の主人がだれかに話して、それで噂がひろまったんでしょう――よくあることですわ、あなたもごぞんじでしょうけど」

ごぞんじもなにも、ミス・マープルほどよく知っている人はいなかった。

「ヒリンドン大佐が薬を買いにきたけど、なんに使うのか自分でも知らないらしかった、ということが主人の口からひろまったのです。例の処方箋を見ながらね。とにかく、そう噂でしたわ」

「でも、どうしてヒリンドン大佐が――」ミス・マープルは不審そうに眉をひそめた。

「彼は手先として利用されただけじゃないのかしら。それはともかく、グレゴリー・ダイスンはいくらなんでも早すぎると思われるうちに再婚しましたわ。一カ月もたってなかったんじゃないかしら」

二人は顔を見合わせた。

「でも、具体的な容疑はなかったんでしょう？」と、ミス・マープルが質問した。

「ええ、そりゃあもちろん――ただの噂だけですわ。全然根拠がないということも充分考えられるような」

「パルグレイヴ少佐は根拠があると考えたようですわ」

「彼はあなたにそういいまして？」

「わたしもあまり注意深く聞いていなかったんです」とミス・マープルは正直にいった。

「そこで考えたんだけど、もしかして彼はあなたにも同じことをいわなかったかしらと」

「彼はある日彼女を指さして教えてくれましたわ」

「ほんとうですの？　実際に彼女を指さして？」

「ええ。じつをいうと、はじめわたしは、彼が指さしているのは、ミセス・ヒリンドンだと思ったんです。彼は冗談めかして笑いながらこういいました。『あすこにいる女をごらんなさい。わしの考えでは、あれは人を殺しておきながら、つかまりもせずにうまく立ちまわっている女ですな』もちろんわたしはひどく驚きましたよ。だから、『あなたは冗談をおっしゃってるんでしょうね、パルグレイヴ少佐』といいました。そしたら彼は、『そうですな、まあ冗談ということにしておきましょう』と答えました。ヒリンドン夫妻とダイスン夫妻はすぐ近くのテーブルに座っていたから、わたしたちの話が聞こえたんじゃないかと心配でしたわ。少佐は笑いながらいったんです。『パーティへでかけていってある人にカクテルを作ってもらうのはごめんですな。ボルジア家で夕食のもてなしを受けるようなもんですよ』ってね」

「とてもおもしろいお話ですこと。彼は──写真のことをなにかいいましたか？」

「さあ、おぼえていませんけど……新聞の切り抜きかなにかでしたかしら？」

ミス・マープルはなにかいいかけて、直前に口をつぐんだ。一瞬太陽が人影で暗くなった。イーヴリン・ヒリンドンが通りすがりに足をとめた。

「おはようございます」と、彼女がいった。

「どこへいらしたかと思ってましたわ」と、ミス・プレスコットがにこやかに見あげながらいった。

「ジェームズタウンへ買物に行ってきましたの」

「まあ、そうでしたの」

ミス・プレスコットがそれとなくあたりを見まわすと、イーヴリン・ヒリンドンがつけ加えた。「エドワードは一緒じゃなかったんです。男の人って買物が嫌いなものですから」

「なにか気に入った品が見つかりまして？」

「そういう買物じゃないんですよ。薬局に用があったんです」

彼女は微笑を浮かべ、軽く会釈して立ち去った。

「とてもいい人たちですわ、ヒリンドン夫妻って」と、ミス・プレスコットはいった。

「彼女のほうはちょっとわかりにくいところがあるけど。つまり、いつだってとても愛想がいいんだけど、それ以上は人を近づけないようなところがあるような気がするんです」

ミス・マープルは慎重にうなずいた。

「あの人の考えていることはだれにもわかりませんわ」と、ミス・プレスコットがいった。

「そのほうがかえっていいかもしれませんよ」

「えっ、なんですって?」

「いいえ、なんでもありませんわ。ただ、彼女の考えは人をまごつかせるような性質のものかもしれないという気が前からしていたんです」

「そうね」ミス・プレスコットは狐につままれたような表情でいった。「わかりますわ」それから少し話題を変えてつづけた。「あの夫婦はハンプシアにすてきな家を持っていて、男の子が一人――それとも二人だったかしら――最近ウインチェスター校へ入学したらしいですわ」

「ハンプシアをよくごぞんじ?」

「いいえ。全然知らないといってよいくらいですわ。彼らの家はオルトンの近くらしいんですけど」

「なるほど」ミス・マープルはちょっと間をおいてつづけた。「それから、ダイスン夫妻はどこに住んでいるのかしら?」

「カリフォルニアですわ。ただしそれは国にいるときの話で、あの夫婦はいつも旅行ばかりしているんですよ」

「旅行中に会った人のことなんて、ごくわずかしか知らないもんですわ」と、ミス・マープルがいった。「つまり――どういえばいいかしら――その人たちがあなたに話す気になったことしか知ることができないわけでしょう？　たとえば、あなただってダイスン夫妻がほんとにカリフォルニアに住んでいるかどうかは知らないわけですものね」

　ミス・プレスコットは唖然とした。

「でもダイスンさんがたしかにそういいましたよ」

「ええ、ええ、そうでしょうとも。わたしのいいたいのはそこなんですよ。ヒリンドン夫妻の場合も同じです。つまり、あなたは彼らがハンプシアに住んでいるとおっしゃったけど、じつは彼らがそういったというにすぎないんでしょう？」

　ミス・プレスコットはかすかに驚きの表情を浮かべた。「すると、ヒリンドン夫妻はハンプシアに住んでいないとおっしゃるの？」

「いいえ、そんなつもりはありません」ミス・マープルはすかさず詫びるような口調でいった。「わたしたちのいろんな人々に関する知識の一例としていったまでですわ。このわたしにしても、セント・メアリ・ミードに住んでいるとあなたにいいましたわね。でも、それが土地の名前であることは疑いないとしても、あなたは一度だって聞いたこともない地名でしょう。つまり、あなた自身がその土地を知っていることにはならないんですよ」

ミス・プレスコットは、あなたがどこに住んでいようとわたしの知ったことじゃないといいかけて、ようやく思いとどまった。セント・メアリ・ミードはイングランド南部の田舎のどこかにあるということが彼女の知っているすべてだった。「なるほど、あなたのおっしゃることはわかりますわ」と、彼女は急いで同意した。「それに、人は国外へ出ると、おそらくそれほど注意深くなれないことも知っています」

「そこまでいうつもりはなかったんですけどね」とミス・マープルはいった。

ミス・マープルの心の中にはある奇妙な考えが浮かんでいた。はたしてわたしは、プレスコット師とミス・プレスコットがほんとにプレスコット師とミス・プレスコットだということを知っているのだろうか、と彼女は自問していた。二人はたしかにそういった。それを否定する証拠はなにもなかった。しかし牧師風の立ち襟をつけて、僧服を身にまとい、いかにも聖職者らしい会話を交わすのはいとも簡単ではないだろうか。もしも動機さえあれば……

ミス・マープルは自分の住んでいる地方の聖職者についてはたいそう詳しかったが、プレスコット兄妹は北部の人間だった。ダラムではなかったろうか？　二人が本物のプレスコット兄妹であることはいささかも疑っていなかったが、それでもなお、彼女の思考はまた出発点に戻ってしまうのだった——人は相手の言葉をそのまま信じているだけなのだということに。人はその点を警戒しなければならないのかもしれない。たぶん……

……彼女は深く考えこみながら首を振った。

19 こわれた靴の効用

プレスコット師は少し息を切らしながら波打際から戻ってきた（子供と遊ぶのは年寄りの体にはこたえる）。

間もなく兄と妹はホテルへ引きあげた。海岸の陽ざしが少々強くなってきたからである。

「だけど」去ってゆく二人のうしろ姿に、セニョーラ・デ・カスペアロが軽蔑するようにいった。「海岸が暑すぎるなんてことがあるかしら？　ばかばかしいわ――だいち彼女の着ているものをごらんなさいな――腕も首もすっかり隠れているじゃない。でもそのほうがいいのかもしれないわね。きっと羽をむしられた鶏のようなひどい肌をしているのよ！」

ミス・マープルは深呼吸をした。セニョーラ・デ・カスペアロと話す機会は、いまをおいてほかになかった。ただ困ったことにどんなことを話せばよいかわからなかった。

彼女たちの共通の場はどう考えてもなさそうだった。

「お子さんはおありですの、セニョーラ？」と、彼女は質問した。

「天使が三人いますわ」とセニョーラ・デ・カスペアロは一本ずつ指先にキスしながら答えた。

ミス・マープルはその答えを、セニョーラ・デ・カスペアロの子供たちは天国にいるという意味に解すべきか、それとも天使のようにかわいらしい子供ということなのか、どちらとも決めかねて思い迷った。

取り巻きの紳士たちの一人がスペイン語でなにかいうと、セニョーラ・デ・カスペアロは顔をのけぞらせて、かん高い歌うような笑い声を発した。

「彼のいったこと、わかりました？」

「いいえ、残念ながら」ミス・マープルは申し訳なさそうに答えた。

「むしろそのほうがよかったですわ。彼は意地悪ですから」

早口のスペイン語で、ひとしきり騒々しい冗談がいい交わされた。

「こんなひどいことってあるかしら——まったくひどいもんだわ」セニョーラ・デ・カスペアロは突然真顔になって英語でいった。「警察はわたしたちをこの島から出してくれないんですよ。あばれても、わめいても、足を踏みならしても、警察はただ一言ノーというだけ。これじゃいったいどうなると思って——わたしたち、みんな殺されちゃうわ」

護衛役の男が彼女を安心させようとした。

「だってそうじゃないの——きっとこのホテルに不幸がつきまとっているんだわ——わたしには最初からわかっていたのよ——死んだ少佐、あの醜い老人だけど——彼は悪魔の目を持っていたわ——おぼえているでしょう？　あの目でにらまれると、不幸が訪れるのよ！　わたしは彼ににらまれるたびに魔よけの角の印をこしらえたわ」彼女は実際にその印を指で作ってみせた。「もっとも彼は斜視だったから、わたしのほうを見ているのかどうかよくわからなかったけど——」

「少佐の片目は義眼でしたわ」ミス・マープルは故人にかわって説明した。「子供のころ事故で片目をなくしたんですって。だからあの目つきは彼のせいじゃありませんわ」

「あの人は悪運を背負っていたんですわ——あれは間違いなく悪魔の目でしたよ」

彼女はふたたび片手を突きだして、ラテン諸国でよく知られているおまじない——人差指と小指を突き立てて、あいだの二本を折りまげる角の印を作ってみせた。「どっちにしても」と、彼女は陽気にいった。「少佐はもう死んでしまった——もう彼と顔を合わせることもないんですものね。わたし、醜いものを見るのは大嫌いなんですよ」

いくらなんでも、パルグレイヴ少佐にはいささか酷な墓碑銘だわ、とミス・マープルは思った。

ビーチをさらに海のほうへくだっていったところで、グレゴリー・ダイスンが海からあがっていた。ラッキーは砂の上で寝返りをうっていた。イーヴリン・ヒリンドンがラッキーをじっとみつめていたが、彼女の表情はなぜかミス・マープルを戦慄させた。

「でも寒いはずはないわ――この暑い陽ざしの中で」と、彼女は思った。

たしかこんな古い文句があったっけ――〝自分の墓となる場所を一羽の鵞鳥《がちょう》が歩いている〟（わけもなくぞっとするときにいう文句）――

彼女は立ちあがって、ゆっくり自分のバンガローのほうへ戻っていった。

途中で海岸へ降りてくるラフィール氏とエスター・ウォルターズとすれちがった。ラフィール氏が彼女に目配せした。ミス・マープルはそれに応えず、たしなめるような視線を返した。

彼女はバンガローの中に入ってベッドに横になった。急に年をとったような気がして、疲労と心配に襲われた。

彼女は、もう一刻も猶予はならないと確信した――一刻も――猶予はならないと……もう時間はおそかった……太陽は沈みかけていた――太陽は――人はいつでも煤《すす》で黒くしたガラスを通して太陽を見なければならない――だれかからもらった、あのいぶしガラスはどこへいったかしら？……

いや、結局いぶしガラスは必要なかった。ひとつの影が太陽を隠してしまったのだ。ひとつの影。イーヴリン・ヒリンドンの影――いや、イーヴリン・ヒリンドンじゃない――影（どんな言葉だったかしら？）――〝死の谷の影〟――そう、それだったわ。わたしはしなければならない――いったいなにを？　角の印をこしらえるのだ――悪魔の目をよけるために――パルグレイヴ少佐の悪魔の目を。

　彼女はぱちぱち目《ま》ばたきして目をあけた――どうやら眠っていたらしい。だが影は現実にあった――だれかが窓からのぞいていた。

　影は立ち去った――そしてミス・マープルはその影の主をはっきりと見た――それはジャクスンだった。

「なんて不作法な――あんなふうに人の家をのぞくなんて」と、彼女は独り言をいった――そしてかっこに入れてつけ加えた。「まるでジョナス・パリーみたい」

　それはジャクスンにとって不名誉な比較だった。

　それから彼女はジャクスンがなぜ自分の寝室をのぞいたのかということを考えてみた。彼女がそこにいるかどうかを見るためか？　あるいはもしいるとしても、眠っていることを確かめるためか？

彼女は起きあがって浴室へ行き、用心深く窓からのぞいてみた。

アーサー・ジャクスンは隣りのバンガローのドアのそばに立っていた。ラフィール氏のバンガローである。彼はすばやくあたりを見まわしてから、するりと中へ入りこんだ。おかしい、とミス・マープルは思った。なぜあんなふうにこそこそとあたりを見まわす必要があるのだろう？　ラフィール氏のバンガローの奥にはジャクスン自身の部屋もひとつあるのだから、彼が中へ入っていくことを不思議に思う人はだれもいないはずなのに。現になにか用事があるたびにしょっちゅう出入りしている。それなのになぜあんなうしろめたそうなようすで、すばやくあたりをうかがったりするのか？　「理由はただひとつ」と、彼女は自分自身の問いに答えていった。「これから中でなにかをしようと企んでいるので、いま中に入るところを人に見られたくないからだわ」

もちろん、この時間には遠出した人たちを除く全員がビーチに集まっていた。あと二十分もすれば、ジャクスン自身もラフィール氏の海水浴を手伝うためにビーチへ降りていくだろう。バンガローの中で人に見られずになにかをするとすれば、いまがいちばんのチャンスだった。ミス・マープルが自分のベッドで眠っていることも、自分の行動を見ている人間が近くにいないことも、ちゃんと確かめたのだ。こうなったらなにがなんでも彼のすることを見てやろう、と彼女は決心した。

ベッドに腰かけて、ミス・マープルはこぎれいなサンダル・シューズをぬぎ、ゴム底の運動靴にはきかえた。やがて首を振りながらその運動靴もぬぎ、スーツケースをかきまわして一足の靴をとりだした。片方のかかとが最近ドアのそばの留金にひっかけたためにゆるんでいた。いささかあぶなっかしい状態にあるそのかかとを、ミス・マープルは巧みに爪やすりでこじあけて、なおいっそうぐらつかせた。それからストッキングをはいただけのはだしで用心深く外へ出た。風下からかもしかの群に近づく猟師のような用心深さで、ミス・マープルは静かにラフィール氏のバンガローをぐるりとまわった。建物の角をまわったところで手に持っていた靴の片方をはき、もう一方のかかとを最後にもうひとねじりしてから、そっと地面に膝をついて窓の下にうずくまった。もしジャクスンが物音を聞きつけて、窓からのぞきにやってきたとしても、靴のかかとがとれて転んだという言い訳が立つだろう。だが明らかにジャクスンはなにも聞きつけなかった。

ミス・マープルはゆっくり頭をあげた。バンガローの窓は低かった。つる科植物の花づなでわずかに身を隠しながら、彼女は部屋の中をのぞいた……

ジャクスンはスーツケースを前にして膝をついていた。スーツケースの蓋があいており、中がさまざまな書類の入ったいくつかの仕切りになっている特別製のケースであることが見てとれた。ジャクスンはときおり長い封筒の中から書類を引きだして、それを丹念に調べていた。ミス・マープルはこの監視哨に長居はしなかった。目的を果たしたからである。ジャクスンは盗み見をしに入ったのだ。なにか特別な目的があったのか、それとも持って生まれた癖なのかは、彼女にはわからなかった。しかしアーサー・ジャクスンとジョナス・パリーのよく似た点は顔つきだけではない、という彼女の確信はこれで裏付けられた。

あとはただ撤退だけが残っていた。彼女はふたたび用心深くしゃがみこんで、花壇にそって窓から見えないところまで這い進んだ。自分のバンガローに戻って、手に持った靴と、それからもぎとったかかとを元のところにおいて、満足そうにそれを眺めた。このうまい思いつきは、必要とあればまた使えそうだった。彼女はもとのサンダル・シューズにはきかえて、何事か考えながらまたビーチのほうへ降りていった。

エスター・ウォルターズが海に入っているときを見はからって、彼女はそれまでエスターが座っていた椅子に移動した。

グレッグとラッキーがセニョーラ・デ・カスペアロを相手に騒々しいおしゃべりを展開していた。

ミス・マープルは、ほとんどひそひそ話といってもよいくらいの低い声で、ラフィール氏のほうを見ずに彼に話しかけた。

「ジャクスンが盗み見しているのを知っていますか？」

「おいおい、わしを驚かさんでくれよ」と、ラフィール氏はいった。「現場を見たのかね？」

「苦心して窓からのぞいて見たんです。彼はあなたのスーツケースをあけて、中の書類を調べていましたわ」

「あいつめ、スーツケースの鍵を手に入れたに違いない。なかなかやりおるわい。だが、がっかりしたろう。そんなことしてみたってなんの役にも立たんのだからな」

「ほら、彼がやってきますわ」と、ミス・マープルがホテルのほうを見あげながらいった。

「わしのばかげた海水浴の時間なのだよ」

彼はさらに言葉をついで、静かにいった。

「あんたのことだが——あまり危ない真似はせんほうがいいな。つぎはあんたの葬式なんてのはごめんだよ。少しは自分の年齢を考えて、慎みなさい。このあたりにあまり良心的でない人間がいることを忘れんようにな」

20　深夜の恐慌

I

　夜が訪れた――テラスに灯がともり――人々は、一日か二日前ほどにぎやかでも陽気でもなかったが、食事をしながらおしゃべりをしたり笑い合ったりしていた――スチール・バンドの演奏もおこなわれていた。

　しかしダンスは早い時間に終わってしまった。人々はあくびをして――ベッドに引きあげた――灯が消えた――あとには暗闇と静寂だけが残った――ゴールデン・パーム・トリー・ホテルは寝静まった……

「イーヴリン。イーヴリン！」鋭い、ただならぬ囁き声が聞こえてきた。

　イーヴリン・ヒリンドンは身動きして、寝返りを打った。

「イーヴリン。おきてください」

イーヴリン・ヒリンドンははっとして上体をおこした。ティム・ケンドルが戸口に立っていた。彼女は驚いて彼をみつめた。

「イーヴリン、お願いだからきていただけませんか。モリーが――ぐあいがおかしいんです。どうしたのかぼくにはわからない。きっと薬を服んだのに違いありません」

イーヴリンはすばやく決心した。

「いいわ、ティム。すぐに行くわ。あなたは先にモリーのところへ戻ってて」

ティム・ケンドルが姿を消した。イーヴリンはベッドから抜けだして部屋着を羽織り、隣りのベッドに目を向けた。夫が目をさましたようすはなかった。彼は顔を向こうに向けたまま、静かな寝息をたてながら横たわっていた。イーヴリンは一瞬ためらったが、彼をおこさないことに決めた。部屋から出て急いでホテルの本館へ行き、その向こうにあるケンドル夫妻のバンガローへ行った。戸口のところでティムに追いついた。

モリーはベッドに横になっていた。目を閉じて、明らかに息づかいが乱れていた。イーヴリンは彼女のうえにかがみこんで、片方のまぶたをめくってみ、脈をはかってからベッド脇のテーブルに視線をやった。テーブルには水を飲んだコップと、空っぽの薬壜があった。彼女は空壜を手にとった。

「モリーの睡眠薬ですよ」と、ティムがいった。「だが、きのうかおとといまではまだ半分残っていた。たぶん彼女は残りをみな服んでしまったんです」

「すぐに行ってグレアム先生を呼んできて。それから帰りに使用人たちをおこして、濃いコーヒーを作ってもらうのよ。できるだけ濃いのを。さあ、急いで」

ティムはあたふたと外へ出ていった。戸口を出たとたんに、エドワード・ヒリンドンと鉢合わせした。

「すみません、エドワード」

「どうしたんだ?」と、エドワード・ヒリンドンが訊ねた。「いったいなにがあったんだ?」

「モリーが。イーヴリンがそばにいます。ぼくは医者を呼んでこなくちゃ。最初に医者へ行くべきだったのかもしれないが——ぼくは自信がなかった、イーヴリンならわかるだろうと思ったんです。必要もないのに医者を呼んだりしたら、モリーのやつが怒りますからね」

彼は走り去った。エドワード・ヒリンドンはちょっとのあいだ彼を見送ってから、寝室へ入っていった。

「どうしたんだ? だいぶ悪いのか?」

「ああ、きてくれたのね、エドワード。あなたが目をさましてくれるかどうかを考えていたところよ。このばかな子が薬を服んだらしいの」

「ひどいのか？」

「何錠服んだかわからなければなんともいえないわ。手遅れにさえならなければすぐよくなると思うけど。コーヒーをわかすようにいいつけておいたわ。濃いコーヒーを飲ませることさえできたら――」

「しかし、彼女はなんでこんなことをしたんだ？　まさか――」といいかけて、彼は口をつぐんだ。

「まさか、なんなの？」

「まさか取調べのせいじゃないだろうね――警察の――」

「もちろん、それも考えられることよ。神経質な人間にとっては、ああいったことは大きなショックですもの」

「モリーはそんな神経質なタイプとは思えなかったが」

「わかるもんですか。どう考えてもそれらしくない人が狂乱状態になることだってときどきあるものよ」

「それもそうだ、わたしはいまでもおぼえているが……」またしても彼は途中で口をつぐんだ。

「人は他人のことをなにひとつ知らないというのがほんとうじゃないかしら」と、イーヴリンがいった。「たとえいちばん身近な人のことでさえも……」

「それは少し考えすぎだよ、イーヴリン――少し大袈裟すぎやしないかね？」

「わたしはそうは思わないわ。人間って他人のことを考えるときは、自分で作りあげたイメージに合わせてしかその人のことを考えられないものよ」

「しかしわたしはきみをよく知っている」

「知ってると思っているだけよ」

「そうじゃないさ。ぼくは自信がある」そして彼はつけ加えた。「きみだってぼくについては自信を持っているさ」

イーヴリンは彼をみつめ、それからくるりとベッドのほうを向いた。彼女はモリーの肩に手をかけて軽く揺さぶった。

「なんとかしなくちゃならないけど、でもグレアム先生がくるまで待つほうがよさそうね――ああ、足音が聞こえるわ」

「もう安心だよ」グレアム医師は一歩さがって、ハンカチーフで額の汗を拭いながら安堵の溜め息を洩らした。

「元どおりよくなると思いますか？」ティムが心配そうに訊ねた。

「ああ、なるとも。発見が早かったのでな。いずれにせよ、命にかかわるほどの量は服まなかったのだろう。数日後にはすっかり元気をとり戻すはずだが、はじめの一、二日がちょっと苦しいぞ」彼は睡眠薬の空壜を手にとった。「いったいだれがこんなものを持たせたのかね？」

「ニューヨークの医者ですよ。モリーはよく眠れなかったんです」

「やれやれ。近ごろの医者はこんなものを無制限に患者に渡すんだな。不眠で悩んでいる若い女性に、羊の数をかぞえろとか、おきあがってビスケットをつまめとか、手紙を一、二通書いてからベッドに入れとか教える医者は一人もおらんらしい。即効薬か、近ごろの患者はみなそれを要求する。わたしはときおりそういった薬を患者に渡すのが残念でならないことがあるよ。人間は人生において耐えることを学ばなければならない。赤ん坊を泣きやませるためにゴムの乳首をくわえさすのはいい。しかし一生そのやり方をつづけることはできんからね」彼は小さな声で笑った。「ミス・マープルに眠れないときはどうするか質問してごらん、彼女ならきっとゲイトの下を通る羊をかぞえると答えるだろう」モリーが身動きしはじめたので、彼はベッドのほうを向いた。モリーは目をあけていた。彼女は目の前にあるのがだれの顔か見分けもつかないらしく、うつろな目で彼らを見た。グレアム医師が彼女の手を握った。

「よしよし、気がついたか、いったいきみは自分になにをしたのかね？」

彼女は目をぱちくりさせたがなにも答えなかった。

「なぜこんなことをしたんだ、モリー？　え、わけをいってくれ」ティムがもう一方の手を握っていった。

それでもなお、彼女の目は動かなかった。その目がだれかに注がれているとすれば、その対象はイーヴリン・ヒリンドンだった。その視線にはかすかな問いすら含まれていたのかもしれないが、しかとはわからなかった。イーヴリンはまるで質問に答えるような口調でいった。

「ティムがわたしを呼びにきたのよ」

モリーの視線はティムに、つづいてグレアム医師へと移動した。

「もうすぐよくなるよ」と、グレアム医師はいった。「しかし、二度とこんなことをしてはいかんよ」

「彼女は死ぬつもりじゃなかったんですよ」と、ティムが静かにいった。「きっとそんなつもりじゃなかったんです。ただぐっすり眠りたかった。ところがはじめのうち薬が効かなかったので、また服んだんでしょう。そうだね、モリー？」

彼女の頭はごくかすかながら横に揺れた。

「それじゃ——死ぬつもりで薬を服んだっていうのか？」

モリーがやっと言葉を口に出した。「ええ、そうよ」と。

「でも、なぜなんだ、モリー？」

まぶたがぴくっと震えた。「こわかったのよ」という一言がかろうじて聞きとれた。

「こわかったって？　なにが？」

だが彼女はまた目を閉じた。

「そっとしといてやりなさい」と、グレアム医師がいった。ティムはがむしゃらに質問した。

「なにがこわかったんだ？　警察か？　連中がきみを責めたてて、いろんな質問をしたからなのか？　だとすればぼくも無理はないと思うよ。だれだってこわくなるのがあたりまえだ。しかし、あれが警察のやり方なんだよ、べつに心配することはないさ。だれだってまさか——」彼は急に言葉を切った。

グレアム医師が断固たる身ぶりで彼を押しとどめた。

「わたし、眠りたいわ」と、モリーがいった。

「それがいちばんだよ」といって、グレアム医師がドアのほうへ歩いていくと、ほかの者も彼に従った。

「ぐっすり眠れるだろう」と、グレアムがいった。

「なにかぼくがしてやらなければならないことはありますか？」と、ティムが訊ねた。

例によってどこか体のぐあいが悪い人のような、いささか心配げな態度だった。

「もしよかったらわたしがそばに残るわ」と、イーヴリンが親切に申し出た。

「いやいや。いいですよ」と、ティムがいった。

イーヴリンが、ベッドのほうへ戻っていった。「わたしがそばにいてあげましょうか、モリー？」

ふたたびモリーが目をあけた。「いいえ」と答え、ちょっと間をおいて、「ティムだけでいいわ」といった。

ティムが戻ってきてベッドのそばに座った。

「ここにいるよ、モリー」といって、彼は彼女の手を握った。「少し眠るがいい。ぼくはそばをはなれないからね」

彼女はかすかな吐息を洩らして目を閉じた。

グレアム医師はバンガローを出たところで立ちどまり、ヒリンドン夫妻がかたわらに立った。

「ほんとにわたしのしてやれることはもうないんですね?」と、イーヴリンが念を押した。

「と思いますよ。ありがとう、ミセス・ヒリンドン。ティムが一緒にいてやるほうがいいでしょう。しかし、明日あたりは——彼もホテルの仕事が忙しいだろうから——だれかがモリーのそばにいてやらなくちゃならんでしょうな」

「彼女は——またやるでしょうか?」と、ヒリンドンが質問した。

グレアムは苛立たしげに額を拭った。

「なんともいえませんな。ま、しかし、ほぼ大丈夫だと考えてよいでしょう。いまもごらんになったように、回復までの処置は非常に不愉快なもんですからね。しかしもちろん断言はできません。まだどこかに薬を隠し持っているかもしれんし」

「モリーのような女性がまさか自殺を企てるとは思いませんでしたよ」と、ヒリンドンがいった。

グレアムは冷静に答えた。「いつも自殺するするといってる人間が実際に自殺するとは限りませんよ。そういう人たちはむしろ自殺をほのめかすことで自分を劇的に見せて、もやもやを吹っとばしているのです」

「モリーほど幸福そうな人はいなかったのに。やっぱり」――イーヴリンはちょっとためらった――「あなたにお話しすべきかもしれませんわ、グレアム先生」それから彼女はヴィクトリアが殺された晩に、ビーチでモリーと話し合ったことを打ち明けた。聞き終わったとき、グレアムの顔は深刻そのものだった。

「よくぞ話してくれました、ミセス・ヒリンドン。そういえばある種の根深い病気の徴候がはっきりと見てとれます。そうだ。あすの朝彼女の夫とこのことを話し合ってみますよ」

Ⅲ

「じつは大事な話があるんだ、ケンドル君、きみの奥さんのことだがね」

彼らはティムの部屋に座っていた。イーヴリン・ヒリンドンはティムに代わってモリーに付き添い、ラッキーがあとで、彼女自身の表現を借りれば、〝モリーを監視して金縛りにする〟約束になっていた。ミス・マープルも付き添いの奉仕を申し出ていた。気の毒なティムはホテルの雑用と妻の容態の板挟みになって悩んでいた。

「ぼくにはわかりません」と、ティムがいった。「モリーの気持ちがわからなくなりました。彼女は変わってしまったんです。どう見ても別人ですよ」

「モリーは悪い夢に悩まされていたそうだね？」

「ええ。そのことではたびたびこぼしていましたよ」

「いつごろからかね？」

「さあ、よくわかりません。たぶん——一カ月ぐらい——あるいはもっと前からかもしれません。彼女は——ぼくたちは——それを単純な悪夢だろうと思っていたんですよ」

「そうだろうとも、わたしにはよくわかるよ。だが、それ以上に重大な徴候は、彼女がだれかを恐れていたように思われるという事実だ。彼女はきみにそのことも訴えていたのかね？」

「ええ、そういえば。一度か二度、いいましたよ——だれかが自分を追いまわしているようだって」

「なるほど。それからだれかに見張られているような気がするともいったろうね？」

「ええ、その言葉も一度使ったことがあります。その連中は彼女の敵で、ここまで追いかけてきたんだって」

「彼女には敵がいたのかね、ケンドル君?――」

「いや、もちろんそんなことはありませんよ」

「イギリス当時、きみたちが結婚する前になにか事件のようなものはなかったのかね?」

「とんでもない、事件なんてありませんよ。ただ家族との折り合いがよくなかっただけです。彼女の母親はちょっと変わった女で、おそらく一緒に暮らすのはむつかしいでしょうが、しかし……」

「モリーの家系に精神的疾患の徴候はないかね?」

ティムは衝動的に口を開いてなにかいいかけたが、思いなおして口を閉じた。それから机の上の万年筆をあちこちに動かした。

グレアム医師がいった。

「もしそういう事実があるのなら、わたしに話すほうがいいんだよ、ティム」

「じつは、そうらしいんです。たいしたことじゃないんですが、おばさんかだれかに一人頭のおかしいのがいるそうです。しかし、そんなことは問題じゃないですよ。つまり――どこの家にも一人ぐらいはそういうのがいるという意味ですが」

「たしかにおっしゃるとおりだ。そのことできみを脅かそうというつもりはない、しかし、どういったらいいか、ストレスがこうじた場合に神経がおかしくなったりあらぬ妄想を抱いたりする傾向は充分考えられるわけだ」

「結局のところぼくにはよくわかりません」と、ティムがいった。「夫婦だからといって身内のことをなにもかも打ち明けて話すとは限りませんからね」

「それはそうだ。きみのいうとおりだよ。彼女にはきみ以前に男友だちはいなかったんだろうね——だれかと結婚の約束をしたというようなことがあって、その男が嫉妬心から彼女を脅迫するというようなことは考えられんだろうね？」

「わかりません。しかし、そんなことはないと思います。たしかにモリーはぼくと出会う前にある男と婚約しました。ところがそれには家族が大反対で、おそらくモリーはなによりも家族に対する反抗心からその男に熱をあげたんだと思います」彼はだしぬけに薄笑いを浮かべた。「若いときってだれでもそういうもんですよ。反対されるとますます相手が好きになってしまうんです」

グレアム医師も微笑を浮かべた。「そう、それはよくあることだな。親たるもの、子供が好ましくない友だちとつきあってもむやみに反対せんことだ。ふつうはほっといてもいずれ卒業するものだよ。ところでその男は、どんな人間かしらんが、モリーを脅迫したことはなかったんだろうね？」

「それはないと思います。もしあればモリーがぼくに話していたでしょうから。彼女が自分でいってましたが、その男とのことは若気のあやまちで、彼に惹《ひ》かれたのは主として彼の評判が悪かったからだそうですよ」

「なるほど。それだったらたいして問題はなさそうだ。しかしもうひとつ問題がある。きみの奥さんはときどき記憶喪失に陥っていたらしい。彼女自身がそういってるんだが、ほんの短い時間、自分のとった行動が説明できないことがあるらしいのだ。きみはそのことを知っていたかね、ティム？」

「いや、知りませんでした。モリーからも聞いていません。しかし先生にそういわれてみると、思いあたるふしはあります。そういえばモリーはときどきぼんやりして……」

彼はちょっと言葉を切って考えこんだ。「そうだ、それで納得がいきますよ。彼女がひどく簡単なことを忘れたり、いまが何時かおぼえていないように見えることがあったが、ぼくにはなぜそうなのかわからなかったんです。おそらく彼女は上の空なんだろうと思っていたんですがね」

「その積み重ねがこうなったんだよ、ティム。きみはぜひとも優秀な専門医に奥さんを診てもらうべきだね」

ティムは憤然として顔を赤くした。

「それは精神科の専門医のことでしょうね？」

「まあまあ、レッテルにむきになることはないよ。精神科医であれ、心理学者であれ、要するに素人が神経衰弱と称しているものを専門にしている人間のことだよ。キングストンに優秀な専門家が一人いる。もちろんニューヨークへ行ってもよい。とにかくきみの奥さんの神経的な恐怖にはなにかしら原因があるはずだ。おそらくなぜなのかということは彼女自身にもほとんどわかっていないだろう。専門家の意見を聞くに越したことはないよ、ティム。それもできるだけ早いうちがいいね」

彼はティム・ケンドルの肩に手をおいて立ちあがった。

「ただしあたっての心配はいらん。きみの奥さんにはよい友人がたくさんいるし、われわれも彼女に気をつけるからね」

「モリーは——もう二度とあんなことをしないと思いますか？」

「まあ、九分九厘大丈夫だとは思うがね」

「断言はできないんですね」

「百パーセント保証はできん」と、グレアム医師は答えた。「それが医者という職業のABCなのだ」彼はもう一度ティムの肩に手をおいた。「まあ、あまり心配せんことだな」

「口でいうのは簡単だ」ティムは部屋から出ていく医者を見送りながら呟いた。「あまり心配せんようにか！　いったい彼はぼくを石か木でできた人間だと思っているんだろうか？」

21 ジャクスン、化粧品の講釈をする

「ほんとに構わないんですか、ミス・マープル？」と、イーヴリン・ヒリンドンが念を押した。

「ええ構いませんとも」と、ミス・マープルが答えた。「どんなことでも喜んでお役に立ちますよ。わたしぐらいの年齢になると、まったくの役立たずという気がしましてね。こういうところへ保養にきているときなんか、とくにそんな気がするんですよ。しなければならない仕事はなにもありませんからね。ええ、喜んでモリーの付き添いをいたしますわ。あなたはどうぞ遠出におでかけなさいな。ペリカン岬、でしたわね？」

「ええ。エドワードもわたしもあそこが大好きなんです。鳥たちが空から急降下して、魚をつかまえる眺めは、いくら見ても見飽きませんわ。いまはティムがモリーに付き添っています。でも彼はいろいろと雑用があるし、モリーを独りにしてはおきたくないらしいですわ」

「そうでしょうとも。わたしがあの人の立場だったらやっぱりそう思いますわ。なにがおこるかわかりませんもの。だれかがあんなことを企てたときは——どうぞどうぞ、行ってらっしゃい」

イーヴリンは彼女を待っている小人数のグループのところへ行った。彼女の夫、ダイスン夫妻、そのほか三、四人という顔ぶれだった。ミス・マープルは編み物道具を点検し、ぜんぶ揃っていることを確かめてから、ケンドル夫妻のバンガローに向かって歩きだした。

開廊《ロッジア》にあがったところで、なかば開かれたフランス窓を通してティムの声が聞こえてきた。

「なぜあんなことをしたのかいってくれないかなあ、モリー。ぼくがなにかしたかい？きっとなにか理由があるに違いない。それをいってくれないかなあ」

ミス・マープルは足をとめた。一瞬間をおいて、モリーの声が聞こえた。抑揚のない疲れたような声だった。

「わたしにもわからないのよ、ティム。おそらくわたし——どうかしていたんだわ」

ミス・マープルは軽く窓を叩いて中に入った。

「やあ、ミス・マープル。ご迷惑をかけてすみません」

「どういたしまして。どんなことでも、喜んでお役に立ちますわ。この椅子に座ってもいいかしら？　とても元気そうになったわね、モリー。ほんとによかったわ」

「もう大丈夫なんです」と、モリーがいった。「すっかり元気になりました。ただ——ちょっと眠いだけですわ」

「わたしはなにもしゃべりませんからね。あなたも黙っておやすみなさい。わたしは編み物をしていますから」

ティム・ケンドルは彼女に感謝のまなざしを向けて外へ出ていった。ミス・マープルは椅子に腰をおろした。

モリーは左脇を下にして横たわっていた。なかば茫然とした、疲れたような表情だった。声はほとんど囁くような低い声だった。

「あなたはとても親切な方ね、ミス・マープル。わたし——遠慮なく眠らせていただきますわ」

彼女は寝返りをうって目を閉じた。

息づかいはだいぶ規則正しくなっていたが、それでもまだ正常というにはほど遠かった。病人に付き添った豊富な経験から、ミス・マープルはなかば無意識のうちにシーツの皺をのばして、はしっこを敷ぶとんの下にたくしこんだ。そのとき片手が堅い長方形のなにかに触れた。いささか驚きながら、彼女はそれをつかんで引きだしてみた。それは一冊の本だった。ミス・マープルはベッドに寝ているモリーをすばやく一瞥したが、相手は身動きひとつしなかった。明らかに眠っていた。ミス・マープルは本を開いてみた。それは、神経症に関する最新の書物だった。偶然開いたページには被害妄想や精神分裂症および合併症のさまざまな症状が述べられていた。

それは高度の専門書ではなく、素人にも容易に理解できるような内容だった。読み進むうちに、ミス・マープルの表情に重々しさが加わった。一分か二分後に、彼女は本を閉じて考えこんだ。それから身を乗りだして、敷ぶとんの下に注意深く本を押しこんだ。

彼女は当惑したようすで首を振った。そして音もなく椅子から立ちあがった。窓のほうに数歩あゆみ寄り、ついでさっとふりかえった。モリーの目があいていたが、ミス・マープルがふりむくと同時にその目がふたたび閉じられた。一瞬ミス・マープルは、モリーが彼女のすばやい視線を予期していなかったのかどうか、確信が持てなかった。モリーは眠ったふりをしていただけなのだろうか？　それは当然考えられることだった。目をさましていることがわかればミス・マープルが話しかけてくるだろうと警戒したのかもしれなかった。

自分はモリーのその視線の中に、あまり感じのよくない一種の陰険さを読みとっていたのだろうか？　結局そんなことはわからないのだ、とミス・マープルは自分にいい聞かせた。

彼女はできるだけ早い機会にグレアム医師と話し合ってみようと決心した。彼女はベッド脇の椅子に戻った。そして五分ばかりたってから、やはりモリーはほんとに眠っていたのだと結論した。狸寝入りだとすれば、こんなふうに身動きひとつせず、安らかな寝息をたてるということは考えられなかった。ミス・マープルはもう一度立ちあがった。今日はゴム底の運動靴をはいていた。あまり優雅とはいえないかもしれないが、島の気候にはぴったりだったし、はき心地もゆったりして快適だった。

彼女は静かに室内を歩きまわり、別々の方角に面している二つの窓の前で立ちどまった。

ホテルの敷地内はひっそりとして人気がなかった。ミス・マープルは椅子のそばに戻ってきて、ちょっと心配そうに立っていたが、やがて椅子に腰かけようとしたとき、外のかすかな物音を聞きつけた。開廊《ロッジア》の床をこする靴音だろうか？　彼女はちょっとためらってから窓の前へ行き、フランス窓をさらに少し押しあけて、するりと外へ抜けだすと、部屋の中をふりむいていった。

「ほんのちょっとだけ留守にしますよ。わたしのバンガローに型紙を忘れてきたらしいので、それをとりに行ってきますからね。わたしが戻ってくるまでおとなしくしてるのよ」それから顔をひっこめて、うなずきながらいった。「眠ってるらしいわ。かわいそうに。でもそれがいちばんだわ」

彼女は開廊《ロッジア》にそって忍び足で進み、階段を降りて右手の小径にさっと曲がった。たまたまハイビスカスの茂みのあいだを通りかかった人がいるとすれば、急に進路を変えて花壇に入りこみ、バンガローの裏手へまわって、裏口からまたバンガローに入りこむミス・マープルの行動に、奇異の感を抱いたことだろう。裏口はティムがときおり事務所がわりに使う小部屋に、そこからさらに居間へと通じていた。

その部屋の幅広いカーテンは、部屋を涼しく保つためになかば閉じられていた。ミス・マープルはそのカーテンのかげに身をひそめた。そしてなにかを待ち受けた。そこの窓からは、モリーの寝室に近づいてくる人間が丸見えだった。四、五分後に、ある人物が近づいてきた。

マッサージ師の白いユニフォームをこざっぱりと着こなしたジャクスンが、開廊《ロッジア》の階段を登った。彼はバルコニーでちょっと足をとめて、それから開けはなされたフランス窓をこつこつと叩いているようすだった。ミス・マープルの聞きとれるような応答はなかった。ジャクスンは人目をはばかるようにすばやく周囲を見まわすと、あいたドアからするりと中に入りこんだ。ミス・マープルは隣りの浴室に通じるドアのそばへ移動した。軽い驚きで彼女の眉がつりあがった。ちょっと考えてから、彼女は廊下に出て反対側のドアから浴室へ入っていった。

洗面台の上の棚を物色していたジャクスンがくるりとふりむいた。当然のことながら不意をつかれた顔だった。

「おお」と、彼はいった。「わたしは――知らなかったですよ……」

「ジャクスンさん」と、ミス・マープルはおおいに驚いたような顔でいった。

「あなたがこの家のどこかにいるだろうと思ってましたよ」と、ジャクスンはいった。

「なにかご用ですの？」と、ミス・マープルは詰問した。

「じつは、ミセス・ケンドルがどんなフェイス・クリームを使っているか調べていたところです」

ミス・マープルは、ジャクスンがクリームの壜を手に持って立っていたところからして、とっさに彼は事実をいったのだと判断した。

「いい匂いですね」と、彼は鼻をひくひくさせながらいった。「並みの品よりはかなりの高級品ですよ。もっと安い品物だと、どなたの肌にでも合うというわけにはいきませんからね。おそらく湿疹ができたりします。おしろいでもときどきそういうことがありますよ」

「あなたは化粧品に関してずいぶんくわしいようですね」

「製薬関係でちょっと働いたことがありましてね。おかげで化粧品のことにくわしくなりましたよ。美しい墻につめて、ぜいたくな外装をほどこすと、ご婦人がたは驚くほどの高値でも買ってくれるもんです」

「あなたはまさかそんなことのために――」ミス・マープルはわざと途中までいってやめた。

「もちろんです、化粧品の話をするためにここへきたわけじゃありません」と、ジャクスンが同意した。

「嘘を考えだすだけの時間がなかったようね」と、ミス・マープルは心の中でいった。

「どんな言い訳をするか見せていただくわ」

「じつをいうと」と、ジャクスンがいった。「先日ミセス・ウォルターズがミセス・ケンドルに口紅を貸したんですよ。わたしは彼女にかわってそれを返してもらいにきたんです。窓をノックしたんですが、ミセス・ケンドルはぐっすり眠っているようすなので、勝手に浴室へ入りこんで捜しても構わないだろうと思ったわけです」

「なるほど。で、口紅は見つかりまして？」

ジャクスンは首を振った。「たぶんハンドバッグにでも入っているんでしょう」と、彼はさりげなくいってのけた。「しかし、見つからなくても構いません。ミセス・ウォルターズもかならず返してもらうようにとはいってませんでしたから。なに気なくそのことを口に出しただけなんです」彼は化粧品をひとつずつ調べながらつづけた。「あまり多くありませんね。もっとも、彼女の年齢ではまだ必要もないわけですね。まだ美しい素肌があるうちは」

「あなたの女性を見る目は、ふつうの男性とはだいぶ違うようですわね」と、ミス・マープルはにこやかに微笑しながらいった。

「ええ。ある種の職業は人間の観点を変えてしまうんでしょう」

「あなたは薬についてもくわしいかしら？」

「それはもう。仕事のうえでいろいろ関係がありますからね。もっともわたしにいわせればこのごろは薬があまりにも多すぎます。やれトランキライザーだ、強壮剤だ、特効薬だといった調子でね、医師の処方で患者の手に渡るのならそれでも構いません、ところが処方箋なしで買える薬があまりにも多すぎますよ。その中には危険な薬もあるんですからね」

「そうでしょうとも」

「そういう薬は人間の行動に大きな影響を及ぼします。ときどき見かける十代の若者たちのヒステリーですが、あれは自然の原因でああなるのとは違うんですよ。子供たちは薬を服んでいるんです。これはべつに新しいことじゃありません。昔からよく知られていることなんです。たとえば東洋では――わたしは行ったことはないですけどね――いろんなおもしろいことがおこっています。女たちが夫に服ませる薬の中にはびっくりするようなものもあるんですよ。たとえば昔のインドの話ですが、老人と結婚した若い妻は、夫に先立たれることを望まない。おそらく残された妻は夫を火葬にする薪の山で焼かれる習慣だったし、それを拒否すれば家族から追放される運命だったからでしょうね。当時のインドでは未亡人になるくらい割に合わないことはなかったんですよ。しかし老人の夫に薬を服ませて生かしておき、半廃人のようにしてしまい、幻覚をおこさせたり錯乱状態に陥れたりすることはできたんです」彼は首を振った。「そりゃあもう、ありとあらゆる不正がおこなわれたようです」

彼は話をつづけた。「それから昔の魔女たちですがね。魔女についてもおもしろい話がたくさん伝わっています。なぜ彼女たちは例外なしに自分が魔女だということを、悪魔の夜宴の日にほうきにまたがって空を飛んだことを、ああも簡単に白状したのか」

「拷問のせいでしょうよ」と、ミス・マープルがいった。

「かならずしもそればかりじゃないんですよ」と、ジャクスンがいった。「たしかに拷問を受けて白状した者も多いが、中には拷問するぞと脅かされる前に白状してしまう者もいたのです。その場合は白状したというよりむしろ自慢したというほうが当たっています。魔女たちが体に香油を塗ったことはごぞんじでしょう。彼女たちはそれを塗油と称していました。ベラドンナやアトロピンといったたぐいのものを体に塗るわけですが、そうすると空中飛揚の幻覚が生じるんですね。かわいそうに彼女たちはそれを現実におこったことだと信じていたわけですよ。それから中世のシリアやレバノンでキリスト教徒を殺害した回教徒の暗殺秘密結社をごらんなさい。彼らはインド大麻を服用して、極楽とか、極楽の女神とか、永遠の時とかいった幻想に浸っていたのです。死後に行きつくところはそういう世界だが、そこへ達するためには儀式としての暗殺をおこなわなければならないと教えられたのです。いや、これは作り話じゃなくてみなほんとのことなんですよ」

「つまり」と、ミス・マープルはいった。「人間は本質的にとても騙されやすいということだわね」

「そうですね、たしかにそうもいえるでしょう」

「人間は人の話をいとも簡単に信じてしまう。そのとおりですよ、わたしたちはみんなそういう傾向を持っていますわ」それからミス・マープルは鋭く質問した。「インドの女たちが夫にチョウセンアサガオを服《の》ませるなんていう話を、あなたはいったいだれから聞きましたの？」そして相手に答える隙も与えずにつけ加えた。「パルグレイヴ少佐ですか？」

ジャクスンはかすかな驚きの表情を浮かべた。「まあ——ええ、じつをいうと、そうなんです。もちろんそういう話の大部分は少佐よりもっとずっと昔のことでしょうが、彼はそういうことをよく知ってるようでした」

「パルグレイヴ少佐は自分はなんでも知っていると思っていたのです。でもあの方の話すことはかなり不正確でしたよ」彼女は首を振って考えこみながらつけ加えた。「パルグレイヴ少佐もずいぶんと罪作りなことをしたものですわ」

隣りの寝室でかすかな物音がした。ミス・マープルはさっとふりむいた。そして急いで浴室から出て、寝室へ入っていった。ラッキー・ダイスンがフランス窓のすぐ内側に立っていた。

「あら！　あなたがここにいるとは思いませんでしたわ、ミス・マープル」

「ちょっと浴室へ行ってたんですよ」ミス・マープルは威厳とヴィクトリア朝的な慎みをかすかに匂わせながら答えた。

浴室でそれを聞いたジャクスンはにんまりほくそえんだ。ヴィクトリア朝的慎み深さはいつでも彼の笑いを誘った。

「しばらく交替してモリーのそばにいてあげようかと思ったんです」と、ラッキーがいった。彼女はベッドに視線を向けた。「眠っているようですわね」

「たぶんね。でもほんとに構わないんですよ。あなたは存分にお楽しみになるといいわ。てっきり遠出なさったものと思っていましたのに」

「そのつもりだったんですけど、でかけるまぎわに泣きだしたいほどひどい頭痛に襲われたんです。だからいっそのこと残ってお手伝いするほうがいいと思ったんです」

「それはご親切に」ミス・マープルはベッドの脇に座ってまた編み物をはじめた。「でもわたしはここで結構楽しくやっていますから」

ラッキーはちょっとためらっていたが、やがてくるりとまわれ右して外へ出ていった。ミス・マープルはひと呼吸おいてからふたたび浴室に引き返したが、ジャクスンはべつのドアから出ていったらしく、もうそこにはいなかった。ミス・マープルは彼が持っていたクリームの壜を手にとって、ポケットにすべりこませた。

22 モリーに男が？

グレアム医師と自然な形でおしゃべりする機会をつかまえることは、ミス・マープルが予想したようにいとも簡単だった。彼女はこれからしようと思っている質問に必要以上の重要な意味を与えたくなかったので、とくにあからさまに彼に接近しないよう気を配った。

ティムがバンガローに戻ってきてモリーに付き添っていたが、ミス・マープルは食堂でなにかと用のある夕食時間中にまたティムと交替することをとり決めていた。彼はミセス・ダイスンが付き添いを引き受けるといっているし、ミセス・ヒリンドンまでがそう申し出ているからと、ミス・マープルを休ませようとしたが、彼女は若い二人の楽しみを奪うのは気の毒だし、それに自分は少し早目に軽い食事ですませるほうがむしろありがたい、そうすればみんなに好都合ではないかといいはって、どうしても自分が付き添うといってきかなかった。ティムはあらためて心から彼女に礼をいった。ホテルの周囲をやや不安な気持ちを抱いて歩きまわりながら、グレアム医師のバンガローも含めたあちこちのバンガローを結ぶ通路の上で、ミス・マープルはつぎの行動計画を練っていた。

彼女の頭の中では、さまざまの混乱し矛盾した考えが渦を巻いていたが、ミス・マープルがなにが嫌いといって、混乱し、矛盾した考えほど嫌いなものはなかった。この事件の発端はきわめて明白だった。パルグレイヴ少佐の嘆かわしいおしゃべり癖、明らかにだれかにその話を立ち聞きされたと思われる彼の軽率さ、その当然の帰結として、二十四時間もたたないうちに訪れた彼の死。そこまではまったく理路整然としている、とミス・マープルは考えた。

しかしそれからあとは、困難以外のなにものでもないことを、ミス・マープルは認めざるを得なかった。あらゆることが同時にあまりに多くの方向を指していた。他人の話は一言も信用せず、信用できる人間は一人もいないと考え、彼女がここで言葉をかわした人々の多くはセント・メアリ・ミードの何人かの人たちとのあいだに嘆かわしい類似性を持っていたことを認めたとしても、そこからどんな結論が引きだせるというのか？

彼女の心は時とともにますます犠牲者に集中した。またしてもだれかの命が狙われていることはたしかであり、彼女はどうしてもそのだれかをつきとめなければならないとという義務感を、ますます強く感じていた。なにかがあったことは事実である。そのなにかとは、彼女が人から聞いたことだったろうか？　それとも自分で気がついたこと、あるいは目撃したことだったろうか？

この事件に関連して、だれかが彼女に話したなにか。そのだれかはジョーン・プレスコットだったろうか？　ジョーン・プレスコットはいろんな人についていろんなことを話した。スキャンダル？　それとも、ゴシップ？　いったいジョーン・プレスコットはなにを話したのかしら？

グレゴリー・ダイスン、それにラッキー——ミス・マープルの思考はラッキーのところまできて停滞した。ラッキーが、グレゴリー・ダイスンの最初の妻の死にかかわりがあったことを、ミス・マープルは、持って生まれた鋭いかんで確認していた。あらゆる状況がそのことを示していた。とするといまミス・マープルの気にかかっているつぎの犠牲者はグレゴリー・ダイスンだろうか？　ラッキーは二人目の夫でもう一度運だめしをしようとしており、そのために自由だけならまだしも、グレゴリー・ダイスンの未亡人として多額の遺産を手に入れようと計画しているのだろうか？

「でも」と、ミス・マープルは独りごちた。「これはあくまで推測の域を出ない。わたしはなんてばかなんだろう。そして自分がばかなことをしていることをちゃんと承知している。よけいな夾雑物をきれいに片づけることさえできたら、真相はきっと単純明快なんだわ。あまりにも夾雑物が多すぎる点が問題なのよ」

「独り言かね？」と、ラフィール氏の声がした。

ミス・マープルはびっくりしてとびあがった。彼が近づいてきたことに全然気がつかなかったのだ。エスター・ウォルターズに支えられて、ゆっくりとバンガローからテラスに出てきたところだった。

「いきなり声をかけられてびっくりしましたわ、ラフィールさん」

「あんたの唇が動いておったよ。あんたのいう緊急事態はその後どうなったかね？」

「依然として解除にはなっていませんわ。ただいたって簡単に違いないことがどうにもわからなくて――」

「それほど簡単なことなら喜ばしいかぎりだ――ま、なにか助けが必要になったら、いつでもわしをあてにしていいよ」

彼は小径を近づいてくるジャクスンのほうに顔を向けた。

「やっと現われたな、ジャクスン。いったいどこへ行ってたんだ？　用があるときは近くにいたためしがないんだからな」

「すみませんでした、ラフィールさん」

彼は器用にラフィール氏の肩の下に自分の肩を滑りこませた。「テラスへ降りますか？」

「バーへ連れてってくれ」と、ラフィール氏はいった。「よろしい、エスター、きみはもう帰って夕食の着替えをしていいぞ。三十分後にテラスへ迎えにきてくれ」

彼とジャクスンは一緒に立ち去った。ミセス・ウォルターズはミス・マープルの隣りの椅子に座った。彼女はゆっくり腕をもみながら話しかけた。

「見た目はとても軽そうなんだけど、腕がじいんとしびれてしまいましたわ。ところで今日の午後は一度もお見かけしませんでしたわね、ミス・マープル」

「ええ、わたしはずっとモリー・ケンドルのそばに付きっきりだったんですよ」と、ミス・マープルは説明した。「もうずっとよくなったようですわ」

「わたしにいわせれば、彼女はたいして悪いところなんかなかったんですよ」と、エスター・ウォルターズがいった。

ミス・マープルは不審げに眉をつりあげた。エスター・ウォルターズの口調は明らかに冷淡そのものだった。

「というと――彼女の自殺未遂は……」

「わたしはあれが自殺未遂だなどとは全然思っていませんわ。彼女が睡眠薬を服みすぎたなんて嘘に決まっているし、グレアム先生だってそのことをちゃんとごぞんじですわ」

「とてもおもしろいお話ですこと」と、ミス・マープルはいった。「なぜそのようにお考えなの？」

「だって真相はそうだと信じているからですわ。よくあることですよ。おそらく、自分に注意を惹きつけるためにやったことなんです」

「つまり、死んだら相手が後悔するから？」と、ミス・マープルは補った。

「まあそんなところでしょうね」と、エスター・ウォルターズはうなずいた。「もっともこの場合の動機はそれとは少し違うと思いますけど。あなたのおっしゃるのは、夫が冷淡で妻のほうが夫を深く愛しているときに、妻が感じることですわ」

「じゃあなたはモリー・ケンドルが夫を愛していると思わないんですか？」

「さあ、あなたはどう思います？」

ミス・マープルは慎重に考えてから答えた。「わたしは愛していると思っていたんですけど」それからちょっと間をおいて、「でも間違っていたのかもしれませんね」と、つけ加えた。

エスターはやや皮肉な笑いを浮かべていた。

「彼女についてちょっとした噂を聞いているんですよ」

「ミス・プレスコットから？」

「そうね」と、エスターが答えた。「一人か二人の口から聞いたんです。これにはもう一人の男がからんでいるんですって。昔彼女が好きだった男がいたけど、彼女の家族が大反対だったんですって」

「ええ。その話ならわたしも聞いていますわ」

「やがて彼女はティムと結婚したんです。そりゃあ、ある意味ではティムを愛していたのかもしれません。でも、もう一人の男も諦めはしなかったのです。わたしはその男がこの島まで彼女を追っかけてきたんじゃないかと、一、二度考えたことがあるんですよ」

「なるほどね。でも――だれかしら、その人は？」

「それはわかりませんわ。当然二人とも人目につかないように用心するでしょうから」

「モリーはその男を愛していると思います？」

エスターは肩をすくめた。「その男は悪い人間なんでしょう。でもそういう男はえてして女の心をとらえて忘れられなくさせてしまうもんですわ」

「その男がどんな人か――なにをしていた人か――といったようなことは聞いていない

んですか?」

エスターは首を横に振った。「いいえ。みなさんはあれこれ推測していますけど、結局はっきりしたことはわかりませんわ。既婚者だったのかもしれません。そのために家族が反対したのかもしれないし、あるいはほんとの札つきだったのかもしれません。大酒飲みだったとも考えられます。それとも法にふれるようなことでもしたのかしら——わたしにはわかりません。だけど彼女はいまでもその男を愛していますわ。それだけはたしかです」

「ということは、なにか見るか聞くかしたことでもあるんですか?」と、ミス・マープルはかまをかけてみた。

「わたしには自分で話していることぐらいちゃんとわかってますわ」エスターの声はとげがあって冷ややかだった。

「ところでこの殺人事件ですけど——」と、ミス・マープルが話題を変えた。

「殺人事件のことはそっとしておけないんですか?」と、エスターがいった。「おかげでラフィールさんまで殺人事件に夢中になってしまいましたわ。どうせいくらがんばったってこれ以上のことはわかりっこありませんよ」

ミス・マープルは相手の顔をじっとみつめた。

「あなたはなにかごぞんじなのね？」

「ええ、知ってますとも。しかも確信がありますわ」

「だったらごぞんじのことを話すべきじゃないかしら——だまってほうっておく手はないと思うんですけど」

「そうかしら？　そんなことをしてなんになるんです？　わたしはなにひとつ証明できないんですよ。だいいちわたしが話したからといってどうなるとおっしゃるんです？このごろは刑を軽くすることなんていとも簡単なんですよ。限定責任能力とかなんとかいう名目でね。四、五年も刑務所ですごせば、またぴんぴんして世間に舞い戻ってきますよ」

「かりに、あなたが知っていることを話さなかったために、まただれかが殺される——新たな犠牲者が出ることになったとしたら？」

エスターは自信ありげに首を振った。「そんなことは絶対におこりませんわ」

「でも断言はできないでしょう」

「できますとも。いずれにしても、だれがいったい——」彼女は眉をひそめた。「とにかく」と、唐突につけ加えた。「どうせ——限定責任能力ということになってしまうでしょう。それまで避けるわけにはいかないでしょうけどね——完全な精神異常者でもないかぎりは。もっともよくは知りませんけど。とにかくいちばん望ましいのは、彼女がだれと一緒でもいいからここからいなくなってくれることですわ。そうすればわたしたちはなにもかも忘れられますもの」

彼女はちらと時計を見やり、あっと叫んであたふたと腰をあげた。

「わたし、もう行って着替えをしなくちゃなりませんから」

ミス・マープルは座ったままで彼女を見送った。代名詞というのはいつだって厄介なものだけど、とくにエスター・ウォルターズのような女はそれを手当たりしだいにばらまく癖があるから困る、とミス・マープルは思った。エスター・ウォルターズはなんらかの理由があって、パルグレイヴ少佐とヴィクトリア・ジョンスンを殺したのは女だと考えているのだろうか。どうやら彼女の口ぶりからはそう受けとれた。ミス・マープルは深く考えこんでしまった。

「やあ、ミス・マープル、おひとりで——しかも編み物もしていないなんて珍しい」

声の主は、さっきからあれほど捜していたのにどこにも見つからなかったグレアム医師だった。そのグレアム医師が自分から彼女のそばに座って数分間おしゃべりをするつもりでやってきたのだ。彼もまた夕食のための着替えのことが頭にあったし、それに夕食の時間はいつもたいそう早いほうだったので、ミス・マープルはどうせ長居はすまいと想像した。彼女は午後ずうっとモリーに付き添っていたことを彼に説明した。

「まったく信じられないほどぐんぐんよくなっていますよ」と、彼女はいった。

「そうでしょうとも」と、グレアム医師は答えた。「驚くにはあたりませんよ。睡眠薬の服みすぎといってもたいした量じゃないですからね」

「あら、壜に半分残っていたのをまるまる服んでしまったんじゃないんですか？」

グレアム医師はにこにこ笑っていた。

「いや。そんなに服んだとは思いませんね。たぶん最初はぜんぶ服むつもりだったんでしょうが、土壇場で半分ほど捨ててしまったんでしょう。人間というやつは、自殺したいと思いこんでいるときでさえ、本心はそうじゃないことが多いんですよ。だからなかなか致死量まで服む人はいないものです。これはなにも意識的な欺瞞《ぎまん》ではなくて、じつは意識下のブレーキが働いているわけなんですな」

「意識的な場合もあるかもしれませんわ。つまり、その、自殺をはかったように見せかけて……」

「それも考えられます」

「たとえば彼女とティムは夫婦げんかをしたことがありますかしら？」

「それはないようですね。二人はとても愛し合っているようですよ。しかし、どんな夫婦でも一度ぐらいはけんかをするかもしれませんな。とにかくモリーに関してはもう心配いりません。ふだんと同じようにおきて歩きまわっても大丈夫ですよ。もっとも、あと一両日はそっとしておくほうが無難でしょうが——」

彼は立ちあがって愛想よく会釈し、ホテルのほうへ立ち去った。ミス・マープルはなおしばらくその場に座っていた。

種々の考えが彼女の心に浮かんできた——モリーがふとんの下に隠していた本のこと——モリーの狸寝入り——

ジョーン・プレスコットが、さらにそのあとでエスター・ウォルターズがいったこと……

やがて彼女の思考はふりだしに——パルグレイヴ少佐のうえに戻った——

なにかが彼女の心の中で葛藤を繰りひろげていた。パルグレイヴ少佐に関するなにかが——

それがなんであるか思いだせさえしたら——

23 最後の日

I

「夕あり朝ありきこれ終わりの日なり」と、ミス・マープルはひとり呟いた。

それから、いささか狐につままれたような面持ちで、彼女は椅子の上で背筋を伸ばした。どうやら居眠りをしていたらしい。スチール・バンドの騒々しい演奏を聞きながら眠ってしまうとは——でもそれはわたしがこの土地になじんできた証拠だわ、とミス・マープルは思った。わたしはなにを呟いていたんだっけ？　間違っておぼえていたなにかの引用句だったわ。最後の日だったかしら？　最初の日。そうでなくてはならないはずだわ。でも今日は最初の日じゃない。おそらく最後の日でもないのだろう。

彼女はもう一度背筋を伸ばした。事実はひどく疲れていたということだった。この気がかり、ある点では自分が恥ずかしいほど無力だったというこの自覚……彼女はモリーが半分閉じたまぶたの下から自分を盗み見たあの奇妙な、狡猾な視線を思いだして、あらためて不愉快な思いに駆られた。いったいモリーはなにを考えていたのだろうか？すべての様相がはじめとはすっかり変わってしまった、とミス・マープルは思った。見るからに自然で幸福そうな若夫婦だったティムとモリーも、愛想がよく、上品で、いわゆる〝感じのよい〟人たちだったヒリンドン夫妻も。それから陽気で気のいい社交家のグレッグ・ダイスン、同じく陽気で人前もかまわずきいきい声をたてるラッキー、のべつまくなしにおしゃべりをつづけ、自分にも世の中にも満足している……いたって仲のよい四人組。物静かで親切なプレスコット師。ジョーン・プレスコット、いささか辛辣なところはあるけど気のいい婦人、こういう気のいい女たちというのは気晴らしに噂話に精を出さずにいられない。彼女たちは世間の出来事をなんでも知りたがる。でもこういう女たちに害はない。噂話をはじめたらとどまるところを知らないが、人の不幸を見ると親切になる。それからラフィール氏、名士であり人物もしっかりしていて、一度会ったらまず忘れられない。しかしミス・マープルは、ラフィール氏についてはほかにもまだ自分の知っていることがあると思った。

本人から聞いたところによると、彼はこれまで何人もの医者に匙を投げられたというが、今度こそ医者のみたてはたしかだろう、と彼女は思った。ラフィール氏も自分が余命いくばくもないことを知っていた。

このことをたしかな事実として知っていたら、彼はなんらかの行動をとろうとするだろうか？

ミス・マープルはその疑問について考えてみた。

これは重要な問題かもしれないとミス・マープルは思った。

彼が、いささか大きすぎる声で、いささか自信過剰ぎみにいったことは、いったいなんだったか？　ミス・マープルは他人の声の調子にきわめて敏感だった。人の話に耳を傾ける機会が数知れずあったからである。

ラフィール氏は彼女に向かってなにかしら嘘をいったのだ。

ミス・マープルは周囲を見まわした。夜の空気、甘い花の香り、小さなスタンドの置かれたテーブル、美しく着飾った女たち、濃紺と白のプリントを着たイーヴリン、白いシースを着て金髪を輝かせているラッキー。今夜はだれもが陽気で生気にみち溢れていた。ティム・ケンドルまでが微笑を浮かべていた。彼はミス・マープルのテーブルを通過するときに話しかけてきた。

「あなたのご親切にはお礼の言葉もありません。モリーはもうだいたい元に戻りました。先生も明日からおきていいだろうといってますよ」

ミス・マープルはにっこり笑いながら、それはなによりだと答えた。しかしながら、微笑を浮かべるのには努力がいった。とにかく、彼女はひどく疲れていた……

彼女は席を立ってゆっくり自分のバンガローに戻った。なおも考え、推理し、記憶の糸を手繰り、さまざまの事実や言葉や視線を組み立てようと試みた。だがとてもそんな根気はなかった。疲れた心が反抗した。「眠りなさい！　眠らなければだめです！」と、それは彼女に命令した。

ミス・マープルは服を脱いでベッドに入り、いつも枕元においてあるトーマス・ア・ケンピスの詩句を少し読んでから、明かりを消した。暗闇の中でお祈りを唱えた。なにもかも一人ではできない。だれかに助けてもらわなくちゃ。「今夜はなにもおこらないわ」と、彼女は希望をこめて囁いた。

II

ミス・マープルは急に目をさましてベッドの上におきあがった。心臓が激しく動悸をうっていた。明かりをつけて、枕元の小さな時計を見た。午前二時。夜中の二時だというのに、外でなにか騒ぎがおこっていた。彼女はおきあがって部屋着を羽織り、室内ばきをつっかけ、ウールのスカーフを頭にかぶって、ようすを見に外へ出た。松明《たいまつ》を持った人影が走りまわっていた。その中にプレスコット師の姿を認めて、彼女はそばに近づいていった。

「どうしたんです？」

「やあ、ミス・マープルですか。ミセス・ケンドルなんですよ。ご主人が目をさましたら、彼女がベッドから抜けだしていたというんです。いま彼女を捜しているところですよ」

彼は急いで立ち去った。ミス・マープルは彼に追いつけはしなかったが、それでも懸命にあとを追った。モリーはどこへ行ったのだろう？　なにをしに？　これは計画的な行動なのか、付き添いがいなくなって、夫が熟睡したところを見すまして部屋から抜けだしたのだろうか？　ありえないことではない、とミス・マープルは思った。でもなんのために？　理由はなにか？　エスター・ウォルターズが強くほのめかしていたように、ほかに男がいるのだろうか？　もしそうだとしたら、いったいその男はだれだろう？　それともなにかもっと不吉な理由でもあったのか？

ミス・マープルは周囲を見まわし、茂みをのぞきこみながら進んでいった。そのとき、かすかな叫び声が聞こえてきた。

「ここだ……こっちだぞ……」

叫び声はホテルの敷地の外へ少し行ったところから聞こえてきた。おそらく海に注ぐ小川の近くだろう、とミス・マープルは判断した。彼女はできるだけ急いでその方角へ歩いていった。

捜索隊の人数は最初に思ったほど多くはなかった。ほとんどの人がまだなにも知らずにバンガローで眠っているに違いなかった。小川の岸の一ヵ所に人々が集まっていた。だれかが彼女を押しのけてその方角へ走っていった。彼女はあやうく転びそうになった。ティム・ケンドルだった。一分か二分後に、彼の叫び声が聞こえてきた。

「モリー！　ああ、モリー！」

ミス・マープルはそれから一、二分後に小さな人垣までたどりついた。キューバ人ウェイターの一人、イーヴリン・ヒリンドン、それに島の女二人という顔ぶれだった。彼らは道をあけてティムを通した。ミス・マープルは彼がかがみこんで小川の中を眺めているところへ到着した。

「モリー……」ティム・ケンドルはへなへなと地面に膝をついた。ミス・マープルの目に、川底に横たわっている女の死体がはっきりと見えた。顔は水面下に沈み、肩にまとった薄緑の刺繡入りショールの上に金髪が拡がっていた。枯葉と川岸のイグサに囲まれて、それは『ハムレット』の中の一場面を思わせた。モリーは溺れ死んだオフィーリアだった……

ティムが片手を伸ばして死体に触れようとしたとき、冷静で良識のあるミス・マープルが進み出て、鋭くたしなめるようにいった。

「動かしてはいけませんよ、ケンドルさん。手を触れずにそっとしておきなさい」

ティムは茫然としてふりむいた。

「しかし——このままほうってはおけない——これはモリーですよ。いくらなんでもこのままじゃ……」

イーヴリン・ヒリンドンが彼の肩にそっと手をおいた。

「彼女はもう死んでいるのよ、ティム。動かしはしなかったけど、脈を確かめてみたの」

「死んでるって?」ティムは信じられないといった面持ちだった。「死んでるって? すると、彼女は——溺死したんですか?」

「お気の毒だけど、そうらしいわ」

「でもなぜです?」若い夫は大声で泣きだした。「なぜです? 彼女はつい今朝がたまでとても幸福そうだったのに。明日はなにをしようかなんてぼくに相談したりして。どうしてまたあの恐ろしい死の願望にとりつかれたんだ？　なんであんなふうにこそこそと部屋から抜けだして——夜中に外へとびだし、こんなところで溺死しなきゃならないんだ？　なんに絶望して——なにが悲しくて——どうしてぼくには一言も話してくれなかったんだ？」

「わからないわ」イーヴリンが優しくいった。「ほんとうにわからないわ」

ミス・マープルがいった。

「どなたかグレアム先生を呼びに行っていただけません？　それから警察へ電話をお願いしますわ」

「警察ですって？」ティムは悲痛な笑いを発した。「警察を呼んでどうなるんです？」

「自殺の場合は警察に知らせなければなりません」と、ミス・マープルが答えた。

ティムがゆっくり立ちあがった。

「ぼくがグレアム先生を呼びに行ってきます」と、彼は沈痛な声でいった。「もしかしたら——まだ——なんとか手当のしようがあるかもしれませんから」

彼はよろめきながらホテルのほうへ去った。

イーヴリン・ヒリンドンとミス・マープルは並んで立ちながら死体を見おろしていた。

イーヴリンがかぶりを振った。「もう手遅れだわ。すっかり冷たくなってますもの。少なくとも死後一時間――おそらくそれ以上たっているに違いありません。なんて悲しい事件なんでしょう。いつもあんなに幸福そうだった二人なのに。たぶん彼女はずっと前から精神に異常をきたしていたんですわ」

「いいえ」と、ミス・マープルがいった。「わたしは、彼女の精神が異常だったとは思いませんよ」

イーヴリンは不思議そうに彼女を見た。「それはどういうことですの?」

それまで雲に隠れていた月が、雲の切れ目から姿を現わして、モリーの拡がった髪の毛に輝かしい銀色の光を投げかけた。

ミス・マープルがふいにあっと驚きの声を発した。彼女はしゃがみこんで水面をのぞき、それから片手を伸ばして金髪におおわれた頭にさわった。イーヴリン・ヒリンドンに話しかける彼女の声は、それまでとはがらりと変わっていた。

「よく確かめてみる必要がありそうですわ」と、彼女はいった。

「だって、たったいまティムに手を触れてはいけないとおっしゃいましたわ」

「わかっています。でもあのときは月が出ていませんでした。だから気がつかなかったんだけど――」

彼女の指がある一点を指さした。やがて彼女は金髪にそっと指先を触れて、根元が見えるようにそれをかき分けた……

イーヴリンは鋭い叫び声をあげた。

「ラッ、ラッ、ラッキー！」

そして一瞬ののち、彼女はくりかえした。

「モリーじゃない……ラッキーだわ」

ミス・マープルがうなずいた。「髪の色はとてもよく似ているけど――彼女のは、もちろん染めた金髪だから根元が黒いでしょう」

「だけどモリーのショールを肩にかけているわ」

「彼女はこれが気に入ったんですよ。いつか同じものを買いたいといっていましたからね。きっとそのあとで同じのを買ったんでしょう」

「それでみんなが――騙されたってわけ……」

イーヴリンは自分を見守っているミス・マープルの視線に気づいて、途中で言葉を切った。

「だれかが」と、ミス・マープルはいった。「彼女のご主人に知らせなくちゃ」

ちょっと間をおいて、イーヴリンがいった。

「いいわ。わたしが行きます」

彼女はくるりとまわれ右してしゅろの樹のあいだを歩み去った。

ミス・マープルは身動きひとつしないで立っていたが、やがてほんの少しうしろを向いていった。

「どうしました、ヒリンドン大佐？」

エドワード・ヒリンドンが彼女の背後の木立から現われ出て、彼女のかたわらに立った。

「わたしがいるのを知っていたんですか？」

「影が見えましたわ」と、ミス・マープルは答えた。

彼らはしばらく無言で佇んでいた。

やがてヒリンドンが、むしろ独り言のようにいった。

「そうか、結局彼女は自分の運に頼りすぎたわけだな……」

「あなたは、彼女が死んでくれておそらくほっとしたでしょうね？」

「そうだと答えたらショックを受けますか？　ええ、それを否定するつもりはありません。死んでくれてほっとした、というところが偽りのない心境です」

「死はしばしば問題の解決になるものですよ」

エドワード・ヒリンドンはゆっくり顔をそむけた。ミス・マープルは静かに、しっかりと彼の視線をとらえた。

「まさかあなたは――」彼は鋭く彼女につめ寄った。

その声は急に威嚇的な響きを帯びた。

ミス・マープルは落ち着いて答えた。

「奥さんがダイスンさんを連れてもうすぐ戻ってきますよ。それからグレアム先生を呼びに行ったケンドルさんもね」

エドワード・ヒリンドンの肩の力が抜けた。彼はまた女の死体をふりむいた。

ミス・マープルは音もなくその場をはなれた。間もなく彼女の足どりが速くなった。

ミス・マープルは自分のバンガローに帰り着く直前に立ちどまった。あの日パルグレイヴ少佐とおしゃべりをした場所がそこだった。少佐が紙入れを探って殺人者の写真をとりだそうとしたのもこの場所だった……

彼女は少佐が顔をあげたときのこと、そしてその顔がどす黒く変わったときのことを思いだした……「なんて醜い顔」と、セニョーラ・デ・カスペアロはいった。「少佐の目は悪魔の目だわ」

悪魔の目……目……目、……

24　復讐の女神

I

　深夜の非常呼集と出撃がどれほど騒々しいものであったにせよ、ラフィール氏はその騒ぎを聞かなかった。

　彼はかすかな鼾をかきながらぐっすり眠っているところを、両肩を激しく揺さぶられて目をさました。

「うっ――どうした――いったい何事だ《ホワット・ザ・デヴル・イズ・ジス》？」

「わたしですよ」ミス・マープルにしては珍しく非文法的な答えだった。「もっとも、悪魔《デヴル》よりもう少し強い表現を用いるべきかもしれませんけどね。そうそう、ギリシャ人はこういう場合にぴったりの言葉を持っていましたわ。わたしの間違いでなければ、復讐の女神《ネメシス》という言葉ですよ」

ラフィール氏はできるかぎり枕の上の上体をおこした。そしてあきれ顔で彼女をみつめた。ふんわりした薄いピンク色のウールのスカーフを頭にかぶって、月明かりの中に立っているミス・マープルは、およそ復讐の女神とは似ても似つかぬ優しい姿だった。

「するとあんたがその復讐の女神というわけかね？」とラフィール氏は一瞬間をおいていった。

「そうなりたいんですよ——あなたの力を借りてね」

「ひとつわかりやすく説明してもらいたいんだが、こんな夜中にいったいなんの話かね？」

「たぶんぐずぐずしている暇はないんです。急がなくちゃ。わたしはばかでしたわ。とんでもない大ばかでしたわ。最初からわかっていなければならなかったんです。こんな簡単なことなのに」

「なにが簡単だって？　だいたいあんたはなんの話をしてるんだね？」

「ずいぶんぐっすりおやすみだったんですね」と、ミス・マープルはいった。「死体が発見されたんですよ。最初はみんなモリー・ケンドルの死体だと思ったんです。ところがそうじゃなくて、ラッキー・ダイスンでした。小川で溺れ死んだのです」

「ラッキーがかね？　溺れ死んだって？　小川でねえ。彼女は自分で身を投げたのか、それとも、だれかが溺れさせたのかね?」

「だれかが突き落としたのです」とミス・マープルが答えた。

「なるほど。いや、少なくともわかったような気がするよ。こんな簡単なこととあんたがいったのはそのことなんだね? グレッグ・ダイスンは最初から最も容疑の濃い人物だったが、やっぱり犯人は彼だったというわけだ。そうなんだね? あんたの考えていることはそれなんだろう? そしてあんたが心配しているのは、ダイスンのやつがまたしても尻尾をつかませないんじゃないかということだろう」

ミス・マープルは深々と息を吸いこんだ。

「ラフィールさん、ここはわたしを信用してください。とりあえず殺人を防がなければならないのです」

「殺人はすでにおこなわれたといったんじゃなかったのかね?」

「ラッキーが殺されたのは人ちがいなのです。だからいまにもべつの殺人が犯されるかもしれないのです。ぐずぐずしている暇はありません。わたしたちの手でそれがおこるのを防ぎとめなくちゃ。すぐに行かなくてはなりません」

「そんなふうに話すのは勝手だがね。あんたはいま〝わたしたち〟といったな? このわしにいったいなにができると思う? わしは助けなしでは歩くこともできないんだぞ。

あんたとわしとでどうやって殺人を防ぎとめようというんだ？　あんたはよぼよぼばあさんだし、わしは廃人同様だよ」

「いいえ、わたしの考えているのはジャクスンですよ」と、ミス・マープルがいった。

「ジャクスンならあなたがいいつければどんなことでもするんじゃありません？」

「そりゃするだろうとも。ましてやそれだけの報酬をやるといえば、なおのこと喜んでいいつけに従うだろう。わしにそうしろというのかね？」

「ええ。わたしと一緒に行って、わたしの下すどんな命令にも従うようにと、彼に命令してください」

ラフーィル氏はおよそ六秒間彼女の顔をみつめてからいった。

「よかろう。わしはどうやら生涯で最大の危険を冒そうとしているらしい。しかし、危険を冒すのはなにもこれが最初じゃないからな」かれは声を張りあげて、「ジャクスン」と叫んだ。同時に片脇にある電鈴のボタンを押した。

三十秒とたたないうちに、隣室に通じるドアからジャクスンが姿を現わした。

「お呼びでしたか？　なにか？」彼はミス・マープルの存在に気づいて急に言葉を切った。

「いいかジャクスン、わしのいうとおりにするんだぞ。きみはこちらのミス・マープルと一緒に行きなさい。彼女の行くところへどこへでもくっついて行って、彼女のいうとおりにするのだ。どんな命令にも従わなくちゃならん。わかったな?」

「しかし——」

「わかったな!」

「はい」

「そうすることは」と、ラフィール氏はいった。「けっしてきみの損にはならない。わしはちゃんとほうびのことも考えておる」

「ありがとうございます」

「それじゃお願いしますよ、ジャクスンさん」と、ミス・マープルがいった。それから肩ごしにラフィール氏に話しかけた。「行きがけにミセス・ウォルターズにあなたのところへくるようにいっておきますからね。彼女に着替えさせてもらって、あとからおいでなさいな」

「どこへ?」

「ケンドル夫妻のバンガローですよ」と、ミス・マープルは答えた。「モリーはあすこへ戻ってくると思いますから」

II

モリーが海からの小径を登ってきた。目はじっと前方に注がれていた。ときおり、おし殺したような泣き声が洩れた……

彼女は開廊《ロッジア》の階段をあがり、一瞬立ちどまったが、やがてフランス窓を押しあけて寝室に入った。明かりはついていたが、部屋の中は空っぽだった。モリーは寝室を横切ってベッドに座った。ときおり額に手を当てて眉をひそめながら、しばらくそのまま座っていた。

やがて、こっそりすばやくあたりを見まわしたのち、敷ぶとんの下に片手をつっこんで、そこに隠してあった本をとりだした。かがみこんで本をのぞきながら、めざすページを捜しはじめた。

やがて外のあわただしい足音を聞きつけて、彼女ははっと顔をあげた。うしろめたそうなすばやい動きとともに、背中に本を隠した。

ティム・ケンドルがはあはあ息を切らしながら入ってきて、彼女を見るなり深い安堵の溜め息をついた。

「ああ、よかった。いったいどこにいたんだ、モリー？　そこいらじゅう捜しまわったんだぞ」

「わたし、小川のほうへ行ってたのよ」

「なに、小川――」

「そうよ。小川へ行ってたの。でもあすこで待っているのはいやだったわ。だれかが川に沈んで――その女の人は死んでいたのよ」

「いったいきみは――ぼくはその死体をてっきりきみだと思ったんだよ。それがラッキーだということをたったいま知ったところなんだ」

「わたしが殺したんじゃないわ。ほんとよ、ティム、わたしが殺したんじゃないわ。誓って。つまり――もしわたしが殺したんなら、当然おぼえているはずでしょう？」

ティムはベッドのはしにゆっくり腰をおろした。

「きみが殺したんじゃない――たしかなんだろうね？　そうだろうとも、もちろんきみがラッキーを殺したりするはずがないじゃないか！」彼はまるでわめくようにいった。「そんなことを考えはじめるのはやめなさい、モリー。ラッキーは自分から溺れ死んだんだよ。もちろんそうに決まってるさ。ヒリンドンにふられたんだよ。それであすこへ行って小川の水に顔をつっこんだのさ――」

「ラッキーはそんなことをするような人じゃないわ。身投げなんかするもんですか。でもわたしは彼女を殺さなかった。誓ってわたしじゃないわ」

「わかってるとも、もちろんきみじゃないさ！」彼はモリーを抱きしめようとしたが、彼女はさっと身を引いた。

「わたしはこの島が大嫌いよ。どこもかしこも明るい陽ざしが溢れていると思ったのに。はじめはたしかにそんなふうに見えたわ。でも実際はそうじゃなかった。そうじゃなくて、影があるの——大きな影が……わたしはその中に閉じこめられてしまって——出るに出られない——」

彼女の声はヒステリックな叫びに変わった。

「静かにするんだ、モリー。頼むから黙ってくれ！」彼は浴室へ行って、コップをひとつ持って戻ってきた。

「さあ。これを飲んで。気持ちが落ち着くから」

「わたし——なにも飲めないわ。歯がガタガタ鳴ってるんだもの」

「大丈夫、飲めるよ。さあ、ベッドに座るんだ」彼は片腕で彼女を抱いた。そしてコップを彼女の唇に近づけた。「ほら、飲むんだ」

そのとき窓から話し声が聞こえた。

「ジャクスン」と、ミス・マープルがいった。「行きなさい。あのコップを彼からとりあげて、しっかり持っていなさい。気をつけてね。相手は力が強いし、なにをしでかすかわからないから」

ジャクスンにはいくつかの利点があった。まず命令に服従することになれた従順な人間だということ。それから金に目のない男だということ、そしてその金を、地位も権威もそなわった彼の雇い主が約束していた。最後に彼は訓練によってきたえられた逞しい腕力の持ち主であること。彼は理由を考える前にまず行動するタイプの人間だった。

彼は電光のようにすばやく部屋を横切った。片手がティムによってモリーの口もとに運ばれたコップにさっとのび、もう一方の腕がティムの体を締めあげた。手首をすばやく一撃しただけで、コップは彼の手に移っていた。ティムは血相かえて彼に向かっていったが、ジャクスンは万力のような力で彼をおさえつけた。

「いったいどういうつもりだ――放してくれ。放してくれ。きみは気でも狂ったのか？なにをするつもりなんだ？」

ティムは激しく抵抗した。

「しっかりおさえるのよ、ジャクスン」と、ミス・マープルがいった。

「なんだね？　いったいどうしたというんだ？」

エスター・ウォルターズに支えられて、ラフィール氏がフランス窓から入ってきた。

「なにがおこったか知りたいんですか？」とティムが叫んだ。「あなたのマッサージ師は気が狂ったんですよ、完全に狂っているんです。ぼくを放すようにいってください」

「いけません」と、ミス・マープルがいった。

ラフィール氏は彼女のほうを向いた。

「説明を頼むよ、復讐の女神」と、彼はいった。「ひとつ正確なところを聞かしてもらいたいもんだね」

「わたしは間抜けの大ばかだったんですよ」と、ミス・マープルがいった。「でも今度こそ騙されません。この人が自分の妻に飲ませようとしていたコップの中身を分析すれば、きっと——そう、わたしの不滅の魂を賭けてもいいけど、中に致死量の睡眠薬が混じっていることがわかるはずです。これは同じパターンなんですよ、ね、パルグレイヴ少佐の物語とまったく同じパターンなんですよ。精神に異常をきたした妻が、自分の命を絶とうとする、それを手遅れにならないうちに夫が救うというわけです。でも妻は二度目には成功する。そう、まったく同じパターンですわ。パルグレイヴ少佐はわたしにその話をして、写真をとりだした、とそのとき彼は顔をあげて、見た——」

「あんたの右肩ごしにだったたな——」と、ラフィール氏がいった。

「違います」ミス・マープルは首を振った。「少佐はわたしの右肩ごしにはなにも見なかったのです」

「なにをいってるんだ？　あんたはそういったじゃないか――」

「あれはわたしの間違いでした。完全な間違いだったんです、わたしは信じられないほどのばかでしたわ。パルグレイヴ少佐はわたしの右肩ごしになにかを見ているように、というよりにらみつけているように見えた――でも彼はなにも見ることができなかったのです、なぜならそのためには彼は左の目で見ていたわけですけど、彼の左目は義眼だったんですから」

「そういわれて思いだしたよ――彼の片目はたしかに義眼だった」と、ラフィール氏はいった。「すっかり忘れていた――というよりべつに気にもとめなかったというところかな。つまり彼はなにも見ることができなかった、というわけだね？」

「もちろん見ることはできましたわ」と、ミス・マープルはいった。「りっぱに見ることはできましたとも、でもそれは片方の目だけですわ。見えるほうの目は右の目だったのです。だからあのとき彼が見ていたのは、わたしの右手じゃなしに左手にあった物またはは人ということになるんですよ」

「あんたの左にだれかいたかね？」

「ええ。ティム・ケンドルと奥さんがさほど遠くないところに座っていましたわ。大きなハイビスカスの茂みのすぐそばに置かれたテーブルにね。そこで二人して帳簿つけをやっていましたよ。そのとき少佐が顔をあげた。彼の左の義眼はわたしの肩のうしろをにらんでいましたけど、彼がもう一方の目で見たものは、ハイビスカスの茂みのそばに座っていた一人の男で、しかもその顔は、いくらか老けたところをべつにすれば、スナップ写真に写っていたのとまったく同じ顔だったのです。写真の男もやはりハイビスカスの茂みのそばにいました。ティム・ケンドルは少佐が何度もくりかえし話したその話を聞いていたので、ついに少佐に正体を見破られたことがぴんときたわけです。そうなると、もちろん少佐を生かしておくわけにはいきません。さらには、少佐の部屋に薬壜を持ちこむところを見られたヴィクトリアという娘も殺さざるを得なくなりました。彼女ははじめそのことをなんとも思っていなかったのです、ティム・ケンドルがいろんな用事で客のバンガローに出入りするのはなんの不思議もないことですからね。少佐がレストランのテーブルに置き忘れたものを返しに行っただけかもしれません。でも、彼女はそのことをあれこれ考えて、やがて彼に質問しはじめたので、結局彼女を殺さざるを得なくなったのでしょう。しかし、本来の殺人、彼がずっと前から計画していた殺人はこれですよ。彼は、妻殺しの常習犯なのです」

「なんてばかな、なんて――」とティム・ケンドルが叫んだ。

突然泣き声がおこった。激しい、怒りにみちた泣き声だった。エスター・ウォルターズがラフィール氏を突き倒さんばかりにして身をふりほどき、さっと走り寄ってジャクスンを引きはなそうとした。だがジャクスンはびくともしなかった。

「彼を放してやって――放してやって。あの人のいったことは本当じゃないわ。どこかどこまで嘘っぱちよ。ティム――ねえ、あなた、嘘でしょう？　あなたが人殺しなんかするはずがないわ、わたしはちゃんと知っている。あなたがそんなことをするなんて。みんなあなたが結婚したこの恐ろしい女のせいよ。彼女が嘘をついてるんだわ。みんな嘘よ。わたしはあなたを信じるわ。あなたを愛し、信用している。ほかの人のいうことなんか全然信じない。わたしは――」

それから今度はティムが冷静さを失った。

「ちくしょう、頼むから黙ってくれ」と、彼はいった。「ぼくを縛り首にしたいのか？　黙れといってるんだ。その汚らしい大口を閉じてくれ」

「哀れにも愚かな女だ」と、ラフィール氏は静かにいった。「そうか、そういうことだったのか」

25　ミス・マープル、想像力を駆使する

「なるほど、そういうことだったのか」と、ラフィール氏がいった。彼とミス・マープルはいかにも親しげなようすで一緒に座っていた。

「彼女はティム・ケンドルと関係していたんだな？」

「おそらく関係という言葉は強すぎるでしょう」と、ミス・マープルはとりすましていった。「思うにそれは、将来結婚することを夢見たロマンティックな執着、といったところじゃなかったのかしら」

「なんだって――彼の奥さんが死んだあとでかね？」

「かわいそうなエスター・ウォルターズは、モリーが死ぬかもしれないことをしらなかったんじゃないかしら」と、ミス・マープルはいった。「彼女はティム・ケンドルの話を真に受けて、モリーには男がいて、その男がここまで彼女を追いかけてきたと信じていたのでしょう。そしてティムがモリーと離婚するのをあてにしていたんですよ。だか

ら彼女としてはなにもやましいところがなかったはずです。ただあまりにもティムに夢中になりすぎたのね」

「その気持ちはわからんでもない。あいつはたいそう魅力的な男だからな。それにしてもあの男はなんでエスターに目をつけたんだろう——あんたはその理由も知っているのかね？」

「それはあなただってごぞんじでしょうに」

「たぶんわしの考えは当たっていると思うが、あんたがどうやってそれを知ったのか、わしには不思議でならん。だいいちその点に関するかぎり、ティムがどうやってそのことを知ったのかもわからんのだ」

「そうね、そのことならほんのちょっと想像力を働かせれば説明できると思いますわ。もっともあなたが話してくれればもっと簡単ですけど」

「わしは話さんよ」と、ラフィール氏はいった。「あんたは頭のいい人だから、ひとつ推理してみてくれ」

「それじゃ。わたしはこう考えたんですよ」とミス・マープルはいった。「わたしが前にもそれとなくいったように、お宅のジャクスンはときおりあなたの書類を盗み見する常習犯ではなかったのかとね」

「それはおおいに考えられることだ。しかし彼がのぞき見して役に立つような書類はなにもなかったといわざるを得ないね。その点はわしも充分用心している」

「彼はあなたの遺言を読んだんじゃないでしょうか」

「ははあ、なるほど。そういえばたしかにわしは遺言の写しを一通持っている」

「あなたはおっしゃいましたわ」と、ミス・マープルはいった。「とても大きな声で、はっきりと、遺言の中でエスター・ウォルターズにはなにも遺さなかったとね。あなたは彼女にも、それからジャクスンにも、そのことをはっきり印象づけておいた。おそらくジャクスンの場合はまさにそのとおりだったのでしょう。彼にはなにも遺さなかった、しかし、エスター・ウォルターズにはお金を遺したのです。ただ本人にはそのことを知らせまいとした、そうじゃありません？」

「まさにそのとおりだ、しかしなぜあんたがそれを知っているのかね？」

「それは、あなたがその点をばかに強調したからですよ」と、ミス・マープルはいった。

「わたしだって嘘を見分けることに関してはある程度経験を積んでいますからね」

「こいつは一本参ったな」と、ラフィール氏はいった。「よかろう。わしはエスターに五万ポンド与えた。わしが死んだら、それで彼女をびっくりさせてやるつもりだった。おそらくそのことを知ったティム・ケンドルが、いまの奥さんを薬かなにかで片づけて、五万ポンドの持参金つきのエスター・ウォルターズと再婚するつもりだったのだろう。やがて潮時を見てエスターをも片づけるつもりだったとも考えられる。だがしかし、彼はエスターが五万ポンドもらうことをどうやって知ったのかね？」

「もちろん、ジャクスンが話したんですよ。あの二人はとても仲がよかったでしょう。ティム・ケンドルはジャクスンにとても親切にしていたけど、おそらくそれには下心はなかったろうと思いますわ。でもジャクスンがなに気なしに口をすべらした噂話の中には、エスター・ウォルターズが大金をもらうことになっているが、本人はまだそれを知らないということもあったんでしょう。そしてジャクスン自身がエスターを誘惑して結婚しようと思っているが、いまのところまだ彼女の気を引くことに成功していない、ぐらいのことはいったかもしれませんわ。そう、きっと二人のあいだでそんな話が出たのに違いありません」

「あんたの考えることはどれもこれもいかにもありそうなことばかりだな」と、ラフィール氏がいった。

「でもわたしはばかでしたわ」と、ミス・マープルはいった。「ほんとにばかでした。なにもかもぴったり合っていたんですよ。ティム・ケンドルは極悪人であると同時に非常に頭のよい人間でした。とくに噂をひろめることにかけては彼の右に出る者がないほどだったのです。おそらくここへきてからわたしが聞いた話の半分は彼の口から出たものでしょう。モリーがあまり好ましからざる男と結婚したがったという噂が囁かれていましたけど、その男というのは実際はティムのことじゃなかったかと思いますよ。もちろんそのころはティム・ケンドルという名前じゃなかったでしょうけどね。モリーの家族は彼の経歴にいかがわしいところがあるとかなんとか、そんな噂を耳にしたのでしょう。そこで彼は腹を立てて、モリーに連れられて彼女の家へ〝顔出し〟することを拒み、二人であるちょっとした計画を立てて腹いせしたんですわ。つまり彼女は家族にすねて、彼に恋いこがれるようなふりをした。そこへモリーの家族の古い友だちの名前を前もっていろいろ知らされたティム・ケンドル氏が出現する。家族はこういうりっぱな若者とつきあえばモリーもあのならず者のことなんか忘れられるだろうというわけで、両手をあげて彼を歓迎する。モリーとティムはしてやったりとばかり、かげで大笑いしたんじゃないでしょうか。それはともかく、彼はモリーと結婚し、彼女の金でこのホテルを買ってここへやってきました。おそらく彼はモリーの金をあっという間に費いはたしてしまったのでしょう。たまたまそのころエスター・ウォルターズと出会って、いいかもが現われたとばかり彼女に狙いをつけたのです」

「彼はなぜわしを殺さなかったのかね？」

ミス・マープルは咳をした。

「それよりもまずミセス・ウォルターズの心をとらえるほうが先だと思ったのでしょう。それに――つまりその……」彼女はちょっと困ったような顔でいいよどんだ。

「それに、彼はいずれそう長く待つ必要はないと考えたわけだね」と、ラフィール氏が代わっていった。「自分で手を下すまでもなく、わしが自然に死んでくれるだろうというわけだ。なにしろわしは大金持ちだからね。億万長者の死は、そこらのありふれた妻の死と違って、いろいろ人の目もうるさいだろうからな」

「ええ、おっしゃるとおりですわ」と、ミス・マープルはいった。「それに彼はずいぶんたくさん嘘をついていますよ。たとえばモリーに信じこませた嘘にかぎってみても――彼女に精神の病気に関する本を読ませたり、夢や幻覚をおこさせる薬を与えたりしているんですからね。その点についてはジャクスンの目は鋭かったですよ。彼はモリーのさまざまな徴候が薬によってひきおこされたものだということに気がついていたのでしょう。だからあの日バンガローに忍びこんで浴室を捜しまわっていたんですわ。彼が調べていたあのクリーム、おそらく魔女たちがベラドンナ入りの香油を体にすりこんだという昔話からヒントを得たんでしょう。ベラドンナをクリームに入れると、まったく同じ効果が得られるのです。それを顔に塗ったモリーは一時的な記憶喪失に見舞われる。

自分がなにをしていたかわからなくなったり、空を飛んでいる夢を見たりするようになる。彼女が恐ろしくなったのも無理ありませんわ。あらゆることが彼女の精神の異常を示していたわけで、ジャクスンの推測は当たっていたわけです。彼は、インドの女たちが夫にチョウセンアサガオを服ませたというパルグレイヴ少佐の話から、その推理のいとぐちをつかんだのかもしれません」

「パルグレイヴ少佐か!」と、ラフィール氏がいった。「あの男がな!」

「彼は自分自身の殺人を招き寄せたのです」と、ミス・マープルはいった。「それからあの気の毒なヴィクトリアという娘の殺人も。そしてもう少しでモリーの死まで招き寄せるところでしたわ。でも少佐はちゃんと犯人を知っていたのです」

「あんたが突然彼の義眼のことを思いだしたのはどういうわけかね?」とラフィール氏は興味津々といった面持ちで質問した。

「セニョーラ・デ・カスペアロの言葉がヒントになったんです。彼女は少佐の顔が醜いとか、彼の目は悪魔の目だとかばかげたことをいったんですよ。そこでわたしがあれは義眼のせいで、彼のせいにするのはかわいそうだとかばったら、彼女は少佐の右の目と左の目がそれぞれべつの方向を見ていた、つまり斜視だったといったんです——もちろんそれは事実でしたわ。そしてその目が不幸をもたらしたのだ、と彼女はいいました。

わたしは知っていたんです――あの日なにか重要なことを聞いたことを。そしてゆうべ、ラッキーが死んだ直後にそれがなんだったか思いだしたんですよ！　そこでもうぐずぐずしてはいられないと……」

「ティム・ケンドルはなぜラッキーをモリーと間違えて殺したのかな？」

「それはまったくの偶然だと思いますわ。彼の計画はこうだったんではないでしょうか。モリーの精神が異常をきたしていることを、本人も含めたみんなに信じさせておいて、彼女に適当な量の睡眠薬を服ませたあとで、二人だけで殺人事件の謎を解決しようと彼女に持ちかけたのです。そのためにはぜひとも彼女の手助けが必要なのだと。みんなが寝しずまったころ、二人は別々にバンガローを出て小川のほとりのある場所で落ち合うことに決めたのです。

彼はだれが犯人かほぼ見当がついているから、その人間を罠にかけるのだといったのでしょう。モリーはいわれたとおりにバンガローを出た――だけど服まされた薬のせいで頭が混乱していたので、約束の時間に遅れてしまったのです。ティムは先に到着して、そこにいたラッキーをてっきりモリーだと思いこんでしまったのです。金髪で、おまけに薄緑のショールを肩にかけていましたからね。そこで背後から忍び寄って口をふさぎ、無理やり顔を水の中に突っこんだのでしょう」

「まったくひどいやつだ！　しかし致死量の睡眠薬を服ませるほうがもっと簡単じゃなかったのかね！」

「もちろんそのほうが簡単に決まってますわ。でもそれでは疑惑を招くことになりかねません。だって睡眠薬や鎮静剤のたぐいは、ぜんぶモリーの手の届かないところにしまいこまれていたんですからね。もし彼女にだれか新しく薬を渡した人がいるとしたら、やっぱりいちばん疑われるのは夫じゃありません？　でも、絶望に駆られて発作的に外へとびだし、罪のない夫が眠っているあいだに川に身を投げたんだとしたら、それはロマンティックな悲劇ということになって、彼女が故意に溺死させられたなどといいだす人は一人もいないでしょう。それに」と、ミス・マープルはつけ加えた。「殺人者というのは例外なしに単純さを嫌うものですわ。どうしても凝ったやり方をせずにいられないのです」

「殺人者のことならなにひとつ知らぬことはないとでもいいたげだな！　ティムは間違ってラッキーを殺したことに気づかなかったと思うかね？」

ミス・マープルは首を横に振った。

「彼は顔を確かめることさえしないで、できるだけ早く仕事をすませ、一時間ほどたってからモリーの捜索をはじめて、自分は悲嘆にくれた夫の役割を演じていたんですよ」

「しかしラッキーはあんな夜中に小川のほとりでなにをしていたんだろうか？」

ミス・マープルは困ったような顔で軽く咳をした。

「おそらく彼女は――だれかと待ち合わせしてたんじゃないかしら」

「エドワード・ヒリンドンとかね？」

「違いますよ。二人のあいだはもう終わっていたんですから。これは――たんなる想像だけど――彼女はジャクスンを待っていたのかもしれませんわ」

「ジャ、ジャクスンだって？」

「わたしは気がついていたんですよ――一、二度、ジャクスンを見る彼女の目つきにね」ミス・マープルは目を伏せながら小声でいった。

ラフィール氏は口笛を吹いた。

「女たらしのジャクスンか！　あいつならやりかねんな！　ティムはあとで人ちがいだったことに気がついたとき、さぞショックを受けたろうな」

「そうでしょうとも。きっと彼も必死だったんでしょう。なにしろ死んだはずのモリーがぴんぴんしてうろつきまわっていたんですからね。それに彼女の精神状態について、彼が用心深くひろめた噂だって、彼女が有能な専門医の手にかかればたちまち嘘だとわかってしまうわけでしょう。おまけに彼女が小川のほとりまできてくれと彼にいわれたことを明らかにしたら、ティム・ケンドルの立場はどうなります？　そうなると望みはただひとつ——できるだけ早くモリーを片づけてしまうしかないわけですわ。そうすれば狂気の発作に駆られたモリーが、ラッキーを溺死させて、それから自分がしでかしたことが恐ろしくなって自殺した、と思いこませる可能性も多分にあったのです」

「そしてそのときに」と、ラフィール氏がいった。「あんたが復讐の女神を演じる決心をしたわけだな？」

彼はだしぬけに大きくのけぞって高々と笑った。「この冗談は上出来だ！　あの夜ふわふわしたピンク色のウールを頭にかぶって、わたしは復讐の女神だといいながらわしの部屋に現われたあんたの恰好ったらなかったよ！　あの恰好だけは忘れようにも忘れられんね！」

エピローグ

出発の時間がきて、ミス・マープルは空港で飛行機を待っていた。大勢の人が見送りにきていた。ヒリンドン夫妻はすでに出発したあとだった。グレゴリー・ダイスンはほかの島へ飛んでいたが、そこでアルゼンチンのある未亡人に夢中になっているという噂が早くも伝わってきていた。セニョーラ・デ・カスペアロは南米へ帰ってしまった。

モリーもミス・マープルを見送りにやってきた。彼女はまだ顔色も悪く、やつれてはいたが、けなげにも意外な発見のショックを乗り切って、ラフィール氏がイギリス本国から電報で呼び寄せた彼の名義人の一人に手伝ってもらいながら、ホテルの経営をつづけていた。

「忙しいほうがかえって気がまぎれる」と、ラフィール氏はいった。「くよくよ考えんことだな。ちょうどいい仕事もあることだし」

「どうでしょうか、殺人事件のせいで——」

「世間の人は解決した殺人事件が好きなもんだよ」と、ラフィール氏は彼女を力づけていた。「元気でやってくれたまえ。たまたま悪いやつに出会ったからといって、すべての男に不信の念を抱かんようにな」

「あなたはまるでミス・マープルのようなことをおっしゃいますわ。彼女もそのうちきっと理想の男性《ミスター・ライト》がわたしの前に現われるだろうっていいますのよ」と、彼女は答えたものだった。

ラフィール氏はこの言葉を思いだしてにっこり笑った。こうして空港にはモリーがいたし、それからプレスコット兄妹、ラフィール氏、それにエスターがいた――エスターは前よりも老けこんだような、悲しげな感じだったが、その彼女にラフィール氏はしばしば意外なほど親切な態度を見せていた。もちろんジャクスンも顔を見せていて、ミス・マープルの荷物の世話をするようなふりをしていた。このところ彼はいつもにこにこ顔で、自分が金持ちになったことを隠そうともしなかった。

空にかすかな爆音が聞こえてきた。飛行機が到着したのだ。ここの搭乗手続きはかなりくだけたものだった。八番通路、または九番通路を通ってお乗りください、といったアナウンスはなく、ただ花におおわれた小さなパヴィリオンから滑走路へ出てゆくだけだった。

「さようなら、ミス・マープル」と、モリーが彼女に接吻した。

「さようなら、どうぞわたしたちの家へも遊びにいらしてね」ミス・プレスコットは心をこめて握手を交わした。

「あなたとお知り合いになれてうれしかったですよ」と、プレスコット師がいった。

「妹もいうように、ぜひとも遊びにきてください」

「ではお元気で、マダム」と、ジャクスンがいった。「無料でマッサージを受けたいときはいつでもご一報ください、そうすればご希望の日時をあけときますよ」

エスター・ウォルターズだけは、別れのときがきても横を向いていた。ミス・マープルも彼女には声をかけずにそっとしておいた。最後がラフィール氏の番だった。彼はミス・マープルの手を握った。

「Ave caesar, nos morituri te salutamus」と、彼はいった。

「わたし、ラテン語はあまりよく知らないんですけど」

「だが、いまの言葉の意味はわかったんじゃないかね？」

「ええ」彼女はそれ以上なにもいわなかった。そのラテン語の意味はわかりすぎるほどよくわかった（〝皇帝万才、まさに死せんとするわれら、陛下に敬礼す〟――死を目前にした剣闘士たちの言葉）。

「あなたとお知り合いになれてよかったですわ」と、彼女はいった。

やがて彼女は滑走路を横切って飛行機に乗りこんだ。

解説

ミステリ評論家
穂井田直美

『カリブ海の秘密』は、一九六四年に出版され、ミス・マープルことジェーン・マープルが活躍する長篇小説としてはシリーズ九作目にあたる。シリーズ全体からみると、一九七一年の『復讐の女神』と、*Woman's Realm* という題名で書かれることになっていた作品とで、三部構成になるはずだったそうだが、一九七六年にアガサ・クリスティーが亡くなったために、残念ながら幻に終わってしまった。本作品は、老いてますます活発な創作活動を続けていたクリスティーらしい、野心的な試みの起点となる作品である。

本書ではマープルは、前の冬に患った肺炎の転地療養のために、住みなれたセント・メアリ・ミードを離れ、カリブ海に浮かぶ島に長期滞在している。陽光溢れる気候、いたれりつくせりなホテルのサービス、ゆっくりと流れる時間の中にいても、彼女は、目を見開き耳をそばだて、おしゃべりを楽しみ、もちろん編み物をする手も休めていない。そんな変わらぬ好奇心は、退役軍人の思い出話をきっかけに、南海の楽園での殺人事件へと、彼女を係わらせることになる。

アガサ・クリスティーについて、まず思い浮かぶのは、数々の鮮やかなトリックのことだろう。しかし彼女の真価はそれだけではない。なによりもエンターテインメントなストーリー作りに長けていること、加えて人物造形のうまさや、心理描写の巧みさなど、様々な魅力について挙げるときりがないし、すでに多くの方々によって、あらゆる角度から分析が試みられ、数々の評論としてまとめられている。

それらに比べると卑近な例証になってしまうが、今回この解説を書くために、数十年ぶりにミス・マープルものをまとめて読んだことから始めたい。以前から、クリスティー作品の中ではマープルの活躍するシリーズを身近に感じていたので、ストーリーの展開や結末が判っているものも多かったが、再び時代順に読み始めたら、一気に読んでしまった。夢中になって再読できるということは、トリックの素晴らしさだけではない何かがあるからで、そこに、時代を超え、ミステリ・ファン層を超え、多くの人々に読みつがれているクリスティーの魅力があるのではないだろうか。

これまで私は、このシリーズから色々なことを教えてもらっている。

数十年前、ミス・マープルものを初めて読んだときは、イギリスの片田舎でのガーデニングやティーパーティなど、彼女の小体《こてい》な暮らしぶりが洒落《しゃれ》て見え、そんな田園地帯に旅行してみたい、そんな生活をしてみたいと、憧れながら読んだものだった。私のイギリスへの思い入れや知識の多くは、このシリーズを読んできた賜物《たまもの》なのだ。例えば、同じマフィンでも、イギリスとアメリカでは違うということを知ったのは『バートラム・ホテルにて』だった。このホテルに漂う奇妙な雰囲気はともかく、イギリスの古き良き時代が味わえるというこんなホテルがあれば、一度は泊まりたいと今でも思っている。『パディントン発4時50分』では、イギリスの名物料理のことを色々と知ることができた。実際にイギリスに行ったときに、これがそうなのかと、ステーキ・アンド・キドニー・パイやヨークシャー・プディングを感慨深く食べたのも、パイとかプディング（プリン）とかいうけれど一体どんなシロモノだろうとずっと想像を巡らしてきたからだった。

本書についていえば、リゾート地での過ごし方をマープルから教えてもらった。長期滞在の費用をポンと出し、留守宅の手配もすべてお膳立てしてくれる、良く出来た甥っ子を求めるのは詮ないことだが、外国のリゾート・ホテルにしばらく泊まる機会があれば、一日中何もしなくても充分に楽しんでいる彼女の過ごし方をお手本にしたい。そうすれば貧乏性でコセコセした私でも、リゾート慣れしているように見え、恥をかかなくてもすむのではないだろうか。

今回読み返したときには、クリスティーは、ミス・マープルを通して、老いを迎えた女性について、ひとつの生き方を描こうとしたのではないか、だから、少なくとも女性にとっては、生き方のヒントになるのではないかと、思いあたっている。

『カリブ海の秘密』が出版されたときは、クリスティーは七十四歳で、マープルは少なくとも七十八歳になっている。当然、クリスティー自身が歳を重ねながら得た知恵は、マープルの生き方に反映されているはずである。

例えばマープルは、西インド諸島でのホテル暮らしという、気候や風習だけでなく、今までとはまったく違う生活環境の中におかれてしまう。なんの不足もない贅沢な暮らしでも、生活の変化に戸惑いは隠せず、彼女は何かにつけイギリスでの暮らしを恋しがっているが、そう思いながらも新しい環境を楽しむことができたのは、まわりのことに関心を持ち、よく見て、よく聞き、よく話をし、そして深く洞察する姿勢だった。そのような心掛けは、たとえ殺人事件に遭遇できなくても、何かを見出すことになり、それが刺激となり、人生を豊かにしてくれるにちがいない。

また、初期の作品ではマープルは、真実を見抜く鋭さをストレートに見せていたが、本書では、あるときは反論したい気持ちを抑え、あるときは他の人の意見に合わせるなど、一歩控えた行動をとるようになっている。この年の功ともいえる賢明さには、若いときから遺憾なく才気を発揮してきたクリスティー自身が、歳を重ねるうちに身につけてきたものが反映されているのではないだろうか。例えば、内心は騒々しいと思っていても、若者が好きなら、自分もスチールバンドの演奏を楽しんでみようと努力するなんて、微笑ましいではないか。

しかもマープルは、老いては子に従え的な姿勢まで見せている。彼女の甥は、セント・メアリ・ミードの生活を牧歌的と誤解しており、そんな刺激のない生活をしていると、俗な言葉でいえばボケるといわんばかりに西インド諸島での療養を勧め、彼女はそれに従って島に向かったのだった。長閑そのものの現実離れした村でも、見る目を持てば決してそうでないことは、マープルも読者も大いに承知しているのだが、彼女は敢えて反論せず「そうね」と相槌を打っている。もし初期の作品だったら、クリスティーは、彼女に真実を並べたてさせ、容赦なく甥を言い負かさせたにちがいない。

ミス・マープルと同年配になったとき、私は、もう一度、このシリーズを読み返すことにしようと思っている。そうすれば、今以上にクリスティーやマープルの気持ちを理解できるし、賢いおばあちゃんとして、もっと生き方のお手本になるのではないかと期待している。

機会があれば、本書も含めて、今まで面白いと思ったクリスティー作品を再読していただければと願っている。以前と同じように面白く読めるだけでなく、クリスティー作品の新しい魅力を発見できるはずである。それがシリーズものなら、全体をまとめて読むきっかけになり、更に様々な作品へと広がれば、私がそうなように、クリスティーという偉大な作家をもっと知ることができたことを、きっと幸せに思っていただけるに違いない。

灰色の脳細胞と異名をとる

〈名探偵ポアロ〉シリーズ

本名エルキュール・ポアロ。イギリスの私立探偵。元ベルギー警察の捜査員。卵形の顔とぴんとたった口髭が特徴の小柄なベルギー人で、「灰色の脳細胞」を駆使し、難事件に挑む。『スタイルズ荘の怪事件』（一九二〇）に初登場し、友人のヘイスティングズ大尉とともに事件を追う。フェアかアンフェアかとミステリ・ファンのあいだで議論が巻き起こった『アクロイド殺し』（一九二六）、イニシャルのＡＢＣ順に殺人事件が起きる奇怪なストーリーが話題をよんだ『ＡＢＣ殺人事件』（一九三六）、閉ざされた船上での殺人事件を巧みに描いた『ナイルに死す』（一九三七）など多くの作品で活躍し、最後の登場になる『カーテン』（一九七五）まで活躍した。イギリスだけでなく、イラク、フランス、イタリアなど各地で起きた事件にも挑んだ。

映像化作品では、アルバート・フィニー（映画《オリエント急行殺人事件》）、ピーター・ユスチノフ（映画《ナイル殺人事件》）、デビッド・スーシェ（ＴＶシリーズ）らがポアロを演じ、人気を博している。

1 スタイルズ荘の怪事件
2 ゴルフ場殺人事件
3 アクロイド殺し
4 ビッグ4
5 青列車の秘密
6 邪悪の家
7 エッジウェア卿の死
8 オリエント急行の殺人
9 三幕の殺人
10 雲をつかむ死
11 ABC殺人事件
12 メソポタミヤの殺人
13 ひらいたトランプ
14 もの言えぬ証人
15 ナイルに死す
16 死との約束
17 ポアロのクリスマス
18 杉の柩
19 愛国殺人
20 白昼の悪魔
21 五匹の子豚
22 ホロー荘の殺人
23 満潮に乗って
24 マギンティ夫人は死んだ
25 葬儀を終えて
26 ヒッコリー・ロードの殺人
27 死者のあやまち
28 鳩のなかの猫
29 複数の時計
30 第三の女
31 ハロウィーン・パーティ
32 象は忘れない
33 カーテン
34 ブラック・コーヒー〈小説版〉

好奇心旺盛な老婦人探偵

〈ミス・マープル〉シリーズ

本名ジェーン・マープル。イギリスの素人探偵。ロンドンから一時間ほどのところにあるセント・メアリ・ミードという村に住んでいる、色白で上品な雰囲気を漂わせる編み物好きの老婦人。村の人々を観察するのが好きで、そのうちに直感力と観察力が発達してしまい、警察も手をやくような難事件を解決するまでになった。新聞の情報に目をくばり、村のゴシップに聞き耳をたて、それらを総合して事件の謎を解いてゆく。家にいながら、あるいは椅子に座りながらゆったりと推理を繰り広げることが多いが、敵に襲われるのもいとわず、みずから危険に飛び込んでいく行動的な面ももつ。

長篇初登場は『牧師館の殺人』（一九三〇）。「殺人をお知らせ申し上げます」という衝撃的な文章が新聞にのり、ミス・マープルがその謎に挑む『予告殺人』（一九五〇）や、その他にも、連作短篇形式をとりミステリ・ファンに高い評価を得ている『火曜クラブ』（一九三二）、『カリブ海の秘密』（一九六四）とその続篇『復讐の女神』（一九七一）などに登場し、最終作『スリーピング・マーダー』（一九七六）まで、息長く活躍した。

バラエティに富んだ作品の数々

〈ノン・シリーズ〉

名探偵ポアロもミス・マープルも登場しない作品の中で、最も広く知られているのが『そして誰もいなくなった』（一九三九）である。マザーグースになぞらえて殺人事件が次々と起きるこの作品は、不可能状況やサスペンス性など、クリスティーの本格ミステリ作品の中でも特に評価が高い。日本人の本格ミステリ作家にも多大な影響を与え、多くの読者に支持されてきた。

その他、紀元前二〇〇〇年のエジプトで起きた殺人事件を描いた『死が最後にやってくる』（一九四四）、『チムニーズ館の秘密』（一九二五）に出てきたロンドン警視庁のバトル警視が主役級で活躍する『ゼロ時間へ』（一九四四）、オカルティズムに満ちた『蒼ざめた馬』（一九六一）、スパイ・スリラーの『フランクフルトへの乗客』（一九七〇）や『バグダッドの秘密』（一九五一）などのノン・シリーズがある。

また、メアリ・ウェストマコット名義で『春にして君を離れ』（一九四四）をはじめとする恋愛小説を執筆したことでも知られるが、クリスティー自身は四半世紀近くも関係者に自分が著者であることをもらさないよう箝口令をしいてきた。これは、「アガサ・クリスティー」の名で本を出した場合、ミステリと勘違いして買った読者が失望するのではと配慮したものであったが、多くの読者からは好評を博している。

72 茶色の服の男
73 チムニーズ館の秘密
74 七つの時計
75 愛の旋律
76 シタフォードの秘密
77 未完の肖像
78 なぜ、エヴァンズに頼まなかったのか？
79 殺人は容易だ
80 そして誰もいなくなった
81 春にして君を離れ
82 ゼロ時間へ
83 死が最後にやってくる
84 忘られぬ死
86 暗い抱擁
87 ねじれた家
88 バグダッドの秘密
89 娘は娘
90 死への旅
91 愛の重さ
92 無実はさいなむ
93 蒼ざめた馬
94 ベツレヘムの星
95 終りなき夜に生れつく
96 フランクフルトへの乗客

名探偵の宝庫
〈短篇集〉

クリスティーは、処女短篇集『ポアロ登場』（一九二三）を発表以来、長篇だけでなく数々の名短篇も発表し、二十冊もの短篇集を発表した。ここでもエルキュール・ポアロとミス・マープルは名探偵ぶりを発揮する。ギリシャ神話を題材にとり、英雄ヘラクレスのごとく難事件に挑むポアロを描いた『ヘラクレスの冒険』（一九四七）や、毎週火曜日に様々な人が例会に集まり各人が体験した奇怪な事件を語り推理しあうという趣向のマープルものの『火曜クラブ』（一九三二）は有名。トミー&タペンスの『おしどり探偵』（一九二九）も多くのファンから愛されている作品。

また、クリスティー作品には、短篇にしか登場しない名探偵がいる。心の専門医の異名を持ち、大きな体、禿頭、度の強い眼鏡が特徴の身上相談探偵パーカー・パイン（『パーカー・パイン登場』一九三四　など）は、官庁で統計収集の事務を行なっていたため、その優れた分類能力で事件を追う。また同じく、ハーリ・クィンも短篇だけに登場する。心理的・幻想的な探偵譚を収めた『謎のクィン氏』(一九三〇)などで活躍する。その名は「道化役者」の意味で、まさに変幻自在、現われてはいつのまにか消え去る神秘的不可思議的な存在として描かれている。恋愛問題が絡んだ事件を得意とするというユニークな特徴をもっている。

ポアロものとミス・マープルものの両方が収められた『クリスマス・プディングの冒険』(一九六〇)や、いわゆる名探偵が登場しない『リスタデール卿の謎』(一九三四)や『死の猟犬』(一九三三)も高い評価を得ている。

51 ポアロ登場
52 おしどり探偵
53 謎のクィン氏
54 火曜クラブ
55 死の猟犬
56 リスタデール卿の謎
57 パーカー・パイン登場
58 死人の鏡
59 黄色いアイリス
60 ヘラクレスの冒険
61 愛の探偵たち
62 教会で死んだ男
63 クリスマス・プディングの冒険
64 マン島の黄金

冒険心あふれるおしどり探偵
〈トミー&タペンス〉

本名トミー・ベレズフォードとタペンス・カウリイ。『秘密機関』（一九二二）で初登場。心優しい復員軍人のトミーと、牧師の娘で病室メイドだったタペンスのふたりは、もともと幼なじみだった。長らく会っていなかったが、第一次世界大戦後、ふたりはロンドンの地下鉄で偶然にもロマンチックな再会をはたす。お金に困っていたので、まもなく「青年冒険家商会」を結成した。この後、結婚したふたりはおしどり夫婦の「ベレズフォード夫妻」となり、共同で探偵社を経営。事務所の受付係アルバートとともに事務所を運営している。トミーとタペンスは素人探偵ではあるが、その探偵術は、数々の探偵小説を読破しているので、事件が起こるとそれら名探偵の探偵術を拝借して謎を解くというユニークなものであった。

『秘密機関』の時はふたりの年齢を合わせても四十五歳にもならなかったが、

最終作の『運命の裏木戸』（一九七三）ではともに七十五歳になっていた。青春時代から老年時代までの長い人生が描かれたキャラクターで、クリスティー自身も、三十一歳から八十三歳までのあいだでシリーズを書き上げている。ふたりの活躍は長篇以外にも連作短篇『おしどり探偵』（一九二九）で楽しむことができる。

ふたりを主人公にした作品が長らく書かれなかった時期には、世界各国の読者からクリスティーに「その後、トミーとタペンスはどうしました？ いまはなにをやってます？」と、執筆の要望が多く届いたという逸話も有名。

47 秘密機関
48 NかMか
49 親指のうずき
50 運命の裏木戸

波乱万丈の作家人生

〈エッセイ・自伝〉

「ミステリの女王」の名を戴くクリスティーだが、作家になるまでに様々な体験を経てきた。コナン・ドイルのシャーロック・ホームズものを読んでミステリのおもしろさに目覚め、書いた小説をミステリ作家イーデン・フィルポッツに送ってみてもらっていた。その後は声楽家をめざしてパリに留学するが、才能がないとみずから感じ、声楽家の道を断念する。第一次世界大戦時は陸軍病院で篤志看護婦として働き、やがて一九二〇年に『スタイルズ荘の怪事件』を刊行するにいたる。

その後もクリスティーは、出版社との確執、十数年ともに過ごした夫との離婚、種痘ワクチンの副作用で譫妄状態に陥るなど、様々な苦難を経験したがそれを乗り越え、作品を発表し続けた。考古学者のマックス・マローワンと再婚してからは、ともに中近東へ赴き、その体験を創作活動にいかしていた。

当時人気ミステリ作家としてドロシイ・L・セイヤーズがいたが、彼女に対抗して、クリスティーも次々と作品を発表した。特にクリスマスには「クリスマスにはクリスティーを」のキャッチフレーズで、定期的に作品を刊行し、増刷を重ねていた。執筆活動は、三カ月に一作をしあげることを目指していたという。メアリ・ウェストマコット名義で恋愛小説を執筆したり、『カーテン』や『スリーピング・マーダー』を自分の死後に出版する計画をたてるなど、常に読者を楽しませることを意識して作品を発表してきた。

ジャネット・モーガン、H・R・F・キーティングなど多くの作家による評伝・研究書も書かれている。

訳者略歴　1935年生，1958年埼玉大学英文科卒，英米文学翻訳家　訳書『単独飛行』ダール，『フランクフルトへの乗客』クリスティー（以上早川書房刊）他多数

Agatha Christie

カリブ海《かい》の秘《ひ》密《みつ》

〈クリスティー文庫 43〉

二〇〇三年十二月十五日　発行
二〇二四年十月二十五日　十一刷

（定価はカバーに表示してあります）

著　者　アガサ・クリスティー
訳　者　永《なが》井《い》　淳《じゅん》
発行者　早川　浩
発行所　株式会社　早川書房

東京都千代田区神田多町二ノ二　郵便番号一〇一 - 〇〇四六
電話　〇三 - 三二五二 - 三一一一
振替　〇〇一六〇 - 三 - 四七七九九
https://www.hayakawa-online.co.jp

乱丁・落丁本は小社制作部宛お送り下さい。
送料小社負担にてお取りかえいたします。

印刷・信毎書籍印刷株式会社　製本・株式会社明光社
Printed and bound in Japan
ISBN978-4-15-130043-1 C0197

本書は活字が大きく読みやすい〈トールサイズ〉です。